사신 4
설봉 新무협 판타지 소설

초판 1쇄 찍은 날 § 2002년 6월 28일
초판 1쇄 펴낸 날 § 2002년 7월 5일

지은이 § 설봉
펴낸이 § 서경석

편집장 § 문혜영
편집책임 § 장상수
편집 § 박영주 · 김희정 · 권민정 · 이종민
마케팅 § 정필 · 강양원 · 김규진 · 안진원

펴낸곳 § 도서출판 청어람
등록번호 § 제1081-1-89호
등록일자 § 1999. 5. 31
어람번호 § 제2-0096호

주소 § 경기도 부천시 원미구 심곡1동 350-1 남성B/D 3F (우) 420-011
전화 § 032-656-4452 팩스 § 032-656-4453
http://www.chungeoram.com
E-mail § eoram99@chol.net

ⓒ 설봉, 2002

값 7,500원

ISBN 89-5505-348-7 (SET)
ISBN 89-5505-378-9 04810

※ 파본은 본사나 구입하신 서점에서 교환하여 드립니다.
※ 저자와 협의하여 인지를 붙이지 않습니다.

설봉 新무협 판타지 소설

死神
사신

4 유유녹명(呦呦鹿鳴)
무리를 부르는 사슴들

도서출판
청어람

◇ 목
차

第三十四章 간웅(奸雄)　/ 7
第三十五章 계륵(鷄肋)　/ 33
第三十六章 개파(開派)　/ 63
第三十七章 삼목(三目)　/ 99
第三十八章 내객(來客)　/ 131
第三十九章 회풍(回風)　/ 159
第四十章　 정적(靜寂)　/ 187
第四十一章 역살(易殺)　/ 209
第四十二章 양성(養成)　/ 235
第四十三章 약속(約束)　/ 263
第四十四章 전야(前夜)　/ 289

◆第三十四章◆
간웅(奸雄)

천의원은 이름만큼이나 거창한 의원이 아니다. 조그마한 읍내에 있는 의원에도 미치지 못하는, 직접 몸에 침을 맞아보지 않으면 의원이라고 믿을 수도 없는 허름한 곳이다.

살혼부가 천의원에 눈독을 들인 것은 천의원이 살수들에게 딱 알맞는 몇 가지 요건을 구비했기 때문이다.

첫째, 의원(醫員)이 마음에 든다.

의원은 고명(告明) 태생으로 한 때는 명의(名醫)로 소문이 난 자이다. 또한 등주(藤州)에서 퇴직 관리를 잘못 치료, 죽이는 바람에 관원(官員)에게 쫓기는 신세이기도 하다.

서주로총관(徐州路總官)까지 지낸 사람을 죽인 것은 작은 불행이다. 진짜 불행은 죽인 자의 두 아들이 관직에 올라 출세가도를 달리고 있다는 것이다.

명의이나 세상에 모습을 드러낼 수 없는 자.

이처럼 살수들에게 합당한 의원은 찾기 힘드리라.

둘째, 지리적인 여건이 좋다.

천의원은 마을에 있지 않고 산속에 있다. 생로병사(生老病死)가 인간의 인생에서 뗄 수 없는 까닭에 의원은 사람들의 발길이 한 번씩은 닿는 곳이다. 아무리 건강하다고 해도.

의원은 당연히 사람들이 북적거리는 곳에 있는 법이다. 그런데… 산속에 있다.

산도 보통 험하지 않다. 산을 잘 모르는 사람이 용력(勇力)만 믿고 섣불리 발길을 들여놓았다가는 굶어 죽거나 산짐승에게 잡아먹히기 십상이다.

천의원을 방문하는 환자들은 불의의 변고를 당한 사냥꾼이나 약초꾼이 대부분이다.

간혹 용하다는 소문을 듣고 일부러 찾아오는 사람들도 있지만, 몸이 아픈 환자를 데리고 험준한 산령을 타기가 쉽지 않아 소문을 들었어도 대부분은 포기해 버린다.

의원이면서도 사람들의 발길이 뜸한 곳, 그곳처럼 상처 입은 살수들이 일신을 쉬기에 적당한 의원은 없으리라.

살혼부는 천의원을 접수했고, 비밀 거점으로 활용했다.

소고는 수십 군데에 달하는 비밀 거점 중에서도 천의원처럼 일당백(一當百)의 요새만을 골라 손질했다.

"우리는 총단을 두지 않아요. 내가 있는 곳이 바로 총단이에요."

지금은 천의원이 총단이다.

소고가 천의원에 있으니.

"이럴 필요까지는 없었잖아요. 마음만 진실하면 시간이 해결해 주는데… 진심은 반드시 통해요. 이런다고 안 믿는 사람이 믿을 것 같아요?"
 벽리군은 마른 헝겊으로 상처를 감싸면서 끊임없이 중얼거렸다.
 종리추 스스로 틀어박은 비수는 복부 깊숙이 파고들어 장기(臟器)까지 손상을 입혔다.
 쉽게 일어날 수 없는 상처다.
 형식적으로 내지른 상처는 결코 아니다. 마음이 조금이라도 열려 있는 사람이라면 감명을 받을 수 있다. 반면에 꽁꽁 닫힌 사람이라면 의심이 더욱 깊어져 효웅으로 볼 수도 있다. 이만한 고육지계(苦肉之計)를 펼치려면 깊은 심계(心計)와 독심(毒心)이 잘 어우러져야 되지 않겠는가.
 "의원(醫院)이라 다행이지, 의원(醫員)이 없었으면 어쩔 뻔했어요? 금창약(金瘡藥)도 지니지 않고……. 몸을 함부로 굴리면 안 돼요."
 종리추는 벽리군의 말을 귓가로 흘려들었다.
 그의 모든 신경은 창밖에 어슬렁거리는 고양이에게 집중되어 빠져 나오지 못했다.
 딱! 따닥! 딱……!
 어느새 손가락에서 가벼운 음률이 새어 나오기 시작했다.
 고양이의 울음소리와 손가락이 퉁겨내는 소리는 전혀 다르다. 닮은 구석이 전혀 없다.
 야아옹……!
 고양이가 슬슬 움직여 다가왔다.
 대체로 짐승들은 시각, 청각, 후각에 의존해 움직인다.
 움직이는 경우는 단 세 가지뿐이다. 먹이를 잡을 때, 본능적으로 위기를 느꼈을 때, 발정기가 되었을 때.

종리추는 짐승의 소리를 모방하는 데 한계를 느꼈다.

짐승들은 똑같은 것 같지만 각기 다른 소리를 가지고 있다. 짐승은 시각, 청각, 후각에 따라 움직이지만 본능적으로 약간이라도 이상하다 싶으면 움직이지 않는다.

종리추가 손가락으로 퉁겨내는 소리는 그들의 본능을 자극한다.

한계는 있다. 지능이 낮은 동물은 소리로 자극을 줄 수 있지만 지능이 높은 놈들은 자극을 받지 않는다.

'내력이 부족해.'

종리추는 문제점을 즉시 알아냈다.

지각(知覺)이 발달한 동물일수록 진짜 소리와 가짜 소리를 분별해 내는 능력이 뛰어난 것은 당연하다. 지능이 낮으면 즉시 반응하지만 지능이 높으면 분석부터 한다.

분석력(分析力)까지 무너뜨리기 위해서는 높은 내력이 있어야 한다. 소리로 머리에 충격을 주어야 한다. 사고를 마비시켜 소리를 듣자마자 '위험하다'는 느낌이 들게 해야 한다.

요원한 이야기다.

만물 중 가장 지능이 높은 동물, 인간을 움직이기 위해서는 얼마만 한 내력이 필요한지 추측할 수도 없다. 인간의 뇌는 복잡 미묘해서 어떤 소리를 퉁겨내야 본능적으로 움직이는지, 소리의 영역조차 잡아낼 수 없다.

하지만 쥐나 고양이같이 지능은 낮으면서 본능에 예민한 놈들은 지금으로도 충분히 움직일 수 있다.

딱딱딱……!

소리는 고양이에게 전달되어 뇌를 자극한다.
고양이는 음약(淫藥)을 복용한 것처럼 격소(激素)를 뿜어낼 것이고 발정을 일으킨다.
수컷이라면 암컷을 찾아, 암컷이라면 수컷을 찾아 소리가 들리는 곳으로 쫓아온다. 짐승들은 대부분 수컷이 암컷의 암내를 쫓아오는 게 일반적이지만 뇌에 엄청난 자극을 받으면 후각마저 마비되어 버린다.
소리로 유인해 내는 단계에서 자극을 가해 끌어내는 단계로 발전한 것이다.
종리추는 자신의 이런 능력이 살수로서 살아가는 데 아주 유용할 것이라고 굳게 믿었다.
무공이라고는 전혀 모르던 시절에도 개방의 절정고수들의 손아귀에서 벗어났다. 살천문 문주의 침소로 접근하는 데도 한결 수월했다.
동물을 자유자재로 부릴 수 있는 능력은 어느 절정무공에 못지 않다. 아니, 어쩌면 살수가 몸을 지키는 데는 세상에서 가장 적합한 무공이 될 수도 있다.

딱딱딱······!
'왜 그러지? 내 말이 심했나? 듣기 싫어서··· 아냐, 그럴 리 없어. 듣기 싫어도 끝까지 들을 사람이야. 그런데 왜······?'
벽리군은 종리추의 시선을 쫓아 창밖으로 눈길을 던졌다. 그리고 보았다. 들고양이 한 마리가 어쩔 줄 몰라 하는 것을.
'이 사람은!'
벽리군은 상처를 감싸는 것도 잊고 종리추와 들고양이를 번갈아 바라보았다.

딱딱딱……!

일정한 음률이 반복되자 들고양이가 창문까지 다가와 기웃거렸다.

바로 들어오지 않는 것은 동물 특유의 본능 때문이다. 아무리 뇌를 자극하여 끌어들였다고는 하지만 한쪽에서 치미는 또 다른 본능이 행동을 제어하고 있는 게다.

'소리로 고양이를 끌어들이고 있어! 세상에, 이런 일이!'

벽리군은 모든 신경을 귀에 집중했다.

'소리로 고양이를… 이런 일이… 이런 일이……!'

소리라면 벽리군도 일가견이 있다. 가무음곡(歌舞音曲)이야말로 기루에 몸담고 있는 기녀라면 필수적으로 배워야 할 재주다. 얼마나 노래를 더 잘 부르고, 춤을 더 잘 추고, 악기를 더 잘 타느냐에 따라 명성이 달라지기도 한다.

기녀는 미모를 앞세워야 한다. 또 가무음곡을 앞세워야 한다.

둘 중 어느 하나라도 모자란다면 반쪽 기녀로 전락하고 만다.

딱딱딱……!

종리추가 손가락을 튕겨내는 소리는 일정한 음률을 지니고 있다. 하지만 아무리 풀이를 해보려고 해도 풀어낼 수 없었다.

곡(曲)을 넘어선 자연 그대로의 울림이라고 해야 할까?

자연이라고 하기에는 인위적인 울림을 가지고 있고, 곡이라고 생각하기에는 너무 자유분방하고…….

'도대체 이게…….'

그녀의 상식으로는 도저히 이해할 수 없었다.

무공, 학문, 가무음곡… 그 어느 것에도 종리추가 퉁겨내는 소리는 섞여 있지 않았다.

'휴우!'

결국 벽리군은 깊은 한숨을 내쉬며 소리 풀기를 포기했다.

딱딱! 따다닥……!

종리추는 더욱 강하게 손가락을 퉁겨냈다.

쥐들에게는 통한 방법이다. 소리의 모방에 이끌려 나온 쥐들은 고양이가 습격하는 듯한 위기를 느끼고 살천문 문주의 장원을 휩쓸었다. 쥐들은 고양이가 울부짖으며 달려드는 듯한 느낌을 받았으리라.

야옹……!

고양이가 창문을 넘어 들어섰다.

딱딱딱……! 야옹……!

드디어 고양이가 종리추의 침상까지 올라와 갈기를 곤두세웠다.

지금 고양이는 성난 상태다. 찾고 있는 암컷은 보이지 않고 위험을 자극하는 인간들만 있으니 겁도 나고 성질도 날 게다.

딱딱딱……!

종리추는 손가락을 계속 퉁겨내면서 한쪽 손으로 고양이의 갈기를 어루만졌다.

고양이는 가만히 있었다.

손이 갈기를 만지고, 목을 어루만지고, 몸뚱이를 들어 바짝 끌어안아도 길들여진 고양이처럼 가만히 있었다.

이번에 퉁겨낸 손가락 소리는 고양이를 유혹할 때와는 다른 소리다. 고양이의 신경을 나른하게 풀어주는 소리다.

'됐어.'
종리추는 쥐에 이어 고양이의 세계에까지 영역을 넓혔다.
짐승들이 가지고 있는 소리의 영역은 각기 다르다. 소리의 울림도 다르다. 고양이를 마음대로 움직일 수 있다는 것은 소리의 영역을 넓혔다는 이야기나 다름없다.

'이 사람은!'
벽리군은 눈으로 보았으면서도 믿을 수 없었다.
고양이 한 마리를 잡은 것은 대수로울 게 없다. 하지만 먹이로 유혹하지도 않고 스스로 걸어오게 만들기란 결코 쉽지 않다.
종리추의 또 다른 능력을 보고야 말았다.
얼마나 보지 않으려고 애를 썼는데…….
종리추가 뛰어나면 뛰어날수록 그녀는 자신이 설 자리가 좁아지는 느낌이 들어 견딜 수 없었다. 그의 주변에 뛰어난 미녀들이 모여들수록 질투라는 감정과 알지 못할 불안감이 물밀듯이 몰아쳤다. 그래서 가능하면 그의 능력과 사내다운 면모를 보지 않으려고 애써왔다.
'휴우!'
벽리군은 한숨을 내쉬었다.
처음부터 너무 무리한 욕심이었다.
나이도 거의 배나 많이 먹었으면서 어떻게 그를 연모할 수 있단 말인가. 하지만… 차가운 머리는 그렇게 그녀를 몰아세우지만 뜨거운 가슴은 연모로 불타오르는 것을.
들고양이와 장난을 치는 종리추의 모습에서는 살문을 일으킬 때의 매서운 모습이 비치지 않았다.

얼마나 사랑스러운 모습인가.

'이렇게 한평생 살 수 있으면… 그저 이렇게 옆에만 있을 수 있어도…….'

벽리군은 종리추에 옆에 있는 방법을 알고 있다.

마음을 꼭꼭 숨긴 채 하오문의 향주로서 도와주기만 한다면 언제까지라도 옆에 있을 수 있다. 문제는 이것 역시 차가운 머리는 냉정하게 생각하면서도 뜨거운 가슴은 사랑을 갈구하고 있다는 것이다.

종리추를 사랑하고 사랑받고 싶다는 갈망.

그것은 냉정한 머리로 짓누르려 하면 할수록 꺾이지 않는 잡초처럼 마음을 불살랐다.

문득문득 그를 껴안고 싶은 욕구가 치밀곤 했다.

사랑을 고백한다면… 계속 갈구한다면 어떤 결과가 나올까? 아마도 종리추는 부담스러워 곁에 머물지도 못하게 할 게다. 틀림없다. 그는 젊은 사람이니까.

"환자가 이게 뭐예요? 들고양이가 얼마나 더럽다고요! 이리 내요. 목욕시켜 가지고 올 테니."

벽리군은 빼앗다시피 고양이를 낚아챘다.

어쩌면… 그의 사랑을 이렇게 낚아채고 싶었는지도 모른다.

'어쩌면 이놈이 행복할지도…….'

벽리군은 종리추의 손길이 닿은 고양이의 목덜미를 어루만졌다. 고양이의 털에서 전해지는 따스한 온기가 마치 그의 손길 같아서.

2

쉭쉭쉭……!

검은 그림자들이 연이어 담장을 넘었다.

"불나방들이군. 죽여도 죽여도 끝없이 달려드니… 후후! 하기는 이게 살수들의 운명인지도 모르지. 죽을 것이 뻔한데도 담장을 넘어야만 하는 것."

야이간이 희미한 미소를 띠며 중얼거렸다.

그가 위치한 삼층 전각은 장원의 중심부이다.

그는 그곳 삼층에서 한 걸음도 움직이지 않았다. 움직일 필요도 없었고 움직이고 싶지도 않았다.

전각 삼층에는 생활에 필요한 모든 것이 완벽하게 준비되어 있었다.

한 달분의 식량, 술, 여자…….

시중은 납치되어 온 여자들이 들었다.

그녀들의 남편이나 아비 되는 자들은 한결같이 똑같은 소리를 중얼댈 게다.

'내 아내는 현숙한 여자요.'

'내 딸은 정조가 뭔지를 아는 여자다. 몸을 버리느니 차라리 죽음을 택할 것이다. 지금쯤은 죽어 있겠지. 반드시 시신이라도 찾아와야 한다. 억울한 원혼이라도 달래주려면.'

천만에!

그녀들은 색(色)에 길들여진 색녀(色女)에 불과할 뿐이다. 언제 어디서든 옷을 벗으라고 하면 서슴없이 벗어버릴 여자들이다. 현숙한 여자가, 정조가 무엇인지를 안다는 여자가.

"물 떠왔습니다."

야이간은 창밖으로 시선을 던졌나.

여인이 쭈그리고 앉아 신발을 벗기고 미지근한 물로 발을 씻기기 시작했다.

평생 만두피나 주무르던 여자다.

잡아올 때만 해도 살결이 거칠었고 손은 투박했다. 머리 모양새도 엉망이어서 매력이라고는 찾아볼 수 없었다.

하나 지금은 어떤가. 살결은 보드랍고, 머릿결은 윤기가 흐르며, 사내처럼 투박했던 손도 많이 다듬어지지 않았는가. 아마 제 남편이 보더라도 깜짝 놀랄 게다.

"핥아."

여인은 명령대로 발을 핥았다.

"으음……!"

야이간은 전신이 나른해져 의자 깊숙이 몸을 묻었다.

검은 그림자들은 걱정할 것이 없다. 그들은 곧 장원 곳곳에 설치한 기관 장치에 몸을 맡기게 될 터이다.

꼴에 살수랍시고 비명도 지르지 않고 조용히 죽음을 맞이하겠지.

제놈들은 장엄한 죽음이라고 생각할지 모르지만, 시신을 똥통 속에 처박는다는 사실을 알아도 그렇게 생각할까? 개, 돼지보다 못한 죽음을 맞으면서 장엄하다니. 하하!

야이간은 의자에 깊숙이 몸을 묻고 눈을 감은 채 발가락 구석구석을 누비는 혀의 감촉을 즐겼다.

'가만?'

문득 야이간은 이상한 느낌이 들었다.

비명이 들리지 않는다 해도 기관조차 작동되지 않고 있다. 파공음(破空音) 또한 들리지 않는다.

야이간은 신중하다. 아무리 사소한 일이라도 흘려 넘기지 않는다. 그런 행동이야말로 목숨과 직결된다는 것을 어려서부터 깨닫고 있다.

야이간은 즉시 몸을 일으켰다.

발을 핥고 있던 여인이 벌렁 뒤로 넘어지는 것도, 자신이 너무 급하게 일어서는 바람에 여인이 발 씻은 물을 뒤집어쓰고 물에 빠진 생쥐 꼴이 되어버린 것도 아랑곳하지 않았다.

그의 동물적인 감각은 이미 발동하고 있었다.

'뭔가 잘못됐어! 위기야!'

야이간은 창가로 달려가 벽에 몸을 숨겼다. 그리고 살며시 고개만 내밀어 바깥 동정을 살폈다.

어둠에 싸인 장원은 고요했다.

곳곳에 밝혀진 화톳불이 장원 구석구석을 비치고 있지만 검은 그림자들의 모습은 땅속으로 꺼져 버린 듯 깨끗이 증발해 버렸다.
'기관을 피했어. 기관 장치를 아는 자라면……'
야이간은 고개를 내둘렀다.
기관을 설치했던 자들은 쥐도 새도 모르게 죽음을 맞이했다. 그들의 시신 역시 똥통 깊숙이 가라앉아 있다.
세상에 기관 장치에 대해서 아는 사람은 자신 혼자뿐이다.
'어떻게 이런 일이…… 이런!'
야이간은 너무 어처구니가 없어 손으로 이마를 짚었다.
'그 자식들이!'
관원들이다.
장원 구석구석을 돌아본 사람은 그들밖에 없다. 고소가 접수되었다며 거만하게 들어선 작자들. 예상한 일이라 가볍게 흘려 버리지 않았던가.
예상한 일. 거기에 맹점(盲點)이 숨어 있다.
대부분 어떤 일을 예상하면 대응책을 마련하고, 일이 생각한 대로 풀리면 잘됐다고 생각하며 잊어버린다. 그 속에 어떤 변수가 숨어 있는데도 알아차리지 못하고.
변수는 관원이다. 관원들 중에 기관진식(機關陣式)에 해박한 자가 있었다. 또 그는 살천문과 끈끈한 인연을 맺고 있다.
사실을 추측해 내자 야이간은 오히려 냉정을 회복했다.
관원이 누구인지 생각하는 것은 중요하지 않다. 지금은 어떻게 난관을 빠져나가느냐가 중요하다.
상황은 긴급하다. 살천문 살수들은 기관진식을 뚫고 장원 깊숙이 침투하고 있다. 만약 그들의 눈에 띄기라고 하는 날에는 처절한 추격전이 펼쳐질 것이고 빠져나가지 못하리라.

'문제는 시간이야. 나를 얼마나 알고 있느냐 하는 건데…… 완전히 알고 있다고 봐야겠지. 나를 누를 자를 보낼 것은 당연할 테고 내 경신술이라면 일 다경 정도인데……. 곧 들이닥치겠군.'

시간 계산은 끝났다. 그는 곧바로 다른 생각을 이어갔다.

'관원은 장원 구석구석을 뒤졌어. 모든 기관 장치가 들켰다고 봐야겠지. 도주로는… 음! 도주로도 이미 끊겼다고 봐야겠고…… 이럴 때 도주로로 들어서면 독 안에 든 쥐가 되고 말지. 그럼 어떻게? 날개가 있다면 하늘로 도망갈 텐데……. 날개?'

야이간은 급히 다른 창문으로 뛰어가 슬며시 바깥을 살펴봤다.

가산(假山)이 있는 곳이다.

그곳 역시 기관으로 둘러싸여 있다. 나무들이 울창해서 몸을 숨길 곳도 많다. 날개가 있어 삼층 전각에서 날아갈 수 있다면 제일 먼저 눈에 들어오는 곳이다. 더군다나 가산은 정문과는 정반대에 위치해 있지 않은가.

야이간에게는 날개가 있다.

곤륜파의 운룡대구식은 삼층 전각쯤은 높이로 보지도 않는다. 발 디딜 공간이 두어 군데만 있다면 얼마든지 날아 내릴 수 있다.

'치잇! 놈들은 나에 대해서 빠삭하게 파악하고 있어.'

야이간은 아무도 없는 어둠 속에서 알지 못할 살기를 느꼈다.

가산으로 도주하면 죽는다. 적들은 이미 가산 주변에 있는 기관 장치를 무력화시켰고 야이간이 뛰쳐나오기만 기다리고 있다. 담장을 넘기 전에 가산 뒤쪽으로 해서 침입한 게 틀림없다. 기관 장치에 대해서 소상히 알고 있다면 그쯤은 문제없을 테고.

야이간은 검을 뽑아 뒷정리를 시작했다.

쉬익!

"아악!"

제일 먼저 피를 뿌리며 쓰러진 여자는 남의 집 농사나 지어주느라 피골이 상접한 소작농의 마누라다.

'아깝군! 이제야 피부가 조금 야들야들해졌는데.'

다른 여자들이 주춤 뒤로 물러섰다.

이지(理智)를 상실한 여인들이지만 붉은 피를 보자 본능적으로 두려움을 느낀 듯했다.

"여자 팔자는 뒤웅박 팔자지. 반반한 얼굴로 사내나 잘 잡을 것이지…… 내 원망은 마라. 어차피 돌아갈 곳도 없는 몸들이니 길거리에서 객사하는 것보다는 이게 나을 게다."

쉬익! 쉬이익……!

"아악!"

"아아악……!"

여인들은 반항조차 제대로 하지 못했다.

야이간이 휘두르는 칼날을 피하기에는 삶이 너무 고달팠는지도 모른다.

이지를 상실한 여인들은 단 한 명도 요행을 바라지 못했다.

'후후! 비명 소리를 들었으니 굶주린 승냥이처럼 달려들겠군.'

야이간은 여인들의 죽음을 확인한 후 서가(書架)를 한쪽으로 밀어냈다.

스르룽…….

서가가 움직이며 암동이 커다란 입을 드러냈다.
'도주로. 여기까지 막았다면 난 죽는다. 하지만… 후후! 여길 알 리 없어.'
야이간은 망설이지 않고 암동 속으로 몸을 들이밀었다.
스스릉……!
서가가 다시 닫혔다. 그리고 눈 한 번 크게 끔벅일 사이를 두고 흑의(黑衣)를 입은 장정 십여 명이 들이닥쳤다. 푸른 빛이 넘실대는 장검을 들고.

야이간은 조심스럽게 암동을 걸었다.
암동은 삼층 전각에서 지하로 뚫려 있다.
지하는 미로(迷路)다. 지도가 없으면 한 걸음도 움직일 수 없다. 미로를 수십 번도 더 와봤던 야이간 역시 지도(地圖)를 보고 확인한 다음에야 발길을 떼어놓았다.
미로에 설치된 기관은 다른 곳과는 다르다.
야이간은 장원을 매입한 후 제일 먼저 미로부터 만들었다.
살혼부의 마지막 비처, 뇌옥 같은 암동을 떠올렸던 까닭이다.
소천나찰을 따라 암동을 나서면서 '이런 곳이면 세상에서 감쪽같이 숨을 수 있을 텐데.' 하고 감탄한 적이 있으니까.
미로를 만들었던 자들은 모두 미로에 갇혀 죽었다. 정확히 말하면 죽인 후에 가둬 버렸지만.
여인들을 납치한 후 성(性)에 대해 길을 들인 곳도 미로다.
어떤 여인이든 간에 칠흑같이 어두운 미로에 가둬놓고 사흘 밤낮을 굶기면 거의 체념 상태가 되어버린다. 거기에 이지를 망각시키는 몽혼

향(夢魂香)까지 피워주면 백이면 백 고의(袴衣)를 끌어내린다.

야이간은 여인을 철저히 유린했다.

유린하는 정도가 워낙 심해서 정조를 지키지 못했다는 정도는 가벼운 이야깃거리도 되지 못하게 만들었다.

그녀들은 산전수전 다 겪었다는 홍루(紅樓)의 여인들도 혀를 내두를 만큼 성에 대해 둔감해졌다.

몽혼약과 어둠과 죽을지도 모른다는 극심한 공포가 버물어져 빚어낸 결과다.

이런 곳에서 길들여진 여인들은 밝은 세상으로 끌어올려도 도망칠 생각을 하지 못한다. 본인 스스로 자신은 인간이 아니라 동물이라 생각할 정도이니 어떻게 도주를 생각할 것인가.

'깨뜨리려면 철저하게. 겉만 깨뜨리는 것이 아니라 알맹이까지 산산조각 내야 해. 인간성을 말살시켜 버리는 거지.'

야이간은 열 살 이후 꾹 눌러 참았던 성욕을 마음껏 발산했다. 평소의 지론(持論)이 옳다는 것도 증명해 냈다. 여인들은 도망갈 생각을 못했고, 동물처럼 학대받는 것을 당연하게 받아들였으니까.

야이간은 미로를 설치한 다음 장원을 개축했고 또 다른 자들을 불러 기관을 설치했다.

관원들은 장원만 둘러보았을 뿐 미로는 발견하지 못했다. 발견했다면 갇혀 있던 여인들도 발견했을 텐데.

야이간은 한 손에는 횃불을 들고 다른 한 손에는 지도를 든 채 매 걸음걸음을 조심스럽게 떼어놓았다.

그 역시도 암동에 설치된 기관은 두려웠다.

"휴우! 만 냥짜리 장원이 날아갔군."

눈 아래 만 냥짜리 장원이 굽어보인다.

아깝다는 생각은 들지 않았다. 만 냥이 비록 거금이기는 하지만 마음속에 숨어 있는 야망에 비한다면 티끌 같은 돈이다.

"어느 놈인지 알아내야겠지? 그놈이 살천문과 직통하는 놈이라면 상관없지만, 살천문이 하오문이나 개방 같은 곳에서 정보를 입수했다면 상황은 조금 달라지지. 행동이 거추장스러워져. 그래선 안 되지. 하하!"

야이간은 여유있게 걸음을 떼어놓았다.

이호(李皓)는 밤 근무를 마치고 아침이 훨씬 지난 시각에서야 집에 돌아왔다.

식솔들은 모두 깨어 있었다.

잘 먹지 못해 누렇게 뜬 얼굴로 혹시나 있을지도 모를 부수입을 고대하는 눈치였지만, 이호는 못 본 척하고 방으로 들어가 옷을 갈아입었다.

식솔들의 얼굴에 실망의 그림자가 스쳐 지나가는 것을 모를 리 없다. 하지만 잠깐이다. 식솔들은 언제 그랬냐 싶게 있는 것으로 오늘 하루를 버틸 것이다.

극심한 흉년은 비교적 안정적인 수입이 있는 이호 가족에게도 어려운 시절임을 깨닫게 해주었다.

이호의 마음도 메말랐다. 전 같으면 한 푼이라도 더 벌기 위해서 악착같이 굴었겠지만 언제부터인가 그 같은 악착스러움도 소용없다는 것을 깨닫고 난 다음부터는 그저 잘 견뎌주기만 바랄 뿐이었다.

이호는 아무 생각 없이 옷을 벗고 평복으로 갈아입었다. 그때,

"힘들게 찾았으니까 대답은 쉽게 해줘야겠어. 어디지?"

천장에서 처음 듣는 음성이 쏟아져 나왔다.

이호는 깜짝 놀랐다. 자신의 집에 낯선 자가 들어와 있다는 사실만으로도 놀라기는 충분했다. 황급히 고개를 들어 천장을 바라보자 빙긋이 웃는 자의 모습이 보였다.

그는 대들보에 몸을 의지하고 비스듬히 누워 있는데 무척 편안해 보였다.

'무림인이다! 무인이 왜……?'

"누구냐!"

이호는 짐짓 위엄 어린 음성으로 되물었다. 하찮은 군졸에 불과할망정 관원은 관원이지 않은가.

"시끄럽게 굴면 가족이 다치지. 조용하는 게 좋아."

양상군자(梁上君子)는 마치 제 집이라도 온 듯 태연했다.

'무인이면 상대가 안 돼. 도대체 무인이 무슨 일로 내 집에……?'

이호는 말귀를 알아들었다는 듯 고개를 끄덕였다.

양상군자가 물었다.

"어디냐?"

"뭐가 말이오?"

"네놈이 거래하는 곳. 살천문인가, 아니면 개방? 속 시원하게 털어놓지?"

'이, 이놈은!'

이호는 양상군자의 정체를 짐작해 냈다.

그의 장원을 방문한 적이 있다. 실종된 여인들은 찾지 못했지만 깨

끗이 청소된 장원에 사람 그림자라고는 눈을 씻고 찾아봐도 없던… 괴기스럽기까지 하던 장원의 주인이다.
 그때 그는 돌아서는 자신들에게 은자 열 냥씩을 건네주었다.
 다시금 얼굴을 확인해 보니 확실히 그때 그 대지주다.
 '수고한다면서 은자 열 냥을 건네주었지.'
 그 돈은 이호 같은 사람에게는 워낙 큰돈이라 침상 바닥을 뜯고 숨겨두었다. 식솔이 곤궁해하는 것을 알면서도, 지금 내놔봤자 먹고 입는 데밖에 더 쓰겠는가.
 이호는 반가운 표정을 지어 보였다.
 "아! 장주님이셨군요. 이렇게 누추한 곳에는 웬일로…… 살천문, 개방이라뇨? 저희가 아무리 미천하다 해도 살수 집단이나 거지 집단과 인연을 맺을 리가……."
 "쉽게 말하지 않는군."
 이호는 비로소 상대가 호의로 방문하지 않았다는 것을 깨달았다.
 "소인은 도대체 무슨 말씀을 하시는지……."
 "지금까지는 두 명 남았어."
 "……?"
 "이제 곧 한 명 남게 되겠군."
 "무슨……?"
 "말하지 않으면 죽는다는 흔한 협박이지."
 '이자는… 죽이려고 왔어. 말해도 죽고 말하지 않아도 죽는다.'
 이호는 대지주의 편안한 웃음 속에서 죽음을 읽었다.
 대지주 말대로라면 장원을 찾아갔던 관원 다섯 명 중 이미 세 명이 죽었다. 어젯밤 모두 같이 야번을 섰으니 오늘 아침밖에 죽일 시간이 없는데…… 죽였다.

 그들은 죽으면서 한마디 했으리라.

 기관진식에 관한 거라면 이호에게 물어보라고.

 자신이라고 기관진식에 대해 알 턱이 없다. 장원에 기관 장치를 하러 들어간 자가 슬그머니 도면을 빼주지 않았다면 어떻게 알겠는가. 그 정도로 기관에 능통하면 진작 관원을 때려치우고 그쪽 계통의 일을 하고도 남았지.

 '제길! 이럴 줄 알았으면 은자나 써보고 죽는 건데. 멍청한 마누라는 침상 밑에 은자가 묻혀 있는 것도 모를 거야. 귀중한 돈이 흙이 되어 돌아가겠군.'

 "거래하는 곳이 두 군데 있소."

 이호는 말을 돌리기 시작했다.

 "말이 통해서 좋군. 어디 어딘가?"

 "첫 번째는… 염라대왕이지!"

 이호가 느닷없이 소매를 떨쳐 냈다.

 쒸이익……!

 무수한 바늘이 천장으로 솟구쳤다.

 그는 절체절명의 순간을 두 번 겪었고 그때마다 비장의 한 수는 그의 목숨을 살려주었다. 그러나 이번에는 달랐다. 천장 위에 비스듬히 누워 있던 대주주의 모습이 순식간에 사라져 버렸다. 이호의 눈에는 귀신처럼 스르륵 사라지는 것처럼 보였다.

 "무공을 모르는군. 그런 싸구려 수법으로는 내 목숨을 위협할 수 없지. 보아하니 그게 비장의 한 수 같은데, 힘 그만 빼고 말해 보지. 장원의 기관진식을 파악해서 어디에 팔아먹었나? 그리고… 보아하니 넌 무공도 제대로 익히지 못했는데, 기관진식은 어디서 배웠지?"
 이호는 죽음을 각오하고 눈을 감아버렸다.
 짐작은 했지만 무공으로써는 도저히 상대가 되지 않는다. 어설프게 창질을 배운 자신이 어떻게 정통으로 무공을 익힌 무인을 상대할 수 있단 말인가.
 "힘들게 하는군."
 대지주는 손을 쓰지 않았다. 아니, 손을 쓰기는 썼다. 경대 위에 놓여 있던 화병(花甁)을 들어 거칠게 내던졌다.
 쨍그렁……!
 화병은 요란한 소리를 내며 깨졌다.
 "자네는 혼자 죽을 수 있는 기회를 놓쳤어."
 그는 손에 닥치는 대로 물건을 집어 던졌다.
 휙! 딱! 쾅! 우당탕……!
 "안 돼!"
 "무슨 일이에요?"
 이호가 대지주의 의도를 짐작했을 때는 이미 늦었다. 평소 멍청하다고 놀려대던 아내가 불쑥 방 안으로 들어서고 말았다. 말이 씨가 된다고 평소에도 말조심을 했어야 하는 것을.
 아내는 방 안으로 들어서기 무섭게 굳어졌다.
 턱 밑에 바짝 대어진 검날이 아내를 석상으로 만들어 버렸다.
 "이제 말해 보지. 어디에 팔아먹었나?"
 "개방이오."
 이호는 다급한 기색을 눈가에 떠올리며 급히 말했다.
 "개방이라…… 기관진식은 어떻게 알지?"

"장원에 기관 장치를 하러 들어갔다가 실종된 자 중에 정개(丁蓋)라고 있는데, 정개가 도면을 빼줬소."

"그래? 그럼 장원을 뒤질 때는 왜 가만있었지?"

"개방에서 건드리지 말라는 전갈이 있었소."

'소고였지. 소고가 건드리지 말라고 했어. 날 죽일 수 있을진 몰라도 너 역시 죽어. 소고가 가만있지 않을 거야.'

이호는 살혼부의 간자(間者)였다. 죽은 정개도 살혼부의 간자다.

그들은 야이간이 살혼부 사람이란 걸 알지 못했다. 소고가 야이간, 적사, 적각녀, 종리추를 거둔 사실은 극비리에 진행된 사실이라 연관된 몇 사람을 제외하고는 아무도 알지 못했다.

평소처럼 특이한 사항을 접수하고 보고를 했을 뿐이다. 그 와중에 정개가 죽었고.

"정개… 기억나. 무식함을 드러내려고 턱수염을 기른 자지. 좋아, 네 말을 믿어주지."

"이제 제 아내를……."

이호는 간자답게 야이간의 눈썰미를 읽어냈다.

야이간은 말의 진위를 판단하고 있다. 어떤 행동을 취하느냐는 그 뒤다.

'죽는 순간까지 조급해해야 해. 아내의 죽음을 걱정하는……. 소고, 꼭 복수를…….'

부욱!

이호는 아내의 목에서 새빨간 선혈이 치솟는 것을 보았다.

아내는 자신이 왜 죽어야 하는지 모르겠다는 듯, 죽기 두렵다는 듯 애처로운 표정을 지으며 죽었다.

'믿었어! 이제 넌 죽을 거야!'

"야아앗……!"

이호는 마지막 사력을 다해 달려들었다. 꼬리에 불붙은 멧돼지처럼.

◆第三十五章◆
계륵(鷄肋)

　소고는 침통했다.

　소여은도 말을 잊었다.

　장원에서 발견된 여인의 시신은 십여 구에 달한다.

　그녀들의 죽음은 납치되는 순간부터 정해진 사실이었을지 모르지만 죽이는 방법이 악독했다.

　야이간은 사혈(死穴)을 베지 않았다. 혈도를 피하되 살아날 수 없는 깊이로 정교하게 장기를 베어냈다.

　여인들은 즉시 죽지도 못하고 한참 동안을 고통 속에 몸부림치다 죽었으리라.

　이호의 죽음도 침통함에 일조했다.

　사정이야 어떻든 무인이 관원을 죽인 것은 서투른 행동이다. 이유는 알 만하다. 장원의 도면이 어떻게 살천부에 흘러 들어갔는지 파악하려고 했겠지.

이번에도 잔인한 손속이 문제다.

야이간은 이호뿐만이 아니라 이호의 아내와 다섯 자식을 모두 죽였다. 그중에는 태어난 지 두 돌밖에 되지 않은 갓난아기도 포함되어 있었다.

"야이간은 살혼부를 알아요. 어음을 만 냥이나 전해주었으니 재화(財貨)가 넉넉하다는 것도 알 거예요. 무엇보다 언니와 저, 적사, 종리추가 있다는 것을 알아요. 잔인하지만 거두든가, 아니면 죽여 버려야 해요."

"동생은… 죽이고 싶겠지?"

"……."

소여은은 대답하지 않았다.

'여자를 노리개쯤으로 아는 놈들은 모두 죽여야 돼.'

소여은의 눈에서 파란 독기가 일렁거렸다.

그녀의 살아온 삶은 육체를 노리는 사내들로부터 어떻게 몸을 지켜내느냐 하는 싸움의 연속이었다.

위기도 있었다. 녹림마왕에게 걸려 알몸이 되었을 때는 마지막이구나 싶기도 했었다.

소여은은 소고의 명령대로 움직인 덕분에 오히려 부드러운 성품을 얻었지만 여인을 탐욕하는 자만은 용서할 수 없었다.

"거둬야겠어."

소고의 말은 의외였다.

그녀 역시 죽이는 데 동의할 줄 알았건만.

"우리는 독한 사람이 필요해."

"언니 뜻대로 하세요."

"무엇보다 현판도 걸지 않았는데 내부 싸움부터 벌이면 안 돼. 정 지나치다 싶으면 내가 죽이지. 우선은 누가 좀 도와줘야겠는데……."

야이간은 살천문에 쫓기는 중이었다.

장원을 빠져나오는 것까지는 좋았지만 관원들을 죽인 것이 화근이었다.

살천문은 꼬리를 잡았다. 지난 세월 동안 살혼부가 막대한 금력(金力)을 쌓았다면 살천문 역시 그렇다. 사람들 틈에 살혼부를 위해 목숨을 건 자들이 숨어 있다면 살천문 역시 그렇다. 살천문이 작심하고 달려들면 죽이지 못할 자는 없다. 정말 작심하고 달려든다면.

야이간의 실수라면 관원을 죽인 것보다 살천문을 너무 약 올렸다는 것이다. 야이간은 고슴도치저럼 가시 철갑 속에 들어박혀 살천문 살수들을 유인했고 죽였다. 이제 그에게 가시 철갑이 벗겨졌다.

"누가 가는 게 좋을까?"

소고는 말을 하면서도 한 사람을 생각했다.

'그는 중상(重傷)이야. 미련한 사람. 꼭 그렇게까지 하지 않아도 되는데.'

정말 그랬을까? 그렇게까지 하지 않아도 그를 신뢰할 수 있었을까? 굳이 숨긴 것도 없지만 바보인 척 순순히 수하가 된 그를 가식없이 쳐다볼 수 있었을까?

모두 실패했다.

소여은은 살수가 되었지만 문파를 창건하지는 못했다. 적사와 야이간은 살천문이란 커다란 적을 자극만 시켰다.

그는… 해냈다.

싸움 한번 하지 않고 수하가 된 자가 시험 삼아 내던진 관문을 통과했다. 거금 일만 냥을 내던졌지만 성공할 수 있으리란 기대는 눈곱만큼도 없었는데 해냈다. 그녀가 준 일만 냥도 거절하고 무일푼, 맨 몸뚱이 하나로.

과연 '사부의 명은 천명(天命)'이란 말 한마디로 모든 의구심을 떨친 채 순순히 받아들일 수 있을까? '오냐, 넌 참 착한 놈이다' 하고.

그는 그것까지 짐작하고 충성을 보였다.

'둘 중 하나겠지. 진심이라면 날개를 얻은 것이고 가식이라면… 내가 먹히겠지.'

소고는 종리추를 떠올렸다.

곱상하게 생긴 얼굴, 악의없는 표정, 하지만 냉정할 때는 얼음보다 냉정하고 몰아칠 때는 돌풍보다 거센 성격.

'그가 가면 야이간은 살아날 수 있어. 하지만 상처가 너무 심해. 바보 같은 사람.'

소고는 종리추란 이름을 입에 담지 않았다.

"누가 가도 괜찮을 거예요."

소여은은 그런 말을 하면서도 '안 된다'는 생각을 했다. 살천문 살수들로부터 야이간을 구해내려면… 오직 한 사람만이 가능하다.

소여은, 그녀는 자기 스스로를 돌이켜 보았지만 자신은 살수에 불과하다. 화적 떼를 이끌고 무지막지한 살육전을 벌이라면 벌일 수 있지만, 화적 떼를 규합하여 문파로 형성시키라면 고개를 갸웃거려야 한다.

문파를 만든다는 것은 주변 문파들과의 이해 관계를 잘 조율해야 한다. 수적 떼를 이끌고 범선을 습격하듯이 문파를 이끌었다가는 집중 공격을 받게 된다.

수적 떼와 관군이 정면으로 부딪치는 격이다. 이해 관계와 전혀 상반되는 관군을 구워삶아서 공존을 하게 만든다? 관군조차 어찌할 수 없는 거대한 힘으로 몰아붙인다면 몰라도……

현 상황에서 그녀는 어쩔 수 없는 살수였다. 문파를 이끌기에는 무공도, 경험도 모든 게 터무니없이 부족했다. 그런 면에서는 야이간이나 적사도 마찬가지다.

개개인이 무공만으로 강호에 두각을 나타낼 수는 있다. 문파를 창건하고 문도를 받아들일 수도 있다. 하지만 살수문이라면, 문파를 창건하는 순간부터 치열하게 싸워야 하는 살수문이라면 이야기가 전혀 달라진다.

살수문주는 역전의 용장(勇將)이나 어떤 난관이라도 가볍게 뚫고 나갈 수 있는 지장(智將), 인덕(仁德)으로 주위를 감화시킬 수 있는 넉장(德將) 그 모든 것을 갖추고 있어야 한다.

소고는 능력을 드러내지 않았으니 어떤지 모르지만 종리추는 가능성이 있다.

사무령이 문제가 아니라 문파를 창건하는 게 급선무다. 지금과 같은 경우에도 자신이나 적사가 간다면 싸움을 해야 한다. 그 이외에 다른 방도는 생각할 수 없다. 죽이고자 달려드는 사람들을 무슨 수로 떼어놓을 수 있단 말인가.

그러나 그것도 무리다. 살천문에서는 일급살수를 동원시켰고, 무공으로 맞선다면 자신과 적사가 야이간과 손을 잡고 상대해도 역부족이다. 그것은 적사의 경우에서 명확하게 드러났다.

야이간을 구하려면 싸워서는 안 된다. 싸우지 않고 구할 수 있는 사람이 누굴까?

계륵(鷄肋) 39

한 사람, 종리추뿐이다.
소고와 소여은은 한동안 서로 마주 보기만 했다.
'상처만 깊지 않아도······.'
'역시 그 사람뿐이야.'
다른 방도는 생각나지 않았다.

똑똑······!
소여은은 방문을 두드렸다.
"들어오세요."
차분한 여인의 음성이다.
소여은은 방 안으로 들어섰다.
침상 옆에 앉아 있던 중년 여인 벽리군이 몸을 일으키며 맞이했다.
소여은이 종리추의 방을 찾기는 처음이다. 그를 본 것도 어려서 암굴에서 본 것이 한 번, 삼이도에서 한 번, 그리고 그가 천의원에 들어올 적에 한 번, 소고를 맞을 적에 한 번······ 모두 네 번밖에 되지 않는다.
"좀 어때?"
"주무시고 계세요."
묻기는 종리추에게 물었는데 대답은 벽리군이 했다.
소여은은 눈빛을 반짝였다.
'이 두 사람··· 어떤 관계지?'
여인이 하오문의 향주였다는 것은 보고를 통해 알고 있다. 종리추가 하오문으로부터 정보를 얻었다는 것도. 종리추는 자신의 행적에 대해 숨김이 없었다.
천의원에 찾아온 첫날, 그는 벽리군에 대해서도 말했다.

"하오문의 향주였으나 지금은 오갈 데 없는 몸, 나 때문에 살천문으로부터 쫓기는 몸이 됐지. 뒤를 봐줄 작정이야."

'정말 그 정도 관계밖에 안 되나? 이 여자는 지극정성으로 병간호를 하고 있어. 눈도 제대로 붙이지 않고. 사랑하는 사람이 아니라면 이럴 수 없지.'

그러나 사랑하는 연인 관계라고 생각하기에는 나이 차가 너무 심했다. 물론 벽리군은 어디 내놔도 손색이 없을 미녀다. 기녀답지 않게 화장이 옅고 옷차림도 검소하다. 또한 겉으로 나타난 현숙함 뒤에는 사내를 빨아들일 것 같은 요사함이 숨겨져 있다. 사내들에게는 나이를 불문하고 매력적인 여사임에는 틀림없다.

주종 관계라는 생각도 해봤지만 곧 고개를 흔들고 말았다. 꼬박꼬박 상전 모시듯 존대를 쓰고 있는 점은 주종 같지만, 하오문이라는 문파에 몸을 담고 있는 사람이 다른 사람을 상전으로 모실 리 없다.

소여은은 이번에도 생각을 중단했다.

종리추와 벽리군의 관계에 대해서는 생각하면 할수록 머리만 아파왔다.

"대낮부터 잠이라니 팔자가 편하군요."

소여은은 빈정거리듯 말했다.

아무래도 둘 사이가 정상적인 사이 같지는 않았다. 그렇다고 화화공자와 기녀가 만났을 때처럼 사랑도 없는 육체 관계를 맺고 있는 사이처럼 비치지도 않았기 때문이다.

"빨리 회복되셔야 하니까요."

'물론 그렇겠지.'
"요즘은 운기만 하시면 바로 잠에 드세요."
"우, 운기……?"
"네."
"운기를 하면 잠에 든단 말예요?"
"네."
"호호호!"
소여은은 말도 안 되는 소리에 웃어 젖혔다.
내공을 갓 접한 사람들은 진기를 느낄 수 없다. 호흡을 가다듬고 진기의 흐름을 느끼라고 하지만 무슨 감각이라도 있어야 느끼지. 그래서 종종 운공을 하다 말고 졸음에 빠지곤 한다. 모두 진기를 느낄 수 없던 초심자 때의 일이다.
일단 진기를 느끼기 시작하면 심원한 매력에 이끌려 정신없이 빠져든다. 누가 시키지 않아도 진기를 느끼고 싶어 하루 온종일 운공조식을 할 때도 있다.
그렇다고 몸이 피곤하느냐 하면 절대 아니다. 운공을 하면 할수록 몸이 가뿐해지고 날아갈 듯 상쾌해진다. 정신도 맑아진다.
운기를 하고 난 다음 곧바로 잠이 든다? 작심하고 잠을 청해도 그러기는 어렵다.
벽리군은 소여은이 웃을 줄 알았다는 듯 태연했다.
"좀 깨워줄래요? 할 말이 있으니까."
벽리군은 깨울 생각을 하지 않고 탁자로 갔다.
'이 여자는 정말 색기(色氣)가 넘쳐흘러. 청루에서 배운 못된 짓이 몸에 배인 거야. 둘이 잘 만났군.'

벽리군의 걷는 모습에는 정숙함으로 가득했다. 어느 여염집 처자라 해도 벽리군처럼 단아하게 행동하지는 못할 게다. 그러면서도 은근히 허리를 비트는 모습 하며, 살며시 고갯짓을 하는 모습 등 행동 하나하나가 모두 사내를 유혹하는 몸짓이다.

벽리군은 그녀의 생각을 아는지 모르는지 탁자 위에 놓인 서신을 들고 걸어왔다.

"오늘쯤 오실 거라며 이걸 전해드리라더군요."

"뭐라구요? 오늘쯤 올 거라고요?"

"예."

소여은은 망연자실했다.

종리추는 방 안에만 있었다. 그런데 침상에 누워 강호(江湖)가 어떻게 놀아가는지 훤하게 알고 있다. 뿐만 아니라 자신과 소교가 어떻게 움직일지까지도.

'부처님 손바닥 안의 오공(悟空)'이라 했던가. 소여은은 꼭 그런 기분이 들었다.

"받으세요. 절대 개봉하지 말고 전하라는 당부가 계셨어요."

소여은은 서신을 받아 들었다.

밀봉된 서신이었다. 수신자(受信者)는 살천문주.

'해결됐어. 간단하게. 절대 개봉하지 말고? 이 안에 무슨 내용이 적혀 있을까?'

너무 쉽게 해결됐다. 종리추는 적사의 경우처럼 야이간도 손 하나 쓰지 않고 구할 방도를 건네주었다.

소여은의 손에 들린 서신은 종이에 불과하지만 아무나 건네줄 수 있는 종이가 아니다. 그것은 살천문주와 협상할 수 있는 위치에 올라섰다는 것을 의미하며 살천문주가 종리추를 동등한 자격으로 인정했다는 말도 된다.

과거의 살혼부주 청면살수와 같은 위치다. 아니, 청면살수라 해도 살천문의 청부를 막을 수는 없다.

청면살수, 소고. 그들이 갖지 못한 힘을 종리추는 가지고 있다.

소여은은 잠들어 있는 종리추를 흘겨봤다.

아무리 봐도 알지 못할 사내였다.

흥미가 생기는 사내였다.

'이거 자칫하다가는 여기서 뼈를 묻겠군.'

야이간은 옷자락을 부욱 찢어 어깻죽지에서 팔꿈치까지 길게 찢어진 상처를 감싸 맸다.

곤륜파의 무공을 익히면서 곤륜파에서도 당당히 후기지수로 거론된 다음부터 살천문 정도는 안중에도 두지 않았다.

십망이 펼쳐진 후 청해까지 도주하면서 겪었던 처절한 혈로(血路)가 머리 속에서 지워지지 않았다. 그때만 생각하면 세상 어떤 고난도 두렵지 않았다.

살천문의 추적은 십망과 버금갈 만하다.

당시는 소천나찰이 싸웠고 자신은 방관자였지만 지금은 자신이 싸운다. 그래서 살천문의 공격이 한결 무겁게 느껴진다.

야이간은 검을 검집에 집어넣지도 못했다. 장검에 핏물이 엉켜 있지만 닭을 생각조차 들지 않았다. 그럴 틈도 없었다.

'음…… 살기. 지겹게 몰아치는군.'

야이간은 몸 상태를 점검했다.

종아리와 허벅지에 깊은 검상을 입어 신법을 펼치기가 자유롭지 않다. 특히 운룡대구식 같은 절정신법은 펼칠 여력이 부족하고 사용해 봤자 역효과만 불러온다.

'분광검법(分光劍法)하고 육양수(六陽手), 정 안 되면 투골환(透骨丸)을 사용할 수밖에.'

야이간은 가슴을 더듬어 묵직한 전낭을 만졌다.

전낭에는 그가 뇌옥 같은 암굴에서 선택했던 병기가 들어 있다.

쇠구슬 백 개. 과거, 그는 이 투골환으로 청성파 도인 두 명을 살상했다. 기습 덕을 톡톡히 보았지만 투골환이 지닌 흉포함이 아니었다면 위기를 벗어나지 못했을 게다.

투골환은 조심스럽게 사용해야 한다.

둥그런 쇠구슬에 불과하지만 한 알 한 알마다 조그만 홈이 패여 있다. 던지기 직전에 그곳을 누르면 작은 침이 무려 백여 개나 튀어나오고, 적을 향해 날아가면서 사방으로 비산하게 된다.

침에는 해독약(解毒藥)이 없다는 홍점사(紅點蛇)의 독이 묻어 있어 더욱 조심해야 한다.

작은 구슬에 그 많은 침을 어떻게 숨겼을까?

천하제일의 장인(匠人)이라는 신수(神手)의 솜씨가 아니고는 도저히 불가능하다.

그렇다. 투골환은 손에 닿는 쇠붙이마다 보옥으로 탈바꿈시킨다는 신수의 역작(力作)이었다.

투골환을 만지자 기운이 한결 괜찮아졌다.

'살천문 놈들, 내 목숨을 가져가려면 대가를 톡톡히 치러야 할걸. 중원에 나오자마자 꼴사납게 됐군. 적사, 적각녀, 종리추. 좋다. 네놈들이 어부지리(漁父之利)를 먹어라. 후후!'

그는 살아 돌아갈 생각을 버렸다. 살천문 살수들은 결코 살려두지 않을 게다. 그리고 야이간에게는 그들의 습격에서 벗어날 방도가 없었다.

'모두 다섯 놈이군. 오방(五方)을 흩트리지 않는 범위 내에서 조심스럽게 좁혀오고 있어. 천천히, 천천히. 풋! 마치 진법을 펼친 것 같군. 오방진. 하하! …오방진? 오방협격술(五方挾擊術)!'

야이간의 안색이 하얗게 질렸다. 그럴 리 없다고 고개를 살래살래 흔들면서도 긴장되는 것은 어쩔 수 없었다.

'그럴 리 없어. 그들이… 그들이 여기까지 올 리가 없어!'

생각은 부정하고 있지만 행동은 그럴 수도 있다는 쪽으로 반응하고 있었다. 장검이 굴러 떨어지고 품속에 있던 투골환이 한 움큼이나 세상 밖으로 모습을 드러냈다.

서쪽 끝 사천성(四川省)에는 혈살오괴(血煞五怪)라는 인물들이 있다. 그들은 무인이면서도 무인과는 말도 나누지 않았다. 유력 인사와 교분도 쌓지 않았다. 무림과는 철저히 등졌다.

"건드리지 마라. 건드리면 죽인다. 건드리지만 않는다면 우리도 건드리지 않는다."

그들은 자신들이 공언한 대로 자신들의 영역을 침범하는 자는 상대가 하늘을 나는 천신(天神)이라 해도 반드시 응징했다. 반면에 건드리지만 않으면 눈앞에서 살인을 저지른다 해도 간섭하지 않았다.

혈살오괴는 협공(挾攻)의 달인들이다. 처음에는 그저 우습게만 보았지만, 한 번 두 번 싸움이 거듭되면서 다섯 명의 합격술이 연구되기 시작했다.

많은 문파에서 오방협격술을 연구했다. 무림에 새로운 비기가 나타났으니 연구하지 않는다면 그게 이상한 일일 게다.

청성파에서도 연구를 시작했다. 그리고… 진법(陣法)의 대가(大家)인 영성(瓔珵) 도인(道人)은 탄식을 토해냈다.

"이건 대단하다! 가히 소림 십팔나한진(十八羅漢陣)과 어깨를 겨룰 만하다. 사상(四象)에서 오행(五行)으로, 오행에서 사상으로의 변화가 자유롭다. 사상이든 오행이든 원래가 하나였으니… 태일(太一). 오방협격술에는 태일의 묘(妙)가 깃들어 있다. 차후 청성파 도인들은 혈살오괴를 각별히 주의하라."

오방협격술이 무림일절로 공인되는 순간이었다.

'혈살오괴.'

야이간은 사천성과 비교적 가까운 곳에 있던 관계로 혈살오괴에 대한 풍문을 귀가 따갑도록 들었다.

무인과는 말도 나누지 않는 괴인들이 그 먼 사천성에서 하남까지… 더군다나 살천문의 주구가 되어…….

어느 한 가지도 혈살오괴에 들어맞는 것은 없었지만 자꾸 혈살오괴라고 생각이 드는 것은 무엇 때문일까?

'혈살오괴든 혈살십괴든 내 목을 쉽게는 못 가져가지. 후후! 나를 사냥하시겠다? 그럼 나도 사냥을 시작해 볼까!'

야이간은 사냥을 시작하지 못했다.

그가 움직이면 알지 못할 기운도 움직였다. 오른쪽으로 일 보 움직이면 꼭 그만큼, 왼쪽으로 움직이면 움직이는 만큼 그들도 움직였다. 그러면서 거리는 점점 좁혀왔다.

'나를 환히 보고 있어. 이거야 원, 그물에 갇힌 기분이니.'

그렇다고 낙담할 필요는 없다.

사람을 죽이기 위해서는 어떻게든 타격을 가해야 한다. 타격을 가하기 위해서는 거리를 좁혀 와야 되고 진짜 싸움은 거기서부터 시작된다.

어떻게든 혈살오괴는 모습을 드러내야 한다. 죽이기 위해서는.

'내세도 기회가 있어.'

야이간은 투골환을 굳게 움켜쥐었다.

그가 바라던 기회가 왔다.

다섯 노인이 모습을 드러냈다.

꼽추노인도 있고, 입이 한쪽으로 돌아간 언청이노인도 있고, 어디서나 흔히 볼 수 있는 평범한 노인도 있다.

노인들은 일정한 거리를 두고 마주 섰다. 야이간을 중심으로 다섯 방위를 가로막은 채.

"큭큭큭……!"

야이간은 가늘게 웃었다.

노인들의 기도를 보니 혈살오괴가 틀림없다. 일 대 일로 승부를 겨뤄도 승리를 장담할 수 없는 고수들이다.

그는 죽음을 직감했다.

"혈살오귀…… 신세 참 처량하게 됐군. 그 나이에 살천문의 주구가 되어 나타나다니. 말년이 안 좋군."

"큭큭큭! 괜찮아. 그래도 이 나이만큼 살았으니까. 이제 겨우 살 만하다 싶으니 무덤 속으로 들어가야 할 네놈보다는 낫지."

꼽추노인이 음침하게 웃으며 말했다.

"자신있나 본데, 가져갈 수 있으면 가져가 봐."

"큭큭! 손에 들고 있는 것이 신수의 투골환인 것 같은데… 어린 놈. 사천에는 암기의 명문인 당문(唐門)이 있다는 걸 잊었나? 당문의 암기와 손을 섞어본 다음에 투골환을 자신하는 게 좋을걸?"

역시 혈살오귀다. 절대 그럴 리 없다던 생각이 사실로 드러났다. 더군다나 상대는 투골환까지도 파악하고 있다.

'기습의 묘는 사라졌어. 이들이 정말 투골환을 피해낼 자신이 있는 겐가? 풋! 아무래도 상관없지. 선택의 여지가 없으니까.'

야이간은 손가락 사이에 투골환을 끼었다.

한 손에 네 개씩, 양손에 여덟 개.

적어도 두 명은 확실하게 죽일 수 있을 것 같다.

"오지 그래? 난 갈 길이 바빠서 냄새나는 늙은이들과 오래 입씨름할 겨를이 없어."

"허허! 멀고도 험한 북망산천(北邙山川)을 어찌 그리 서두를꼬. 하긴 발가벗은 계집들이 기다리고 있을 테니 빨리 가봐야겠지. 그래, 그만 가시게."

손에 곡괭이를 잡으면 영락없이 농군으로 보일 노인이 편안하게 말했다. 하지만 그의 행동은 편안하지 않았다. 무척 빨랐다.

쉬익!

노인은 취리보(醉裏步)를 밟는 것 같았는데 아니었다. 신형이 어느새 허공으로 솟구쳐 독수리처럼 날아들었다.

"북망산천은 먼저 갓!"

쒜엑! 쒜에엑……!

야이간은 오른손에 들고 있던 투골환 네 개를 쏘아냈다.

상대는 허공에 있다. 운룡번신(雲龍翻身)이라는 신법을 펼친다 해도 움직일 수 있는 반경이 극히 좁다.

노인은 운룡번신을 펼치지 않았다. 천근추(千斤錘) 수법을 사용해서 뚝 떨어져 내렸다.

파라라라랑……!

투골환에서 비침(飛針)이 쏟아져 나와 사방천지를 메워갔다.

노인의 반응은 더욱 빨랐다. 천근추를 사용해서 떨어져 내린다 싶었는데 어느새 회선각(回旋脚)을 펼치며 이 장 뒤로 주르륵 물러섰다.

"여우 같은 늙은이!"

야이간은 숨 돌릴 틈도 주지 않고 뒤를 쫓았다.

일 대 일의 비무라면 당연한 행동이다. 다른 네 명의 노인들이 우두커니 팔짱을 낀 채 지켜보고 있으니 당연하다.

야이간이 걸려들었다고 느낀 것은 몸을 움직이는 바로 그 순간이었다.

쉬릭! 쉬이익……!

지금까지 가만히 지켜만 보던 노인들이 일제히 움직였다. 뒤쪽에 있던 언청이노인은 지팡이로 다리를 쓸어왔다. 꼽추노인은 야이간의 앞을 가로막았고, 뒤로 물러섰던 노인은 다시 신형을 돌이켜 허공으로 치솟았다.

좌우측에 있던 노인 두 명은 어찌 된 일인지 공격에 가세하지 않고 한 명은 전면으로 다른 한 명은 배후로 돌아갔다.

혈살오귀가 자랑하는 오방협격술이다.

그들은 어떠한 경우에도 다섯 방위를 놓치지 않는다. 그것은 쉴 새 없이 공격을 퍼붓기도 용이하고 상대의 행동을 제약하는 효과도 있다.

'아차!'

야이간은 몸을 피하려고 했으나 그전에 다리를 쳐오는 지팡이와 앞에서 가로막은 노인, 허공에서 이중으로 공격해 오는 노인의 공격을 해결해야 했다.

왼손에 들고 있던 투골환을 마저 날렸다. 아니, 날렸다고 생각했다.

푸욱! 따악……!

야이간은 동귀어진(同歸於盡)을 생각했으나 꼽추노인의 지팡이 검이 어깨 쇄골(鎖骨)을 찔렀다. 뒤에서 쳐온 노인은 오른쪽 다리를 맹렬히 강타했다.

야이간은 털썩 무너졌다.

그는 무너지는 순간에도 자신의 패인(敗因)을 냉철히 생각해 냈다.

첫째는 극심하게 쇠잔해진 기력(氣力) 탓이다. 사실 그는 검을 들고 서 있을 힘조차 없었다.

둘째는 실전 경험 부족이다. 조금만 경험이 많았어도 노인의 유인책에 넘어가 투골환을 버리는 행동은 하지 않았을 게다. 투골환을 정확히 알고 있는 능구렁이들이 쉽게 공격해 왔겠는가.

셋째는 병기를 너무 믿었다. 투골환을 너무 믿은 탓에 오방협격술을 가볍게 보는 우(愚)를 범했다.

그는 질 만한 요소를 너무 많이 가졌다.
"네놈에게는 필요없는 물건 같으니 내가 가져가지. 자신있으면 찾아가. 물건을 제대로 사용할 수 없으면 임자가 아니지."
꼽추노인이 품에서 투골환이 들어 있는 전낭을 빼갔다.
"생각 같아서는 사지육신 중 하나쯤 자르고 싶다만, 문주께서 용서하라 하셨으니 그만 돌아간다. 살문주가 아니었으면 네놈은 죽었어. 지금쯤 네놈이 좋아하는 북망산천에 가 있겠지."
언청이노인이 비웃었다.
'죽이지 않는단 말인가? 살문주? 살문주가 누구지?'
야이간은 주저앉은 채 멀뚱히 다섯 노인을 쳐다보기만 했다. 지금 자신에게 닥친 상황을 이해하기가 쉽지 않았다.
"문주께서는 그냥 돌아오라고 하셨지만 네놈에게 투골환이 있는 걸 아는데 어찌 그냥 돌아가나? 고맙네. 아주 좋은 병기를 줬어. 이놈들이면 적어도 우리 목숨을 두 번은 구해줄 거야."
혈살오괴는 야이간은 어린아이로밖에 생각하지 않는 듯했다.
'나를 살려준다? 좋은 말이지. 네놈들은 실수한 거야. 뼈저리게 느끼게 될 거야. 반드시!'
야이간은 이를 갈았다.

혈살오괴가 돌아간 후 장내에 마차 한 대가 나타났다.
"여보시오!"
야이간은 목청을 높여 불렀지만 굳이 부를 필요도 없었다.
마부는 마차를 몰아 야이간이 주저앉은 곳으로 다가왔다.
그는 이런 상황을 예측했다는 듯 불문곡직(不問曲直) 야이간을 들어

마차에 태웠다.

"낙양(洛陽)으로 갑시다. 좀 멀긴 하지만……."

"등봉으로 갑니다. 좀 멀긴 하지만."

"등봉?"

"소고님이 부르셨습니다."

야이간은 의자 깊숙이 몸을 묻었다.

심신이 피곤하다 못해 손가락 하나 움직일 기력도 없는데 이상하게도 투지가 솟구쳤다. 소고라는 말을 듣는 순간에.

"소고가 살문주인가?"

"가서 물어보시지요."

마부는 냉담했다.

야이간이 등봉에 들어서는 데는 무려 보름이라는 기간이 걸렸다.

야이간이 저지른 일은 공분(公憤)을 불러일으키기에 충분했다. 더군다나 관원까지 살상했으니 신분만 드러나면 그야말로 죽은 목숨이나 다름없었다.

개방은 살천문의 행동에 관심을 보였다.

살천문에 혐의를 둔 것이 아니라 그들이 쫓는 자가 누구인지에 촉각을 곤두세웠다. 장원에서 죽은 여인들의 가족들이 살천문에 청부한 사실을 파악해 냈으니까.

그나마 다행인 점은 야이간이 강호에 출도하지 않았다는 사실이다.

야이간은 강호에 나와 손속을 부딪친 적이 없다. 그가 한 일이라고는 고작해야 소고를 만난 일하고 장원을 세워 살천문을 끌어들인 것뿐이다.

하지만 그는 많은 흔적을 남겼다. 장원을 철통같은 요새로 만든 것이 가장 큰 흔적이다. 당연한 수순이지만 개방은 자금줄을 찾을 것이고, 기관의 달인을 수소문할 게다.

소고가 야이간을 버리지 않은 것은 너무 위험스러운 행동이었다.

야이간은 면사로 얼굴을 가린 소고와 마주 앉았다. 적사, 소여은은 각기 오른쪽과 왼쪽에 앉아 있었다.

그들의 표정은 한결같이 냉담했다.

적사는 노골적으로 경멸의 빛을 띠고 얼굴을 맞댈 가치도 없다는 듯 찻잔에 시선을 고정시키고 있다.

소여은은 더욱 냉담했다. 부드러울 때는 버들가지처럼 휘영청거리시반 얼굴을 굳히자 농남을 선네기가 어색할 만큼 찬바람이 휘몰아쳤다.

'계집이 정말 예쁘단 말야. 계집을 품어도 네 생각만 하면 흥이 가시곤 했지. 후후!'

야이간은 좌중의 싸늘한 분위기 따위는 신경 쓰지도 않았다.

목마른 사람이 우물을 파는 법이다. 소고는 자신이 필요하니까 부른 것이다. 필요하지 않았다면… 진작 내쳤겠지. 그게 사람 사는 모양새이지 않은가.

소고가 입을 열었다.

"적사."

"예."

'어? 저놈이 어쩐 일이지? 저렇게 고분고분할 놈이 아닌데? 무언가 있었군, 내가 모르는 사이에.'

야이간은 완전히 수하가 된 듯 고개마저 숙여 보이는 적사의 행동이 이해되지 않았다.

"형편없이 당했어."

"……"

"일만 냥도 값어치없이 날렸고."

"……"

"무엇보다 수하들을 죽음으로 몰아넣은 행위는 경솔했어. 이급살수밖에 되지 않아."

"……"

적사는 모욕적인 말을 듣고도 표정이 변하지 않았다.

'저놈, 완전히 수하가 됐군. 소고… 재밌는 여잔데? 적사의 강철 같은 성격을 구부렸어. 내 생각이 맞았어. 문파를 창건하라 해놓고 자기는 뒷전에서 영육(靈肉)을 장악하고 있었어. 적사가 제일 먼저 당한 것 같은데. 후후! 어디 보지, 내게는 무슨 수작을 벌이는지.'

야이간은 상황을 즐기기로 했다.

완전히 수하가 된 적사를 불러놓고 훈계 비슷한 말을 하고 있는 것 자체가 자신을 노린 수작으로만 비쳐졌다.

"적사, 이급살수다. 독자적인 행동은 일절 금한다. 거취, 행동 등등 모든 것을 조율받아야 한다. 사람을 죽이는 일 또한."

"알겠습니다."

소고는 행동을 완전히 구속하는 명령을 내렸다. 그러나 적사는 변명 한마디 하지 않았다.

"소여은."

"예."

소여은도 고분고분했다.

사적으로는 친자매 이상의 사이가 되었지만 소고의 집무실에서만은 공적인 자세로 대했다. 소고가 천의원 대청을 묵월광(墨月光) 집무실로 명명한 칠 주야(七晝夜) 전부터.

"넌 정이 너무 많아."

뜻밖이다. 소여은은 열 살배기 어린아이일 때도 사내의 양물을 물어뜯은 독한 여자다. 성장기 또한 수적들 틈에서 보냈다. 무식하고 포악하기만 한 사내들 사이에서 당당히 한 인간으로 대접받기 위해 더욱 고련(苦練)에 매진했다.

그런 그녀가 정이 많다?

"……"

소여은은 대답하지 못했다.

"성격이 극과 극을 달려. 그런 성격으로는 뛰어난 살수가 되지 못해. 비원살수 미안공자 숙부님께 실망했어. 지난 십 년 동안 고작 이 정도밖에 키우지 못했다니."

"……"

"살수는 무공이 능사가 아니야. 왜? 살수는 만들어지는 것이 아니야, 타고나는 것이지. 살수로 태어난 사람은 자신보다 훨씬 강한 사람도 죽일 수 있어. 하지만 너희들은 비슷한 사람에게도 쩔쩔매. 무공도 강하지 못하고 살수로 태어나지도 못했어."

야이간은 분위기가 이상한 방향으로 흐르는 것을 느꼈다.

'이건 단순한 질책이 아닌데? 일의 성과를 분석하고 결정을 내리는 자리 같잖아?'

"소여은, 이급살수다. 앞으로 많은 사람을 죽여야 할 터, 마음을 단단히 해라."
"예."
소여은도 적사처럼 얌전히 받아들였다.
"야이간!"
"……."
야이간은 어떻게 대답해야 할지 몰라 망설였다. '말하시오' 하고 말할 분위기는 아니고 그렇다고 '네' 할 수도 없는 노릇 아닌가.
"야이간, 대답해!"
"…네."
야이간은 마지못해 대답했다.
소고에게는 이상한 힘이 있다. 자칫 조금이라도 방심했다가는 아름다운 음성에 혼이 빨려들 것 같다. 야이간이 아직도 파훼법을 생각해 내지 못한 이상한 무공에 기인한 힘일 게다.
"넌 돌아가."
"……!"
"널 구해준 것은 소천나찰 숙부님의 안면을 생각해서야. 넌 아무 짝에도 쓸모없어."
야이간은 살천문 살수들에게 당한 상처가 갑자기 쑤셔온다고 생각했다.
'적당히 닦달해라. 그래야 적당히 응수해 주지.'
"이건 충고인데, 돌아가는 길을 조심해. 살천문의 살수를 벗어나게 해주었지만 무림의 공분은 어쩔 수 없어. 널 데리고 있다가는 개파(開派)도 하기 전에 십망을 당할 거야. 아마도 개방이 네 뒤를 바짝 쫓고 있을 테니 빨리 움직이는 게 좋을 거야."

'이건 진짜잖아?'

야이간은 소고의 심중을 읽었다.

그녀는 진짜 내치고 있다. 적사와 소여은만으로 충분하다고 생각하는 듯하다.

야이간이 생각하기에는 어린아이 소꿉장난에 불과하다. 삼이도에서 세 사람의 무공을 봤지만 일신의 무명을 날리는 정도다. 그 정도의 무공으로 사무령을 꿈꾸다니.

야이간이 기대를 걸고 있는 것은 은자 일만 냥을 서슴없이 내주는 재력이다. 시험 삼아 내던진 돈이 그 정도면 얼마나 많은 돈을 지니고 있겠는가.

그는 갈등했다.

'모욕을 참고 눌러 있어야 하나? 곤륜으로 돌아가서… 아니지, 곤륜에서 장문인 자리를 넘보려면 적어도 앞으로 사십 년은 기다려야 해. 소고가 가지고 있는 돈이면…….'

무엇보다 도인(道人) 흉내나 내며 평생을 살기는 싫었다. 그렇지 않아도 이제 갓 여자 맛을 보기 시작했는데.

그는 소천나찰이 생각한 대로 곤륜파에서 두각을 나타낼 생각은 추호도 없었다.

생각은 복잡했지만 정리는 빨랐다.

"용서해 주십시오. 조신해서 행동하겠습니다."

"……."

소고는 말없이 쳐다보기만 했다.

적사와 소여은도 침묵을 지켰다.

조용한 침묵이 대청을 스쳐 갔다.

"야이간."
"네."
"넌 삼급살수야. 밑에서부터 올라와."
"……."
"오늘 하루 결정할 시간을 주지. 떠날 때는 말없이 떠나도 좋아. 남겠다면 막내답게 행동해."
"막내? 종리추는?"
"종리추는 특급살수야. 종리추를 만나면 나를 대하듯 대해."
야이간은 쇠망치로 뒤통수를 얻어맞은 것 같은 충격을 받았다.
'도대체 그동안 무슨 일이 있었지?'

"야이간은 계륵(鷄肋)이군요. 잡자니 망나니고 놓자니 아깝고."
야이간이 물러간 후 소여은이 소고에게 말했다.
"백화현녀."
소고는 소여은이 녹림도에게 얻은 무명을 그대로 사용했다.
"예."
"한 가지 잊고 있는 게 있어."
"……?"
"야이간이 망나니라고 했지?"
"예."
"망나니가 곤륜파에서 후기지수로 거명될 수 있다고 생각해?"
"……!"
"야이간은 치마를 두른 여자만 보면 침을 흘리는 망나니가 분명해. 하지만 그럴 때와 안 그럴 때를 알고 있어. 잊지 마. 야이간은 소천나찰 숙부님의 병법을 물려받았어."

"……."

"야이간을 휘어잡기만 하면 큰 힘을 얻는 거야. 독이 될지 약이 될지는 모르지만."

소고, 적사, 소여은은 야이간이 떠난 문밖을 바라보았다.

마당에는 푸른빛의 새싹들이 돋아나고 있었다.

◆第三十六章◆
개파(開派)

이른 새벽, 종리추는 일어나 산길을 걸었다.
 풀잎에 맺힌 이슬이 옷자락 속으로 파고들었다. 안개에 묻힌 공기 냄새도 기분 좋게 다가와 살갗을 적셨다.
 종리추의 회복력은 상상을 초월할 만큼 빨랐다. 범인 같으면 두어 달은 누워 있어야 하고, 회복이 빠른 무인이라 해도 한 달은 족히 누워 있어야 할 상처인데도 십여 일 만에 툭툭 털고 일어났다.
 "쪽! 쪼로록……! 쪽쪽!"
 종리추의 입술이 기묘하게 뒤틀어지더니 맑디맑은 산새 울음소리가 새어 나왔다.
 째짹! 짹짹……!
 산새들이 다가와 어깨에 앉으려다 화들짝 놀라 달아나는 일이 반복되었다.

종리추는 자연이 만들어내는 음률을 이해하기 시작했다. 침상에 누워 있어야만 했던 병자 생활은 그에게 전혀 색다른 세계에 눈뜨는 계기를 만들어주었다.

어려서부터 동물들의 소리에 관심이 많았지만 본격적으로 파고들게 된 기간이라고나 할까. 자연의 소리에 귀를 기울이다 보니 자신의 몸에서 일어나는 소리도 듣게 되었다.

인간의 육신도 소리를 낸다.

배가 고플 때 나는 '꼬르륵' 소리나 방귀 소리도 소리겠지만 그보다 각 장기(臟器)마다 독특한 소리를 낸다. 아프면 아프다고, 힘이 넘치면 넘친다고, 쉬고 싶으면 쉬고 싶다고.

운기를 하면 그 소리가 한결 명확하게 들린다.

종리추의 몸에서 일어나는 소리에 귀를 기울였다.

그런데… 그것이 뜻밖에도 엄청난 심력(心力)을 고갈시켰다. 몸에서 일어나는 소리는 시장에서 중구난방으로 떠드는 소리보다 더 요란했다.

아름다운 음률은 심신을 평안하게 만든다. 활기를 북돋아주고 생명의 즐거움을 맛보도록 이끌어준다. 반면에 귀를 막고 싶은 소리도 있다. 약간만 들어도 인상이 찌푸려지는 소리가 있다.

몸에서 나는 소리가 바로 그랬다.

귀머거리가 고요한 세상에 살다가 귀가 뜨였을 때처럼 세상이 모두 울부짖는 느낌이 들었다. 듣지 않으려고 해도 안 들을 수 없다. 일단 귀가 열린 다음인데 어떻게 안 듣겠는가.

종리추는 운기하기가 두려웠다.

운기를 할 적마다 심신을 갉아먹는 소리에 정신이 몽롱해졌다.

그러던 소리가 아름다운 음률로 바뀐 것은 무려 십여 일이나 시달리고 난 다음이다.

 '조화(造化)야. 조화를 벗어나면 시끄럽고 조화를 따르면 아름다운 거야.'

 몸에서 일어나는 소리가 아름답게 들린 다음부터 세 가지 획기적인 변화가 일어났다.

 첫째는 몸의 상태다.

 몸이 날듯이 가벼웠다. 상처는 씻은 듯이 나았고 진기는 하나 가득 충만했다.

 두 번째는 오신기라 명명한 다섯 진기가 하나가 되어 돌아간다는 것이다.

 마음이 일면 백회혈과 미간과 코가 동시에 열렸다.

 세 군데서 스며 들어온 외기(外氣)는 다섯 갈래로 갈려 누가 먼저라 할 것도 없이 전신을 휘돌았다. 다섯 진기를 한꺼번에 돌릴 수 있는데 한 가지 진기만 고집할 필요가 있을까?

 어쩌면 이런 것이 당연할지도 모른다.

 인간의 몸은 하나인데 색깔이 다른 진기가 있을 리 없다. 그들은 원래부터 하나였으나 종리추 스스로 다섯 갈래로 나눴을 뿐이다. 아니, 무공이란 틀이 그렇게 만들었다.

 이런 경험은 전에도 있었다.

 모진아는 오독신군의 구연진해를 아홉 가지 각법으로 해석했다. 종리추는 아홉 가지 각법이 하나로 귀일된다고 보았다. 그것과 다름이 없다. 이번에는 모진아가 아니라 종리추 스스로 내공은 분리되어 있다고 믿고 있었다. 과거 모진아가 그랬던 것처럼. 그것이 소리의 울림에 따라 하나가 되어 움직인다.

세 번째 변화는 소리가 잘 들린다는 것이다.

새들의 소리를 들으면 새가 무엇을 원하는지, 왜 지저귀고 있는지 알게 된다. 고양이 울음소리를 들으면 왜 우는지, 개 짖는 소리를 들으면 왜 짖는지…….

우연히 생긴 기연(奇緣)은 아니다. 대부분의 무인들처럼 하단전만 단련했다면 소리를 듣는 일 같은 것은 일어나지 않았을 수도 있다.

하단전은 하단전 대로 단련하고, 변검 양부가 일러준 심법으로 마음의 밭인 중단전을 단련하고, 금종수의 도가비공으로 상단전을 단련하고…… 삼단전을 고루 단련했기에, 몸 자체가 소리를 받아들일 준비가 되어 있었기에 기연이 찾아왔을 뿐이다.

종리추는 풀잎 소리, 나뭇잎 소리를 들었다.

산천은 봄을 맞아 새 생명들로 가득했다.

산길을 더듬어 올라가다 보면 울창하던 수림은 온데간데없고 산 아래를 한눈에 굽어볼 수 있는 탁 트인 곳이 나온다. 그리고 그때쯤이면 저 멀리 보이는 마을에서는 닭 울음소리와 함께 밥 짓는 연기가 솟구친다.

종리추는 그런 풍경이 좋아 앉을 바위 하나 없는 곳에서 한참을 머물곤 했다.

남만의 평화로운 풍경이 재연되는 것 같다.

이 순간만은 피와 죽음을 생각하지 않아도 된다.

실제로 이 자리에 앉아 있을 때만은 살수니 살문이니 묵월광이니 하는 것은 생각하지 않았다.

그저 자연의 소리를 듣고 자연의 풍경에 도취되었다.

문득문득 삼도산에 남겨두고 온 가족이 떠오르는 것은 어쩔 수 없었다. 적지인살, 배곰향, 모란아… 모두가 떠올랐다. 특히 어린의 밝게 웃는 모습이 떠오를 때는 못 견디게 그리웠다.
　그들과 함께 이 아침을 맞이했으면, 그들과 함께 저 멀리 보이는 마을에서 닭 울음소리를 들으며 일어나고 구수한 아침으로 하루를 시작했으면.
　'이제 그만 내려가야겠군.'
　새벽 안개가 걷힐 무렵 그는 자리를 털고 일어섰다.
　몸이 나은 다음부터 줄곧 이어지는 하루 일과의 첫 걸음이었다.

　　　　　　　*　　　*　　　*

　하남성은 살천문의 영역이다.
　살천문주가 종리추를 인정하고 살문 개파를 허용했지만 세(勢)를 어느 정도로 굳히느냐는 정해진 것이 없다.
　어느 선에서 청부를 맡느냐. 살수로써 경험이 전무(全無)한 사람들이 모여 이제 갓 시작한 살문이니 많은 청부를 받을 수는 없다. 그렇다고 살혼부가 했던 것처럼 고급 청부만 맡을 수도 없다.
　무공으로라면 살혼부보다 현재 묵월광에 모인 사람들의 무공이 훨씬 강하다. 하지만 경험이 없다. 살혼부 살수들은 자신들보다 훨씬 강한 상대도 죽일 능력이 있지만 묵월광에는 없다.
　또 다른 문제는 살천문이 어느 정도나 양보해 주느냐 하는 것이다.
　큰돈을 쥘 수 있는 청부를 도맡는다면 살천문이 가만있을 리 없다. 먼저 살수들이 들고일어날 게고 살천문주라도 위엄만 내세울 수는 없으리라.

개파(開派) 69

이해 관계가 충돌하는 순간이 살천문과의 암묵적인 평화가 깨지는 순간이다.

"난 사무령이 되고 싶어. 그 꿈 하나로 지옥 같은 곳에서 참고 살았으니까."

"……."

종리추는 소고의 말을 귓전으로 흘려들으며 보검을 닦는 일에 몰두했다.

유구가 청부를 해결하면서 여인을 데려올 때 가져온 보검이다.

검의 이름은 적룡검(赤龍劍)이다.

언제 누가 만들었는지 알 수는 없지만 검집에 검명(劍名)이 적혀 있어 이름은 정확히 알 수 있었다.

만일 검명을 몰랐다면… 그래도 적룡검이라 불렸을 게다.

검수(劍首)에 조각된 여의주를 문 용의 머리, 검집에 양각된 승천하는 용의 형상. 검을 뽑으면 은은한 자광(紫光)이 발산된다.

대부분의 검들은 서슬이 시퍼런 청광(淸光)을 뿜어낸다. 그중에서도 하얀색에 가까운 청광은 모골을 송연하게 만든다.

적룡검은 저녁노을 같은 부드러운 자색이다. 황철(黃鐵)로 만든 듯도 하고 아닌 것도 같고… 날카로운 기운도 뿜어내지 않는다. 뭘 벨 수나 있을까 싶을 만큼 날이 무뎌 보인다.

사람을 살상한다기보다는 귀공자들이 패용품(佩用品)으로 차고 다니기 알맞은 검이다.

종리추는 적룡검의 색깔이 마음에 들었다. 검에서 뿜어져 나오는 자광은 마음을 편안하게 해준다.

볏짚조차 벨 수 없는 검일지라도 기꺼이 패용했으리라.

하나 적룡검은 둔검(鈍劍)도 아니다. 오히려 살짝 스치기만 해도 베이는 예검(刈劍) 중의 예검이다.

날을 갈았으나 갈지 않은 것처럼 보이는 모습 또한 마음에 든다.

"솔직히 말하지. 난 널 믿어. 믿고 싶어."

보검을 다듬던 종리추의 손길이 멈칫해졌다.

"문파를 이끌 능력이 있는 사람은 너뿐이야."

"그런가요?"

"그래."

종리추는 다시 보검으로 눈길을 돌렸다.

"직언 한마디 드려도 되겠습니까?"

"......?"

"적사, 야이간, 백화현녀, 그리고 나. 현재 네 명입니다. 각기 지닌 무공도 있고 살수 문파를 차리기에는 충분한 인원입니다. 하지만 사무령이 되시겠다면 터무니없이 부족합니다."

"그래, 그게 고민이야."

"그래서 버리기로 하신 겁니까?"

"......!"

소고의 눈에 이채가 떠올랐다. 하지만 그 눈빛은 너무나 찰나간에 스쳐 간 눈빛인지라 자세히 쳐다보기 전에는 파악하기 힘들었다.

"살수는 죽음을 안고 사는 직업입니다. 마음을 붙잡아둘 곳이 없는 사람들이죠. 무엇으로 붙잡으려 하십니까?"

종리추의 모습은 잔잔한 호수처럼 고요했다.

'하루가 다르게 커지고 있어. 벌써 일대 종주(宗主)의 모습이야. 이

사람은… 이 사람은 나의 가장 큰 적일지도 몰라.'

"야이간의 경우에서 봤겠지만 선대의 인연은 가볍습니다. 그것으로 언제까지 묶어둘 수는 없습니다. 선대의 인연을 토대로 얻으셔야 합니다. 버리면 안 됩니다."

"나는……"

"말씀하시기 힘드신 것 같은데, 나는 괜찮습니다. 어차피 죽음을 달고 사는 직업이니 조금 앞당겨 위험스런 청부를 맡았다고 생각하면 되니까. 이 방법은… 이번 한 번으로 그치십시오."

"……"

소고는 말을 하지 못했다.

일사천리로 일을 풀어 나가던 자신만만한 모습은 보이지 않았다.

'속을 보고 있는 것 같아. 새로운 정보를 접할 기회가 없었는데 이미 무림 동향을 세세하게 알고 있어. 알고 있으니 보이는 거야, 앞날이. 말을 하지 않았는데도 알고 있어. 짐작하고 있어.'

소고는 자신도 모르게 몸을 부르르 떨었다.

그는 과연 충심을 바치는 것일까?

그가 본인 스스로 말한 대로 가볍기 이를 데 없는 선대의 인연 때문에 사지(死地)로 걸어 들어갈 것인가.

"정(情)이란 속에서 우러나야 합니다. 이득을 생각한 순간 정은 사라집니다. 거래만이 남는 거죠. 서글프지 않습니까? 단지 거래를 하기 위해 그 어른들이 십망을 받았다고 생각하면. 준비가 되는대로 빨리 떠나도록 하겠습니다."

소고는 기가 막혔다.

이 사람은 도대체 어떻게 된 사람인가.

그녀는 단 한 마디밖에 하지 않았다. 사무령이 되기 위해 지옥 같은 곳에서 숨죽이며 살았다고.

그는 자신이 무엇을 원하는지 정확히 알고 있다.

종리추의 입에서 줄줄이 흘러나온 말은 그녀의 생각과 똑같았다.

그녀는 종리추를 버리기로 작정했다. 적사, 백화현녀, 야이간은 할 수 없는 일이기에. 죽음이 분명한 길일지언정 그만이 할 수 있기에 어쩔 수 없는 선택이었다.

종리추는 그것마저 하지 마란다.

먼 길을 돌아갈망정 사람을 버리지는 말라고 한다.

'그럴 수 없어. 난 사무령이 되어야 해. 반드시 세상을 오시(傲視)하고 말겠어!'

"버렸다고는 생각하지 마. 이 일을 할 수 있는 사람이 너밖에 없어서 부탁하는 거야."

"……."

소고는 일어섰다.

종리추가 그녀의 등 뒤에다 한마디 했다.

"살수의 기본은 단 하나입니다. 나는 철저하게 숨고 적은 밝은 곳으로 이끌어내는 것. 무엇을 하든 살수가 지켜야 할 철칙입니다. 그것만은 잊지 마십시오."

'나를 걱정해 주고 있어. 진심이야.'

소고는 자꾸만 작아지는 자신을 보았다.

사무령이 될 수 있는 사람은 자신이 아니라 종리추라는 생각이 머릿속에서 떠나지 않았다.

'흥분했어. 이런 생각을 하다니. 세상에서 사무령이 될 수 있는 사

람은 나뿐이야.'
　소고는 걸음을 빨리했다.

　"무슨 이야기를 나눈 거예요?"
　벽리군이 이해할 수 없다는 표정으로 물었다.
　그녀는 바로 곁에 있었지만 소고와 종리추가 나눈 이야기를 종잡지 못했다.
　"유구, 유회, 역석을 불러줘."
　벽리군은 어깨를 움찔거렸다.
　'준비가 되는대로 떠난다고 하더니… 정말 떠날 때가 된 모양이네. 그럼 나는……. 훗! 갈 데가 어디 있다고. 당연히 따라가야지.'
　차분하게 가라앉은 음성, 눈에서 뻗어 나오는 무심함.
　종리추는 예전의 그로 돌아갔다.
　기루에 터를 잡고 앉아 죽일 사람을 노려보던 살문 문주로, 머리 속에서 무슨 생각을 하고 있는지 전혀 알 수 없는 예전의 그로.

　"부인은 어떤가?"
　"아직은……."
　유구는 얼굴을 붉히지도 않았다.
　이런 점이 벽리군으로서는 이해가 되지 않았다. 어떻게 위험에서 구해주었다고 데리고 살 생각을 하느냔 말이다. 유구 등은 남만인이니 중원 풍습을 몰라 그런다 쳐도 종리추는 중원인이면서 당연한 듯 받아들이니.
　"몸을 열기보다는 마음을 열 생각입니다."

종리추는 고개를 끄덕였다.
이것도 이해되지 않는 부분이다.
아무리 수하라 해도 유구 등은 마흔에 이르렀고 종리추는 이제 이십 초반의 청년이다. 그런데 유구 등은 마치 조상이라도 모시는 듯 깍듯이 모시고 종리추는 당연하게 받아들인다.
태어날 때부터 너는 이 사람에게 절대 복종하라는 옥황상제의 명령을 받고 태어났어도 이럴 수는 없으리라.
"지금부터 한 치 앞을 볼 수 없는 유황불 속으로 뛰어든다. 안전을 생각한다면 놓고 가는 게 좋아."
"아내입니다. 죽어도 같이 죽습니다."
이들의 대화가 너무 자연스러워 벽리군은 정말 유구가 그 여인과 부부시연을 맺은 세 아닌가 착각이 들 정도였다.
여인은 아직도 마음을 열지 않는다. 말도 하지 않고 음식도 옆에서 떠 먹여줘야 간신히 삼키는 정도다. 부부지연을 맺을 시간도 없었고, 여인이 허락을 한 것도 아니다.
이들은 너무 일방적인 대화를 나누고 있다.
벽리군은 싸움에 진 부락민을 노예로 삼는다거나 마음에 드는 여인을 납치해 데리고 사는 암연족의 풍습을 전혀 알지 못했다.
남만이라 해도 부족마다 풍습이 다른 것을.
"상처들은?"
"어떤 놈이라도 붙어볼 만합니다."
유회가 큰 덩치를 거들먹거리며 말했다.
"마지막으로 한 번 더 기회를 주겠다. 돌아가고 싶으면 돌아가도 좋다. 기회는 이번이 마지막이란 걸 잊지 마라. 앞으로는 돌아가고 싶어도 돌아갈 수 없어. 우리는 퇴로가 없는 길을 간다."
"주공, 이 무슨 섭섭하신 말씀."
역석이 주먹 관절을 으드득 소리가 나게 꺾으며 말했다.
암연족이나 홍리족이나 주인을 모시게 되면 죽을 때까지 충성을 다해야 하는 줄 안다.
종리추가 몰라서 한 말은 아니다. 앞으로 가야 할 길이 너무도 험난해서 기회를 준 것뿐이다.
"돌아가서 간단한 소지품만 챙겨."

든 사람은 몰라도 난 사람은 안다고 했다.
"아무도 없습니다. 모두 떠난 것 같습니다."
소고는 보고를 받지 않아도 그들이 떠난 줄 짐작했다.
천의원에 많은 사람들이 있지만 텅 빈 듯 허전했다.
그런 느낌은 대청에만 앉아 있어도 전달되어 왔다. 세상이 갑자기 조용해진 것 같고 이야기할 사람이 없는 것 같고…….
"첫 임무는 제게 주실 줄 알았는데, 역시 종리추였군요."
적사가 눈을 가늘게 좁히며 말했다.
'너는 할 수 없는 일이야.'
소고는 말을 하지 못했다.
"어떤 청부인데 그가 직접 나갔죠? 모두 다 데리고 나간 걸 보면 상당히 어려운 일인 모양이죠?"
소여은도 섭섭한 표정을 숨기지 않았다.
'동생은 더 더욱 못하는 일이지. 사실… 난 아직 동생을 어디다 쓸지 생각해 내지 못했어. 동생은 너무 예뻐, 검을 들고 피를 쫓기에는.'

"후후! 삼급살수도 괜찮을 때가 있네요. 어려운 일이야 윗분들이 해 주시니 이놈은 잔챙이나 청소하면 되겠군요."

야이간은 부쩍 혼자 있는 시간이 많았다.

그를 지켜보는 눈들조차도 그가 무엇을 하는지 알아내지 못했다. 분명히 변신을 하는 것 같기는 한데……

"자! 이제 잡담들 그만 하고. 오늘이 무슨 날인 줄 알아?"

소고는 허전한 마음을 떨쳐 버리려는 듯 애써 밝게 말했다.

대답이 있을 리 없다.

"오늘이 묵월광 개파일이야."

"언니!"

"예엣?"

"두 번 말하지 않을 테니 똑똑히 들어둬. 묵월광에는 그대들만 있는 게 아냐. 일급살수가 적어도 서른 명은 있어."

"……!"

소고의 충격적인 발언에 모두들 눈을 동그랗게 떴다.

"너희들이 만 냥을 허튼 데 쓰는 동안 나는 일급살수 서른 명을 규합했어. 자신하는데… 묵월광에서 못 죽일 사람은 거의 없어."

숨소리조차 들리지 않았다.

적사, 소여은, 야이간. 그들은 한결같이 소외감을 느꼈다.

"동생, 내가 마지막으로 뭐라고 말했지?"

"못 죽일 사람은… 거의 없다고."

"그래, 거의야. 그래서는 안 돼. '거의' 라는 말이 들어가서는. 하나씩 풀어가지. 우리가 당면한 적은 살천문이야. 모든 신경을 살천문에 집중해. 가져와!"

대기하고 있던 시종이 묵직한 보따리 세 개를 가져와 세 사람 앞에 놓았다.
"만 냥이야."
"……!"
"그것으로 사람을 구해. 말 한마디면 불 속이라도 뛰어 들어갈 수 있는 사람을. 너희들은 지금부터 영주(靈主)야. 혼(魂)을 움켜쥐고 있다는 뜻이지. 적사는 사령주(蛇靈主), 소여은은 화령주(花靈主), 야이간은 조령주(鳥靈主). 불만있으면 지금 말해. 호칭이야 얼마든지 바꿔줄 수 있으니까."
"……."
세 사람은 입을 열지 않았다.
그들은 느끼고 있었다. '혼을 움켜쥐고 있다' 는 말. 그 말은 자신들의 혼은 소고가 움켜쥐고 있다는 뜻이지 않은가. 혼을 움켜쥐고 있으니 거두고 싶을 때는 언제든지 거둘 수 있으리라.
소고는 무섭고 치밀한 여자였다.
'호칭이야 얼마든지 바꿔줄 수 있다고? 문파를 개파한다면서 이런 식으로……. 하기는 호칭이야 무엇으로 불리든 상관없지. 중요한 것은 오래전부터 계획되었던 일이란 거지. 날림인 것 같지만 착착 진행되고 있잖아.'
야이간은 정신을 바짝 차려야지 자칫 한순간 방심하다가는 정말 족쇄에 묶일지도 모른다는 생각을 했다.
"그 돈으로 영(靈)을 만들어. 못 죽일 사람이 거의 없을 정도면 돼. 어떻게 만드느냐는 묻지 않겠어. 무조건 만들면 돼."
소고는 자신이 만든 것과 비슷한 정도를 원하고 있다. 그것도 단시

일 내에. 아니나 다를까.

"기간은 석 달이야. 칠월 초하루까지. 살수의 기본은 단 하나야. 나는 철저하게 숨고 적은 밝은 곳으로 이끌어내는 것. 살수가 지켜야 할 철칙이야. 오른손이 하는 일을 왼손이 모르도록 진행해."

소고는 자신도 모르게 종리추가 한 말을 되풀이했다.

'괜찮아. 이렇게 만들어가는 거야. 종리추가 시간을 벌어주는 동안, 나는 살천문을 단숨에 쓸어버릴 수 있는 거력(巨力)을 만드는 거야. 종리추, 그때까지 살아 있다면… 살아 있다면…….'

살아 있다면 무엇을 해주겠다는 생각을 하고 싶었지만 그 '무엇'이 생각나지 않았다. 종리추에게는 어떤 명예나 지위도 필요없을 것 같았다.

소고는 고개를 살래살래 흔들고 말을 이었다.

"한 가지 더 명심할 것은 묵월광에 해가 된다고 생각되면 숙부님들의 안면은 생각하지 않겠어. 이 말은 믿어도 좋아."

믿어도 좋다.

그녀가 살수들을 사용하지 않고 직접 검을 뽑아도 상대할 수 없다. 요사한 무공의 파훼법이 떠오르지 않는 한.

"가."

소고는 텅 빈 대청에 혼자 있고 싶었다.

정말 든 사람은 몰라도 난 사람은 안다는 말이 하나도 틀리지 않았다.

종리추는 일행을 이끌고 등봉에서 백여 리 떨어진 대외산(大隗山)으로 왔다.

숭산(崇山) 소림사에서 동남으로 백삼십여 리, 공동산(崆峒山) 공동파에서는 동북으로 이백삼십여 리 거리다.

"여기가 좋겠군. 음! 좋아, 저 집이 괜찮겠어."

종리추는 대외산 산자락에 있는 흉가(凶家)를 가리켰다.

흉가라고는 하지만 간신히 기둥 몇 개만 남아 있는, 집이라고 할 수도 없는 빈터였다.

"이 집이 뭐가 괜찮다는 말씀이신지?"

유회가 고개를 갸웃거리며 물었다.

"집 수리를 해. 어설프게 하지 말고 앞으로 쭉 머물 곳이니까 정성 들여서 새로 짓는다는 생각으로 다듬어. 향주는 생필품 좀 사 오고."

벽리군뿐만이 아니라 남만 세 사내도 기가 막힌 표정이었다.

"여, 여기서 머문단 말입니까?"

"곧 해가 질 테니 서두르는 게 좋아. 날이 풀렸다고는 하지만 아직도 밤 공기가 차가워."

"그러니까 정말 여기서……."

종리추는 더 듣지 않았다.

둘레가 한 아름은 됨 직한 느티나무 아래로 가 보검을 끌어냈다. 그리고 나무 밑동을 찍기 시작했다. 천하의 명검이 도끼로 둔갑하는 순간이었다.

"허! 정말 여기서 머물 생각이신가 보네."

유회는 종리추의 모습을 보고도 믿기지 않는 듯했다. 가진 돈이 얼마 없지만 반듯한 집 한 채는 살 수 있는데 흉가라니…….

"향주, 빨리 서둘러 주시오. 자칫하다가는 오늘 저녁도 굶게 생겼소. 이거야 원……!"

역석이 서둘기 시작했다.

결정을 내리면 번복하는 법이 없는 종리추.

그가 팔을 걷어붙이고 나무를 찍어대기 시작했으니 꼼짝없이 흉가에서 머물러야 할 판국이다.

"아, 알았어요. 원, 뭐부터 사야 할지……."

벽리군도 뜻밖이었다.

하루 종일 걸어온 끝이 대외산 산자락 흉가라니.

벽리군이 당장 필요한 먹을 것과 덮고 잘 것을 구해왔을 때는 방 하나 정도의 임시 거처가 완성되어 있었다.

나무와 흙으로 얼기설기 지은 방이다.

"안에다 들여놔 줘요."

그녀는 당장 필요하다 싶은 것만 사 왔는데도 마차로 한 짐이었다.

남만 세 사내는 쉴 틈도 없이 짐들을 안으로 들여놨다.

"뭘 이렇게 많이 사 온 거요?"

"오래 머물 거라면서요? 당장 밥 지어 먹을 솥 하며 그릇은 있어야죠. 살림살이 장만하기가 쉬운 줄 알아요?"

벽리군은 여자이면서도 살림을 해본 적이 없다.

밥을 하고 빨래를 하고… 여자라면 가장 기본적으로 할 수 있는 일도 그녀에게는 힘든 일이었다. 오히려 보통 여자들이 잘할 수 없는 차 달이기라든지, 악기를 다루는 일이라든지, 춤을 추는 일 같은 것이 더 수월했다.

늦은 저녁을 먹고 난 후 일행은 방 한가운데로 모여 앉았다.

방이라고는 하지만 들판에 벽을 세우고 지붕을 얹은 것에 지나지 않았다.

처음에는 흉가를 고쳐 바람이나 막을 생각이었지만 바닥도 썩고 쥐들이 들락거려 아예 완전히 허물어 버리고 다시 짓다 보니 진척이 더뎠다.

"주공, 오늘은 웬만하면 객잔에서……."

"오늘은 두 문파가 개파를 하는 날이야."

종리추의 말에 역석은 입을 다물었다.

"본 문은 묵월광이라고 한다. 어차피 본 문이 어디 있는지 알고 있으니 해주는 말이야. 하지만 앞으로 묵월광이라는 말은 입에 담지도 마라. 알고 있는 선에서 그쳐."

심상치 않은 예감이 머리를 스쳐 갔다.

소고와 종리추가 무언가 일을 시작했다는 강한 예감이.

"여기는 살문 본문이다. 오늘은 우리들끼리 자축(自祝)하고 정식 개파는 집이 완성된 다음에 하기로 하지. 사 오란 것은?"

벽리군이 생긋 웃으며 술 항아리를 가리켰다.

"누가 저 많은 술을 먹나 했더니 오늘이 살문 개파일이었군요. 미리 말을 해줬다면 안주라도 충실히 준비할 텐데. 저는 두고두고 먹을 줄 알았죠."

"후후! 닭 한 마리에 술 한잔이면 그만이지."

유회가 술독을 날라왔다.

"오늘은 거리낌없는 날이니 실컷 마시고 취하도록 해. 앞으로는 오늘 같은 날이 없을 거야."

"하하! 주공께서는 너무 비관적으로 생각하시는 것 같습니다. 아무려면 술 한잔 마실 기회가 없겠습니까?"

유회가 너털웃음을 터뜨렸다.

"앞으로는 술을 먹지 말란 이야기야. 술을 먹을 기회가 있어도 절대 마시지 마, 절대."

종리추의 말은 농담이 아니었다.

처음에는 왁자지껄하게 시작된 술자리였지만 시간이 흐를수록 말이 없어지고 조용해졌다.

벽리군이 금을 타기 시작했다.

딩딩! 디디딩……!

아름다운 선율이 적막한 밤 공기를 뒤흔들었다.

유회가 벽리군의 탄금 소리에 장단이라도 맞추겠다는 듯 술독을 집어 들고 꿀꺽꿀꺽 마셔댔다.

다른 사내들도 취기가 오를 만큼 마셨다.

유구가 데려온 아낙은 장난 삼아 건네준 술잔을 단숨에 들이키더니 정신을 잃고 깊은 잠에 빠져 있다.

"지금쯤 들판이 바짝바짝 타 들어가겠지?"

역석이 생각난 듯 불쑥 말했다.

남만의 삼월은 일 년 중 가뭄이 가장 극심하다. 상식적으로는 우기가 시작되기 전인 오월이 가장 더울 것 같은데, 삼월이 가장 덥고 견디기 힘들다.

"빌어먹을! 왜 그 이야기는 꺼내고 그래! 하기사 저렇게 맥이 빠져 있으니 한 계집을 놓고 여러 사내가 기웃거리지."

"그 말 취소하는 게 좋을걸."

"취소하지 않는다면?"

"잠깐 밤바람 좀 쐬러 나갈까?"

"미친놈, 술 처먹다 말고 바람은 무슨 바람. 술이나 처먹어. 고리타분한 이야기는 말고. 아까 이야기는 취소하지. 잘못했다. 됐냐?"

"……."

역석은 유회가 건드려서는 안 될 곳을 건드렸지만 취소 한마디에 무심히 넘어갔다.

유회도 핀잔을 주고 싶어서 준 것은 아니다.

모두들 남만의 푸른 들판을 생각하고 있었다.

수환봉, 천폭… 태양열에 살이 이글이글 타는 곳이지만 세상에서 가장 아늑한 곳이었다.

유회도 역석의 마음을 알고 역석도 유회의 마음을 안다.
"에구! 술기운이 도네. 그만 잠이나 잡시다."
유회가 먼저 술독을 놓고 벌렁 드러누웠다. 그리고 곧 코를 골기 시작했다.
술자리는 흐지부지 끝났다.
통쾌하게 마음껏 마시고 싶었지만 고향과는 너무 다른 환경을 간신히 버텨온 사람들에게 술은 독약이었다.

"누님."
벽리군은 느닷없는 호칭에 봉목을 부릅떴다.
'누… 님? 나보고 누님이라고 불렀어. 누님이라고…….'
"오늘이 마지막일 겁니다, 누님이라고 부르는 건."
"……."
벽리군은 금줄을 만지작거리며 뒷말을 기다렸다.
"이제 시간도 어느 정도 지났고 다시 하오문으로 돌아가시는 게 어떻습니까?"
"……."
"피 냄새를 맡기에는 어울리지 않습니다."
벽리군이 고개를 쳐들었다.
"누님이라고 불렀으니… 오늘은 나도 말을 놓을게. 그게 무슨 뜻이야? 피 냄새를 맡기에는 어울리지 않는다니? 나도 무인이야. 동생처럼 높은 무공을 지니지는 못했지만 싸울 줄은 알아."
"……."
"그런 말은 하지 마. 내가 좋아서 있는 거니까."

"하오문주 때문입니까?"

'야속한 사내… 아무리 목석 같은 사내라도 이렇게 마음을 몰라주다니…….'

"아니군요. 혹시 이 우제(愚弟) 때문입니까?"

'아, 알고 있었어, 내 마음을…….'

벽리군의 볼이 잘 익은 홍시처럼 붉게 달아올랐다.

숱한 사내를 겪어본 몸이지만 직접 면전에서 이런 이야기를 주고받을 줄은 미처 몰랐다. 사내와 살을 섞는 것보다 더욱 힘들었다.

"그래서 피 냄새를 맡기에는 어울리지 않는다고 했습니다. 만약 검을 들 때가 되면 누님은 제 실력도 발휘해 보지 못하고 죽습니다. 가슴 속에 정(情)이 있는 사람은 그렇지요."

"동생은 어떻게 그렇게 잘 알아? 동생보다 내가 훨씬 더 많이 살았어. 나도 알 건 다 알아. 그리고 또, 설혹 그런 일이 있으면 어때? 난 지금이 내 인생에서 가장 행복해. 그냥 이렇게 동생 수발을 들어주는 게."

'짐이 또 생겼구나.'

종리추의 안색이 어두워졌다.

종리추의 지난 십 년 세월은 다른 사람의 평생과도 맞바꿀 수 있을 만큼 파란만장했다.

열 살에 살인을 하고, 열세 살에 암연족 전사들을 무수히 죽이고… 그러면서 싸울 때는 조금의 인정도 남아 있어서는 안 된다는 것을 배웠다.

이래서 아버지도, 어머니도, 어린도 떼어놓고 왔건만 또 정이 생기고 말았다.

"세상에는 참 바보가 많은가 봅니다."
"……."
종리추도 벽리군도 더 이상 말을 잇지 못했다.

종리추는 천화기루에서 살인 청부로 벌어들인 은자를 아낌없이 쏟아 부었다.
인근에 있는 목수란 목수는 모조리 동원되었다.
값비싼 대리석도 사들이고 조경(造景)에 사용될 나무와 바위도 사들였다.
한 달이란 기간이 지났을 때, 대외산 산자락에는 대도읍에서도 흔히 볼 수 없는 대저택이 지어졌다.
"이렇게 큰 집이 필요합니까?"
유구가 입을 쩍 벌렸다.
장원을 처음 본 것이다.
종리추는 그들에게 쉴 틈을 주지 않았다.
향수병(鄕愁病)을 고치는 데는 몸을 바쁘게 놀리는 것보다 좋은 게 없다. 잠을 쪼개도 몸이 부족하다 여길 만큼 바쁘다 보면 고향을 떠올릴 틈이 없어진다.
종리추는 마음이 죽어버린 자들을 원했지만 이들은 마음이 살아 있는 자들이었다.
유구, 유회, 역석. 그들은 종리추가 장원을 짓는 동안 하남성 곳곳을 돌아다니다 지금에야 돌아왔다. 한 달 동안 무려 이백여 곳에 달하는 문파를 빠짐없이 돌았으니 다리가 서너 개라도 모자랐으리라.
"서신은?"

"전부 전했습니다."

"반응은?"

"코웃음만 치던데요?"

"됐어."

종리추는 신경 쓰지 않았다.

"먼 길을 다녀왔으니 목욕이나 하고 푹 쉬도록 해. 사월 초하루에는 많은 음식을 먹어야 될 거야."

남만 세 사내는 종리추가 하는 말의 뜻을 이해하지 못했다.

사월 초파일이면 몰라도 초하루에 많은 음식을 먹어야 되다니.

장원 곳곳은 사람들의 훈기로 가득했다.

마당은 먼지 한 올 찾아볼 수 없을 만큼 깨끗했다. 기둥은 파리도 앉지 못할 만큼 반질거렸고 새로 입혀놓은 기와에서는 풋풋한 냄새가 풍겨났다.

종리추는 많은 사람들을 받아들였다.

시녀, 시종, 하인.

단 여섯 명만 거주하면 되는 공간이 목수들이 집을 지을 때처럼 북적거렸다.

그들은 대형 솥에 밥을 안치고, 삼, 사백 명이 먹어도 충분할 양의 채소를 다듬고, 생선을 다듬었다.

종리추는 자단목(紫檀木)으로 만든 의자에 앉아 텅 빈 대청에 눈길을 주었다.

대청은 족히 백여 명이 자리해도 남을 만큼 넓었다. 종리추가 앉은 자리에서 폭이 낮은 계단 네 개를 내려가면 서른 명 정도는 넉넉히 앉을 만한 길쭉한 탁자와 의자가 놓여 있다.

대청 가장자리는 가볍게 앉을 수 있는 의자들이 놓여 있고, 병장기를 진열해 놓은 병가(兵架)도 있다. 벽에는 아름다운 화조도(花鳥圖)가 걸려 있고 화병에는 싱싱한 꽃망울이 웃음을 터뜨리고 있다.

크고 화려한 대청이다.

그곳에 달랑 네 사람만 앉아 침통한 표정을 짓고 있다.

"음식 준비는?"

"다 됐어요. 삼백 명 정도는 먹을 수 있어요."

벽리군이 무거운 표정을 지우지 않은 채 대답했다.

종리추는 그녀에게 떠나라 했고 그녀는 종리추의 시중을 들겠다고 했지만 두 사람 모두 자신의 소망을 이루지 못했다.

벽리군은 남았지만 종리추의 시중을 들지 못했다. 그러기에는 할 일이 너무 많았다. 장원의 주인이랄 수 있는 여섯 명 중 시녀나 하인을 거느려 본 적이 있는 사람은 벽리군뿐이었다.

하인을 받아들이고 시녀를 고르고… 장원의 안살림은 모두 그녀의 몫으로 돌아왔다.

"손님은?"

"……"

대답이 없었다.

하남성에는 구파일방 중 세 방파가 있다.

소림사, 공동파, 개방.

하남성 경계를 약간만 벗어나면 무당파와 화산파도 있다. 대방파에는 미치지 못하지만 신경을 써야 하는 문파들도 많다. 하오문이 그렇고, 종리추의 경우에는 살천문도 무시하지 못한다. 상악(商岳)에서 강

개파(開派) 89

맹한 창법(槍法)으로 명성을 떨치고 있는 철가(鐵家)도 주의해야 한다. 강맹하고 파괴적인 철가 창법은 빠르고 현란한 양가(楊家) 창법(槍法)과 더불어 중원 이대창법으로 불리어진다.

단 한 명도 오지 않았다.

청간(請柬:초대장)을 넣었건만 단 한 명도 보내지 않았다. 코웃음만 치더라는 유구의 말이 옳았다.

거지들은 잔치라면 지옥불 속이라도 뛰어든다. 환갑이나 혼인 같은 경사는 물론이고 장례 같은 애사에도 빠짐없이 참석하는 사람들이 거지들이다.

대외산에 거대한 장원이 들어선다는 것은 일찌감치 소문이 날 대로 났다. 목수들이 집을 지을 때도 거지들이 어슬렁거리곤 했다.

한데 그들도 오지 않았다.

음식 만드는 냄새는 담 너머 멀리 퍼져 나갔지만 개미새끼 한 마리 얼씬거리지 않았다.

'후후! 골칫거리가 생겼다고 생각하겠지. 변화를 바라지 않는 사람들이니까. 지켜보는 눈들은 있을 거야. 일거수일투족을 빠짐없이 지켜보겠지.'

창문 밖으로 비치는 하늘은 금방이라도 비가 쏟아질 듯 먹장구름이 가득 끼어 우중충했다.

'됐어. 할 도리는 다 했으니까.'

종리추는 '살문(殺門)'의 개파를 하남 무림에 알렸다.

정통 무림 문파가 개파를 하듯이 올바른 수순을 밟았다.

문제는 청간에 적힌 내용이다.

문파명이 정식 문파에는 어울리지 않는 '살문(殺門)'이다.

'개파(開派)의 의미(意味)'에 적힌 '원한없는 세상'이라는 노골적인 글귀도 그렇거니와 '공적(功績)'에 개봉부 살천문 개봉지부 지부장을 살해한 사실까지 버젓이 적어놓았으니…….

형식만 정식 문파이지 어둠 속에 숨어 있어야 할 살수 집단이 양지로 나오겠다는 의미이지 않은가.

살수집단은 개파라는 것을 하지 않는다. 그들의 존재는 한 사람, 두 사람 입소문을 통해 알려지는 것이 일반적이다.

과거, 살혼부도 그랬고 현재 하남성의 어둠을 휘어잡고 있는 살천문도 그랬다.

'혈주(血酒)' 의식도 그렇다.

살수들은 혈주 의식을 통해 새로이 등장한 살수와 구 살수들 간에 영역 정리를 한다. 합의가 이루어지면 일정한 영역을 물려받는 것이고 이루어지지 않으면 전면전이다.

혈주 의식은 살수들 사이에서나 통용되는 관습이지 이렇게 청간에 버젓이 적어 무림인들에게 알릴 사안이 아니다.

종리추는 무림의 규칙을 깼다. 살수들의 규칙도 깼다.

사면초가(四面楚歌)를 스스로 자처한 것이나 다름없다.

정식 문파의 형식을 취했으나 내용은 살수 집단의 등장을 예고하고 있으니 무림인들이 참석할 리 없다. 살천문에서도 심기가 불편하리라. 아무리 살천문주와 협의가 이루어졌다고 하지만 이렇게 내놓고 말한다면 살천문의 위신이 급전직하(急轉直下)한다.

징계는 곧바로 이어질 것이다.

하남 무인들은 눈을 부릅뜨고 지켜보다가 살문에서 조금이라도 이상한 짓을 하면 곧바로 쳐올 것이다. 살천문과의 협의도 깨졌다고 봐야 한다. 살문에서 살천문의 영역을 침범할 경우 전면전으로 치달을 위험도 크다.

"나가자. 이미 예정되었던 일. 약속 시간까지 기다렸으니 할 도리는 다 했다."

종리추가 일어나 성큼성큼 걸어나갔다.

사두마차가 나란히 지날 수 있을 만큼 넓은 정문이다.

대문은 활짝 열려 있었다.

종리추가 나타나자 손님을 영접하기 위해 아침부터 정문에 서 있던 집사가 난감한 표정을 지었다.

그는 하오문 개봉 방주 천은탁이 특별히 보낸 자다.

행동이 민첩하고 약삭빨라서 많은 보탬이 될 자라 하면서.

"개미 한 마리 얼씬거리지 않는뎁쇼."

그는 민망한지 슬쩍 방명록(芳名錄)을 덮었다.

"됐어. 현판은?"

"여기 있습니다."

유구가 직접 현판을 들고 왔다.

헝겊을 걷어내자 획이 곧바른 글씨로 '살문(殺門)'이라고 쓰인 현판이 모습을 드러냈다.

종리추가 글씨를 쓰고 하남제일의 목공이 조각을 한 현판이다.

"걸어."

유구와 역석이 현판을 향해 삼배(三拜)를 올린 다음 사다리를 타고 올라가 현판을 걸었다.

상판식(上板式)이다.

드디어 정식으로 개파를 한 것이다.

'소고는 사월 초파일 이전에 살인 청부를 받으라고 했지. 늦어도 초파일까지는 살천문의 이목을 집중시켜야 한다고. 후후! 살인 청부는 진작 받았고, 이만하면 살천문의 이목도 집중시켰고……. 계획에 차질이 있겠군. 예정보다 반년 이상 앞섰으니까. 하지만 소고라면 잘 해낼 거야. 풋! 남 걱정할 때가 아닌데… 내 코가 석자인 걸.'

친분이 두텁고 서로 공생 관계에 있는 하오문 천은탁 망주도 참석하지 못했다.

그 역시 무림인들의 눈치를 살펴야 하는 까닭이다.

"방명록은 치우고 사람들을 맞이해. 요즘 같은 흉년에 음식을 남기면 죄받아. 남는 음식은 아낌없이 싸주도록 해."

"헤헤! 남을 리가 있겠습니까? 요즘 같이 피죽도 구하기 힘든 판에. 음식 걱정일랑 딱 붙들어 매두십시오."

집사 남오(南五)는 밝게 웃으며 묵직한 기운을 떨쳐 냈다.

정오가 되기 전부터 인근 마을에서 몰려든 사람들로 그렇게 넓던 장원이 발 디딜 틈도 없었다.

요즘같이 먹고 살기 힘든 판에 공짜 음식을 주는 곳이 나타났으니 아니 그런가. 걸을 수 있는 사람은 걸어서, 걸을 수 없는 사람은 등에 업혀서 잔칫상으로 몰려들었다.

그들은 살문이라고 쓰인 현판 앞으로 무심히 지나쳤다.

이윽고 글을 아는 사람이 나타났고 현판에 쓰인 글씨를 읽었다.

"살… 문? 살문!"

그의 옆에 있던 사람이 물었다.

"이봐, 왜 그렇게 놀라는 거야?"

"저, 저 글씨……!"

"글씨가 왜?"

"사, 살문! 살문이래!"

"그게 뭐 어때서?"

무심코 중얼거리던 그가 화들짝 놀라 소리쳤다.

"살문? 사람을 죽인다는 그 살문?!"

"누, 누구든 쥐도 새도 모르게 죽인다는 살문이야. 그 살문!"

종리추가 천화기루에서 청부받아 해결한 건(件)은 모두 열네 건.

하루에서 서너 건씩 밀려들었지만 오늘 같은 날을 대비해서 소문이 번질 청부만 받아들였다.

결과가 나타나고 있다.

천화기루에서 몸을 숨긴 지 거의 두 달이 지나가고 있건만 사람들은 살문을 잊지 않았다. 아니, 날개를 달고 더욱 멀리 퍼져 나가는 중이었다. 아직은 개봉부에서 벗어나지 못했지만 조만간 살을 보태서 하남성 전체에 퍼질 소문이었다.

"이, 이거 그냥 가야 되는 것 아냐? 으, 음식이 넘어갈 것 같지 않은데?"

"그래도……."

그들의 눈길은 피골이 상접한 가족들에게 향했다.

세상에서 가장 무서운 것이 굶는 것이다.

가족들은 살문이라는 소리를 들었어도 시큰둥했다. 그들의 눈길은 오로지 대문 안에 펼쳐진 음식으로 향했다.

"헤헤! 왜 그러시는가? 아, 왔으면 빨리 들어가 음식을 먹어야지, 여기서 뭘 해? 사람들이 예상 밖으로 많이 몰려들어서 곧 동이 날 거야. 들어가려면 빨리 들어가게."

적시에 나타나 한마디 한 남오의 말은 효력이 컸다.

그들은 살문에 대한 우려를 떨쳐 버리고 우르르 안으로 들어가 음식상 앞에 앉았다.

또 다른 부류도 있다.

그들은 장원에 들어온 다음에도 음식에는 거의 손을 대지 않았다.

음식을 먹는 척하지만 그들의 곁눈질은 연신 장원 구석구석을 살폈다.

개파를 하는 날은 장원 곳곳이 공개된다.

그들에게는 장원을 살펴볼 수 있는 절호의 기회다.

측간을 가던 자가 길을 잃은 척하고 내원(內院)으로 들어섰다. 빈 접시를 들고 주방으로 달려가던 자가 곳간을 살폈다. 조금 더 대담한 자는 종리추의 집무실까지 엿보았다.

그들의 행동은 은밀하기 이를 데 없어서 주의 깊게 살펴보아도 범인들과 분간해 내기 어려웠다. 더군다나 살문에는 눈빛을 빛내고 있는 자조차 없었다.

종리추가 말했다.

"저기 저 사람, 이마에 혹이 난 노인, 저 노인을 보고 느낀 게 없느냐?"

"궁색한 듯한데 여유있어 보입니다."

유구가 대답했다.

"보통 노인은 아닙니다."

유회가 대답했다.

"무림인 같습니다."

역석이 대답했다.

"향주는?"

"저 같으면 상종하지 않겠어요. 무서운 사람일 것 같아요."

벽리군이 대답했다.

"향주는 목숨을 건졌어. 너희 셋은 죽었다. 오늘 장원에 온 사람들 중 저 노인이 제일 무서운 사람이다. 저 사람을 죽이라고 하면 죽일 수 있겠느냐?"

"……."

대답이 없었다.

원래 이런 것이다. 자신들이 보기에는 대단해 보이지 않는 노인이다. 노인을 잘 모르기 때문이다. 종리추는 노인이 대단하다고 한다. 그렇다면 무엇인가 한 수는 있음 직한데…… 노인을 알지 못하니 방법이 나올 수가 없다.

"과거에 여양(汝陽)에서 감수(鑑水)까지 하루 만에 달린 사람이 있었다. 삼백여 리가 넘는 거리지."

"그럴 수가!"

탄성은 역석이 터뜨렸지만 한결같이 놀란 표정이었다.

지난 한 달 동안 무림문파를 찾아 하남성 곳곳을 돌아다녔으니 여양에서부터 감수까지가 얼마나 먼 거리인지는 잘 안다. 그 거리를 하루 만에 달렸다니…… 인간인가, 날개 달린 새인가.

"개방 분운추월!"

벽리군의 탄성은 다른 각도에서 터져 나왔다.
"지금 이곳에는 많은 사람들이 와 있어. 그들 중에서도 무공이나 배분이 가장 높은 고수지. 어때? 이제 신분을 알았으니 죽일 자신이 생겼나?"
"……."
"이틀 기한을 준다. 죽일 방도를 강구해서 보고해 봐."
종리추는 재미있다는 듯 싱긋 웃었다.
해맑은 표정이었다. 몇 달 동안 곁에 있었지만 벽리군이 한 번도 보지 못한 맑은 웃음이었다.
'너무 아름다워.'
벽리군은 사내도 아름다울 수 있다는 것을 알았다.
그들이 있는 곳은 장원을 한눈에 굽어볼 수 있는 사층 망루(望樓) 제일 꼭대기였다.

◆第三十七章◆
삼목(三目)

"서화(西廂) 임영(林英)을 죽여주세요."

개파 후 첫 청부였다.

"지금 죽여달라고 하셨나요?"

벽리군은 조심스러웠다.

무림인이 던져 놓은 올가미일 수도 있고 살천문의 징계가 시작된 것인지도 모른다.

"네, 방법은 상관하지 않아요. 무조건 죽여주기만 하면 돼요."

"다른 일이라면 몰라도 죽이는 일이라면 제가 결정할 수 없군요."

벽리군은 왠지 께름칙한 느낌이 들었다.

여인은 무공을 익힌 흔적이 없다. 무림과는 거리가 먼 평범한 여인처럼 보인다.

서화의 임영을 죽여달라고 말할 때는 눈에서 새파란 독기도 흘러나왔다.

원한이 얽혀 있는 살인 청부다.

그녀가 내민 돈도 녹록치 않다. 확인해 보지는 않았지만 천은 백 냥은 실히 되어 보인다.

그런데도 받고 싶은 생각이 들지 않았다. 여인에게서는 알지 못할 어두운 그림자가 엿보인다. 마치 함정을 파놓고 유혹하는 사람처럼. 이런 느낌은 무엇 때문에 드는 것일까. 무림과는 전혀 인연이 없어 보이는 여인인데.

종리추는 청부 접수에 관한 일체의 권한을 벽리군에게 떠맡겼다.

"사람 보는 눈이라면 향주를 따라갈 사람이 없겠지. 접수는 향주가 맡아. 욕심 부릴 필요는 없겠지. 장원을 유지할 정도면 될 거야."

"하오문에서 내쫓긴 몸이니 살문 식구로 받아줄 수 없나요? 향주라는 말 말고 다른 소리를 듣고 싶어요."

"말해 봐. 어떤 소리를 듣고 싶나?"

종리추는 정말 그날 이후 누님이라는 소리를 하지 않았다. 그는 냉담하고 차분한 예전의 종리추로 돌아갔다. 천화기루에 있을 때와 다른 점이 있다면 간간이 웃음을 흘린다는 것 정도다.

벽리군은 입술을 잘끈 깨문 다음 욕심껏 말했다.

"안살림을 도맡고 있으니 부인이란 칭호를 주세요."

"……."

"……."

조용한 침묵 속에는 결단이 숨어 있다. 바램이 숨어 있다.

"총관(總管)으로 하지."

종리추는 거절했다.

"좋아요. 아주 마음에 들어요."

벽리군도 더 이상 종리추를 곤란하게 만들고 싶지 않았다.

처음부터 욕심을 버렸던 것을. 한데 왜 틈만 나면 욕심이 고개를 쳐드는지.

그에게 어린이라는 아내가 있다는 것도 역석에게 들어 알고 있건만, 아니, 아내가 없어도 그렇지. 창기 주제에 감히 누굴 넘보겠다고.

'그래, 그냥 이대로 곁에만 있어도 좋아.'

벽리군은 총관 직을 충실히 수행했다. 그리고 첫 청부자를 만났는데…….

'거절해야겠어. 느낌이 안 좋아.'

벽리군은 거절하기로 작정했다.

"살인은 살문주께서 직접 관장하시나 보죠?"

"서화 임영을 왜 죽이려는지 이유를 말해 줄 수 있나요?"

"아뇨, 말해 줄 수 없어요. 청부하는 데 그런 것까지 말해 줄 필요는 없겠죠? 전 돈을 주고 부탁하고 그쪽에서는 죽여주기만 하면 돼요. 되는지 안 되는지 확실히 말해 주세요. 총관께서 결정할 수 없다면 장주님에게 여쭤보시던가. 청부할 곳은 이곳 말고도 많아요."

여인은 살천문을 말하고 있다.

"죄송해요. 장주님도 살인은 탐탁하게 여기지 않는 분이라… 다른 곳에 부탁하는 게 좋겠군요."

여인은 뒤도 안 돌아보고 돌아갔다.

벽리군은 곧바로 역석을 불렀다.

삼목(三目) 103

"저 여자 뒤 좀 밟아줘요. 살천문으로 갈 것 같은데 살천문으로 들어가면 나올 때까지 기다렸다가 다시 뒤를 밟아요. 그녀가 어디로 가는지 확인하고 서화의 임영이 누군지도 알아보세요."

역석에게 일을 부탁하면서도 벽리군은 답답했다.

'이게 살수 문파라니… 사람이 너무 없어. 역석 같은 살수가 뒤를 밟는 일이나 하다니.'

이해할 수 없는 것은 종리추의 태도다.

시녀 시종, 하인들은 얼마를 받아들이든 상관하지 않으면서 살수는 늘릴 생각을 하지 않는다. 지금과 같은 상황을 모르지 않을 텐데.

역석은 팔 일 만에 돌아왔다.

"총관 말씀대로입니다. 살천문에 들렀다가 서화로 돌아가더군요. 임영이란 어린아이는 진가(晉家) 장원(莊園)의 소장주입니다."

"방금 어린아이라고 했나요?"

"네, 이제 겨우 여섯 살 난 어린아이예요."

"소장주라고 했는데, 장주가 그렇게 젊던가요?"

벽리군은 여인을 생각했다. 여인은 주름이 거의 없는 얼굴이지만 풍기는 자태로 보아 쉰에 가까웠다. 그럼 장주가 첩을 들인 것인가?

"하하! 그것도 알아봤죠. 진가장원 대부인은 아이가 없었어요. 그래서 첩을 몇 명 들였는데 대부인이 오십을 바라보는 나이에 아이를 가진 겁니다. 그게 임영이에요."

"그럼 여기 왔던 여자는?"

"첩이더군요. 사내아이만 넷을 낳았는데 임영 때문에 장원을 물려받지 못할 위기죠."

진짜 청부였다.
찜찜한 구석은 임영이라는 아이에게 있었다.
그를 알지 못했으니 진짜 청부인지 가짜 청부인지 파악할 도리가 없다.
후회는 하지 않는다. 아무리 진짜 청부라도 여섯 살 난 어린아이를 죽이는 짓을 어찌하겠는가. 종리추도 그런 청부는 탐탁지 않게 여기리라.
하지만 이런 간단한 문제 하나 정리하는 데 장장 팔 일이나 걸렸다면 큰 문제가 아닐 수 없다.
'대책을 세워야 해. 이래서는 아무 청부도 받을 수 없어. 최소한 어디서 정보를 얻을 곳은 있어야지. 이렇게 눈뜬장님이 되어서는 아무것도 할 수 없는데……'

벽리군은 그 길로 망주 천은탁을 찾아갔다.
"하오문의 힘이 필요해요."
"……."
"종리추는 문주님과 같은 사문이에요. 문주님을 복위시켜 드릴 수 있는 사람이기도 하구요. 도와주세요."
"여기는 들르지 말라고 했는데?"
"어쩔 수 없었어요."
"난 지금껏 살아오면서 살수 문파가 개파하겠다고 버젓이 청간을 돌리는 짓은 보지 못했어. 도대체 정신이 있는 거야! 아예 고양이에게 생선을 맡기지 그랬어?"
"저도 모르겠어요. 그분이 하시는 일은 도무지 종잡을 수 없어요."

'그분? 벽 향주… 끝내 수렁에 빠지고 말았군. 벽 향주는 세상에서 가장 행복한 여자가 되거나 가장 비참하게 죽는 여자가 될 거야. 어찌 자고 그렇게 무모한 사랑을……'

"지금은 장님이나 마찬가지예요. 그분도 그렇고 수하라는 사람들도 그렇고 사람이나 죽일 줄 알지 정보에는 까막눈이에요. 도와주세요."

"내 생각은 달라."

"……?"

"종리추 그 사람, 절대 미련한 사람이 아냐. 대놓고 개파 선언을 한 것은 무모하기 짝이 없는 행동이지만 무엇인가 생각이 있겠지. 나는 그렇게 생각해. 처음 살수행을 하는 것도 아니고 벌써 한 번 경험이 있어. 그런 사람이 정보의 중요성을 모를까? 벽 향주가 생각하는 것처럼 다급한 상황은 아닐 거야. 돌아가서 몸이나 잘 보존해. 벽 향주는 하오문이나 개방, 살천문 모든 사람들에게 표적이야. 나도… 도울 수 없어."

"알아요."

벽리군은 힘없이 대답했다.

너무 무리한 부탁이었다. 망주 천은탁 역시 운신이 곤란한 입장이다. 하오문에서 청부 살인과 연관을 맺으면 문파 전체에 악영향을 미친다. 그렇지 않아도 직업이 떳떳치 못한 사람들인데 그런 연유로 하오문에서는 청부 살인만큼은 엄금하고 있다.

망주는 의심을 받고 있다. 종리추가 저지른 살인과 무슨 연관이 있을 것이라고 생각한다.

망주나 벽리군을 포함한 다섯 향주, 청부를 접수하려고 동분서주했던 하오문도, 아니면 종리추 일행 그들 중 누구 한 명이라도 꼬투리가 잡히면 일망타진된다. 노출된 사람들은 무림 공분을 사서 죽을 것이고, 전 문주 역시 하오문주로 복위하는 일은 요원해진다.

'너무 무리한 부탁이었어. 한 번만 깊게 생각해 봤어도 여기까지 오지 않는 건데……. 하지만 이제 어쩌나, 도움을 청할 곳이 없으니.'

"만약 아주 급한 위험이 감지되면 그때는 연통해 주겠네. 내가 먼저 연락하기 전까지는 발걸음을 끊어야 해. 사람도… 애써서 칠보사를 구해줬더니 손가락 하나 집어넣기가 그렇게도 힘들던가?"

"훗! 칠보사가 굶어 죽었더군요."

"그래? 나쁜 놈들, 감히 망주를 속이다니."

"돌아갈게요."

"다음에 만나면 우리 술이나 같이 한잔하세. 향주가 따라주는 술을 받아본 지도 오래됐군."

"그래요."

돌아서는 벽리군은 힘이 하나도 없었다.

그녀는 종리추가 걱정되었다. 정보를 줄 수 있는 유일한 곳마저 이런 지경이니 앞으로 어떻게 한단 말인가.

     *   *   *

벽리군이 하오문에서 나오고 있는 시각, 종리추는 여저부(汝宁府) 서평(西平)을 향해 걷고 있었다.

관도는 구불거렸지만 잘 손질되어 있어 마차를 타고 가도 덜컹거리지 않을 것 같았다.

오고 가는 사람들도 점점 많아졌다. 관도에서 보이는 곳에 자리한 집들도 걸음을 더할수록 가구 수가 많아지고 반듯했다.
 노정표(路程標)를 보지 않더라도 서평에 거의 다 왔다는 것을 알 수 있다.
 종리추는 세상을 접하는 것이 즐거웠다.
 삼도산을 떠나 소고를 만나기 위해 삼이산으로 가던 도중 사람들의 훈기를 접했던 때와는 또 다른 감동이 물결 지어 찾아들었다.
 당시는 이룰 수 없는 소망을 애타게 찾았다. 하지만 지금은 그런 소망조차도 없다. 하늘이 맑으면 맑은 대로, 흐리면 흐린 대로 풀잎에서 풍기는 냄새가 풋풋하면 상쾌하고, 먼지에 뒤덮여 축 늘어져 보이면 오후의 편안한 한때가 생각나고.
 자연은 있는 그대로 종리추의 가슴속에 파고들었다.
 굽이를 돌자 멀리 큰 도읍이 보였다.
 수천 가구는 밀집된 듯 산도, 강도, 나무도 보이지 않고 온통 집들투성이였다.
 '거의 다 왔는데…….'
 종리추는 서평으로 향하는 관도에서 벗어나 논둑에 주저앉았다. 논들은 기나긴 겨울의 때를 벗어던지고 검붉은 속 알맹이를 드러냈다. 아직도 겉옷을 벗어 던지지 못한 논에서 황소가 느린 걸음으로 쟁기를 끄는 모습이 보였다.
 그는 논둑길을 걸어 농부에게 다가갔다.
 "말 좀 여쭙겠습니다."
 "이럇! 이럇!"
 농부는 연신 황소를 재촉하며 고개만 돌렸다.
 "이 근처에 견도장(犬屠場)이 있다고 들었는데 어디쯤입니까?"

노인은 손을 들어 야트막한 산언덕을 가리켰다.

"저 뒤로 돌아가면 보일 게요. 하지만 지금은 사람이 없을 텐데? 잡아먹을 개가 있어야 잡아먹지. 쯧!"

농부는 비쩍 마른 손으로 힘겹게 쟁기를 끌었다.

견도장은 노인의 말처럼 황량했다. 말이 견도장이지 개를 잡는 사람도 보이지 않았고 개 짖는 소리조차 들리지 않았다.

텅 빈 개집들, 개의 피로 짐작되는 검붉은 흔적들만이 견도장임을 알려줄 뿐 살아 움직이는 것은 아무것도 없었다.

'잘못 짚었나? 틀림없이 여길 텐데······.'

종리추는 천천히 견도장 안으로 들어갔다.

견도장을 쓰시 않은 시 오래된 듯한데 아식노 누릿한 개 냄새가 코를 찔렀다. 각종 오물들이 썩어 들어가는 냄새는 머리까지 욱신거리게 만들었다.

'이상하다. 틀림없이 이곳일 텐······ 찾았어!'

종리추는 전신을 이완시켰다.

자연의 소리를 듣고 난 다음부터 긴장은 아무 데도 쓸데없다는 것을 알았다. 사람을 죽이기 위해 바위를 쪼개 보이고 흉포한 검풍(劍風)을 선보여 봤자 아무 쓸모 없다. 은근슬쩍 다가가 칼로 쓰윽 찌르는 것만 못하다.

물론 긴장은 필요하다. 인간의 육체는 적당한 긴장을 요구한다. 싸울 때도 긴장은 필요하다. 바짝 긴장할수록 집중도가 높아지기도 한다. 그러다가 어느 단계에 이르면 긴장할 때와 이완할 때를 구분하게 된다. 싸움이 시작되었다고 무조건 긴장하는 것은 심력의 낭비다.

그는 나무 막대에 거적 몇 장 올려놓은 것 같은 움막으로 향했다.

터벅! 터벅!

빠르지도 느리지도 않은 걸음이었다.

보폭은 자로 잰 듯 일정했다. 발에 실리는 힘도 균등했다. 딛는 발과 떼어놓는 발에 똑같은 힘이 실렸다.

움막은 지저분하고 초라하다. 하나 알지 못할 미증유의 힘이 뻗어 나온다.

종리추는 적지 않은 고수들을 만났다.

적지인살은 고수라기보다는 뛰어난 살수였고 모진아는 고수였다. 유구, 유회, 역석도 처음 만났을 때는 상대할 수 있을까 하는 생각이 들 만큼 강해 보였다.

하지만 이 사람은 정말 강해 보인다. 아니다. 진짜 강한 고수다. 중원무림에서도 알아주는 고수다. 허명(虛名)뿐인 고수가 아니라 진신무공을 지닌 절대강자다.

"누구냐!"

움막에서 카랑카랑한 음성이 들려왔다.

"살문주."

"……."

조용해졌다. 숨소리조차 들리지 않는다.

종리추는 움막에서 십여 보 떨어진 곳에 이르자 걸음을 멈췄다.

'움직일 수 없다!'

그건 놀라운 경험이었다.

세상이 온통 단단한 철벽으로 둘러싸인 듯한 느낌. 움직이고 싶으나 움직일 곳이 없는 곳으로 들어선 기분이 들었다. 오랏줄에 전신이 결박되어도 이보다는 자유로울 것 같았다.

'마음마저 답답해지고 있어. 이 상태에서 검을 쳐온다면 죽는다. 상대할 수 없는 고수야.'

종리추는 곧 진기를 휘돌렸다.

소리를 들었다. 몸에서 일어나는 소리, 중단전에서 울리는 평온한 대해(大海)의 소리. 이미 일체가 되어버린 오신기가 전신을 휘돌자 한결 마음이 편해졌다. 금성철벽(金城鐵壁)에 둘러싸인 것 같던 느낌도 처음부터 없었던 것처럼 살며시 빠져나갔다.

'소고보다 더하다. 소고는 부드러워 기운이 이는 것조차 느끼지 못하게 만드는데 이건 너무 강해 처음부터 옭아매어 온다. 소고가 가랑비에 옷 젖는 줄 모르는 식이라면 이건 피할 수 없는 소나기다.'

소고에 이어 두 번째로 접하는 부형기(無形氣)였다.

무형기는 말 그대로 무형기다. 눈에 보이지 않는다. 또한 볼 수도 없다.

사람이든 동물이든 누구나 무형기를 지니고 있다.

뱀을 만난 개구리가 오금을 펴지 못하는 것도 천적이 지닌 무형기에 압도당했기 때문이다. 글만 읽던 서생이 산적을 만나 바지에 오줌을 지리는 것도 무형기에서 공포를 느꼈기 때문이다. 반대로 흉악한 산적이 닭 모가지 하나 비틀 힘이 없는 서생에게 쩔쩔매는 것도 힘이 아닌 다른 것, 학식이나 덕(德)과 같은 것들이 무형기로 발전해 표출되기 때문이다.

세상에 존재하는 모든 동물은 모두 무형기를 갈고닦는다.

인간도 예외는 아니다. 먹는 음식, 자라는 환경에 순응하고 몸속에 간직된 무형기를 일정하게 성숙시킨다.

하지만 소고나 움막에 있는 자처럼 사람의 행동까지 결박시킬 정도로 강한 무형기를 지니려면 유생이 평생 책을 읽는 정도의 고된 수련이 필요하다. 소고나 움막에 있는 자는 밥 먹는 것보다 무공 수련하는 것을 더 좋아하는 자다.

긴 침묵은 움막이 걷히는 소리로 깨어졌다.

움막에서 걸어나오는 사람은 노인이었다. 이마에 큼지막한 혹이 달린 노인, 장원에서 남만 세 사내에게 죽일 방도를 강구해 보라고 말했던 개방 이장로 분운추월이다.

분운추월의 눈에서는 몸을 태워 버릴 것 같은 화염이 쏟아져 나왔다. 동시에 몸을 친친 옭아매던 무형기도 다시 폭출되었다.

종리추는 태연했다. 긴장을 하지도 않았고 진기를 끌어올리는 흔적도 보이지 않았다. 그러면서도 분운추월의 무형기를 소리없이 소멸시켰다.

'이건! 이건 마치 바다 속에 조약돌을 던지는 것 같다. 저자에게서는 아무것도 느껴지지 않아.'

분운추월은 내심 크게 놀랐다.

경공으로 이름이 높다 보니 간혹 경공을 겨루자고 찾아오는 무인들이 있다. 그러나 무형기를 쏘아내면 우물쭈물하다가 꼬리를 내리기 일쑤였다.

분운추월은 그런 상대의 감정 변화를 즐겼다.

살문주라고 신분을 밝힌 젊은이는 이제 약관을 갓 지났을까 말까 한데 득도한 고승처럼 태연히 무형기를 받아들인다. 감정의 변화를 읽을 수 없음은 물론이다. 그래서는 무공이 어느 정도인지 파악할 수도 없다. 직접 손속을 부딪치기 전에는.

'고수였군. 살문…… 문도들이 꼬리를 밟지 못한 데는 이유가 있었어. 웃어넘길 게 아니라 어쩌면 개방 전력을 다해 주의해야 할 자인지도 모르겠군.'

분운추월이 답답함을 이기지 못하고 먼저 입을 열었다.

심리전에서 지고 들어간 것이 언제인지 기억에도 없는데.

"살문주라… 어디서 굴러먹던 개뼈다귀인고?"

"개뼈다귀에게 죽어보겠소?"

"크크크! 본색을 드러내는군. 오래가지 못할 줄 알았지. 어떤 놈이 내 목에 황금이라도 걸었더냐?"

"거지 목에 황금을 거는 사람도 있소?"

"어린놈이 안하무인이군."

"죽이러 온 사람인데 예의를 갖출 건 뭐 있소."

종리추는 뒷짐을 진 채 태연히 말을 받았다.

무림 원로라는 배분도, 대방파 개방의 장로라는 신분도, 무형기를 뿜어낼 수 있는 고수라는 점도 그에게는 위협이 되지 않는 듯했다.

'오래 살긴 그른 놈이군.'

"죽이러 왔다면 죽여봐."

"편히 죽일 생각은 없소. 경공으로 명성을 날린 분이니 뛰다가 죽게 할 참이오. 어떻소?"

"……?"

"여기서 상채(上寨)까지는 백여 리 길이오. 달려보겠소?"

"지금… 경공 비무를 제안하는 게냐?"

분운추월은 어이가 없었다. 동시에 흥미도 치밀었다.

경공 비무를 하자는 사람은 많았지만 실제로 비무를 해본 사람은 단

두 명뿐이다.

　달마(達磨)의 일위도강(一葦渡江)을 재현했다는 소림 고승 혜미 선사(慧薇禪師)와 중원에 산재한 수많은 신법 중 가장 빠르다는 점창파 유운신법(流雲身法)의 대가인 추풍섬전(追風閃電) 대협(大俠)이다.

　두 사람 모두 분운추월과 동등한 연배다.

　무공에 눈이 트일 만큼 수련도 깊다.

　그들 외에는 감히 경공으로 비무를 하자고 덤벼든 사람이 없었다.

　"경공으로는 분운추월을 당할 수 없겠지. 해서 나는 수단 방법을 가리지 않을 생각이오. 말을 타든, 마차를 타든, 날개를 달고 하늘을 날든. 어쨌든 상채 온수산(穩睡山) 정상에서 기다리겠소."

　"호호호! 키키키키!"

　분운추월은 상당히 재미있어했다.

　살문주는 분명히 경계해야 할 자다. 하지만 그가 하는 말은 그의 마음에 쏙 들었다.

　"감히 기다리겠다? 키키키! 오래 살다 보니 별 미친놈 다 보겠군."

　"하겠소?"

　"그냥 하면 재미없고…… 뭘 걸겠나?"

　"하하하! 역시 노인이라 기억력이 없군."

　"……?"

　"방금 말했을 텐데? 죽이러 왔다고."

　"……"

　분운추월은 종리추를 쏘아봤다.

　"좋아. 그럼 나도 네 목을 접수하지. 네가 죽일 놈이든 살릴 놈이든 상관없어. 지는 놈이 목을 내놓는 거야."

"좋소."

종리추는 자신만만했다.

"노인이니 반 걸음 양보하겠소. 먼저 가시오."

그는 여유까지 부렸다.

"어디, 네놈이 얼마나 빠른가 보지."

분운추월은 서슴없이 신형을 날렸다.

개방에는 두 가지 신법이 있다.

취리건곤보(醉裡乾坤步)와 대팔건곤보(大八乾坤步).

취리건곤보는 접전 시에 주로 사용하고 대팔건곤보는 장거리를 이동할 때 주로 사용하는 경신술이다.

분운추월은 대팔건곤보를 시전하는 것 같지 않았다. 허공을 부유하는 귀신처럼 발이 땅에 닿는 모습을 볼 수 없을 만큼 빨랐다.

'도박은 시작됐어.'

종리추도 신형을 날려 뒤쫓기 시작했다.

 종리추가 알고 있는 신법 중 가장 빠른 것은 적지인살의 비호무영보다.

 인간이 걷거나 달릴 때 땅에 접촉하는 부분은 발바닥이다.

 발바닥에는 용천혈(湧泉穴)이 있다. 발바닥에 산재한 경혈 중 가장 중요한 혈 중에 하나다.

 무림 대소문파 중 용천혈에 기인한 경신법을 구사하는 문파는 거의 절반을 넘어설 정도로 많다.

 비호무영보 역시 용천혈에 근원을 두고 있다.

 발이 땅에 닿는 순간 용천혈에 진기를 집중시킨다. 대지의 무한한 힘과 인간의 몸에서 뻗어 나온 힘이 부딪치면 탄성(彈性)을 일으키고, 인간은 더욱 강한 추진력을 얻는다.

 용천혈을 생각한다면 어느 문파나 비슷비슷한 무론(武論)이다.

두 가지 난관, 인지조차 할 수 없을 만큼 빠른 발놀림과 진기의 집중을 어떤 식으로 조화시키느냐는 문제와 진기를 끊임없이 흘러나올 수 있도록 어떤 방식으로 흐름을 제어하느냐에 따라 각기 다른 수많은 경공신법이 탄생한다.
종리추는 비호무영보를 펼쳤다.
분운추월은 까마득히 멀어져 점으로 변하더니 모습을 감춰 버렸다.
'비호무영보는 혈염옹에게서 흘러나왔다. 혈염무극신공을 바탕으로 두고 있어. 그럼 지금 나는 본신진기를 충분히 활용하지 못하고 있는 거야. 이 할도 안 되는 진기를 쓰고 있을 뿐. 비호무영보는 빠름에 치중한 신법이라고 했지. 빠르다. 빠른 것에 진기를 아낄 필요는 없을 터.'
송리추의 머리는 바쁘게 돌아갔다.
하루 만에 삼백여 리를 주파한 분운추월이다.
지금은 그때보다 더 나을 수도, 더 못할 수도 있다. 아무리 그래도 두 시진 정도면 온수산 정상에 도달하리라.
쒸이익! 쒜에엑……!
옆으로 나무가 흘러갔다.
나무가 흐르는 것인가, 몸이 흐르는 것인가.
스쳐 가는 바람이 귓불을 간질였다.
'분운추월에게 쫓긴다면 비호무영보로는 어림도 없어.'

"비호무영보는 빠르기에 치중한 신법이다. 다른 신법들을 상대하려면 네가 창안해라."

아버님의 말씀이 뇌리를 스쳐 갔다.

어렸을 적에 들은 말이지만 결코 잊을 수 없는 말이었다.

아버님 말씀은 현존하는 경공 중에 빠르기로는 분운추월을, 은밀하기로는 청성파의 암향표를, 허공에서는 곤륜파의 운룡대구식을 상대할 만한 경공이 없다는 뜻이다.

무공은 배워야 한다. 하지만 배운 무공으로 이길 수 없을 때는 창안해야 한다.

무당파의 이형환위와 소림사의 금강부동신법은 접전에서 상대하기가 가장 난해하다고 알려졌다. 그것은 곧 경신법의 정상에 섰다는 말과도 같다.

종리추는 분운추월을 만나러 가는 동안 줄곧 경신법에 대해서 생각했다.

'분운추월을 이기려면 새로운 경신법이 있어야 돼. 비호무영보로는 다른 무인은 상대할 수 있을지 몰라도 분운추월에게는 안 돼.'

그렇다고 경신법이 하루아침에 깨달아질 무공이던가.

어느 순간 종리추는 관도를 버리고 산길을 타기 시작했다. 이것이 최선의 방법이다.

'지름길을 택해 가로질러야 돼. 과연 얼마나 차이가 날까?'

종리추가 택한 길은 길이 아니었다.

산을 타고 호수를 가로지르고 어떤 때는 논둑길을 달려야 한다.

준비는 충분히 해뒀다.

서평에서부터 온수산 정상까지 이르는 모든 길을 뇌리 속에 새겨두었고, 길이 아닌 곳을 달리다 길을 잃어버리는 위험을 없애기 위해 군데군데 표식도 해놨다.

　종리추는 분운추월을 찾아올 적에 온수산 정상에서부터 서평까지 반대로 온 것이다.

　준비해 둔 말이 보였다.

　마부는 아침부터 말을 매어놓고 찬바람을 맞고 있다.

　"이제 오십……."

　마부는 말을 마치지 못했다.

　다그닥 다그닥……!

　종리추는 달려오던 기세 그대로 말등에 올라타 고삐를 잡아채고 있었다.

　'이제 곧 호수가 나타난다. 배를 타고 가로지르면 거리를 절반으로 줄일 수 있어.'

　종리추의 이마에서는 굵은 땀이 흘러내렸다.

　멀리 하늘과 비슷한 색이 보이기 시작했다.

　'저기군. 호수야.'

　"끼럇! 끼럇!"

　말채찍이 쉴 새 없이 터져 나왔다.

　호수에 도착해서도 숨 고를 시간이 없었다.

　"빨리! 노를 저엇!"

　유회는 오래전부터 배를 매어놓고 종리추를 기다리고 있었다.

　그는 남만 세 사내 중에서도 가장 덩치가 크다. 덩치가 큰 만큼 힘도 장사다.

　삐이걱, 삐이걱……!

삼목(三目)　119

처음에는 느리게 움직이던 배가 곧 속도를 내기 시작했다.
이러다가는 종리추가 배에 오르기 전에 너무 멀리 빠져나가는 게 아닌가 염려스럽기도 했다.
그의 생각은 기우였다.
종리추는 달려오던 기세 그대로 말등에 두 발을 얹은 다음 힘차게 솟구쳤다.
"아!"
유회는 일순 노를 젓는 것도 잊어버린 채 탄성을 토해냈다.
종리추는 한 마리 새였다. 허공을 자유자재로 나는, 허공에 있을 때 가장 편안한 새였다.
제비가 수면을 스치며 날듯 허공에서 두어 번 허리를 뒤틀던 종리추가 사뿐히 뱃전에 올라탔다.
히히힝……!
뒤늦게 말 울음소리가 들렸다.
호수가 있는 줄 알면서도 연신 휘둘러 대는 채찍질에 속도를 늦추지 않던 말이 호수에 빠지며 내지른 소리였다.
"최대한 빨리!"
유회는 힘차게 노를 젓기 시작했다.
반대쪽에서 종리추도 노를 저어댔다.

'일 다경(一茶頃)! 갈 때보다 빨랐어. 좋아!'
종리추와 유회가 사력을 다해 노를 저은 덕분인지 분운추월을 찾아갈 때보다 훨씬 빨리 도착했다.
"더 이상 볼일없어. 바로 장원으로 돌아가도록 해!"

말을 마친 종리추는 배가 호변(湖邊)에 닿기도 전에 신형을 띄워 올렸다.

비호무영보가 다시 펼쳐졌다.

지금부터가 가장 큰 고비다. 산을 넘어가야 하는데 길이 없다. 또한 크고 작은 바위가 가득해 그냥 걷기도 힘든 바위산이다.

주민들은 호변에 있는 바위산을 백산(白山)이라고 부른다. 나무나 풀이 자라지 않고 온통 바위뿐인지라 사시사철 하얗게 빛나기 때문이다.

종리추는 바위산에서 하루를 꼬박 지새우며 길을 열어놓았다.

지금은 그 길을 찾아가기만 하면 된다.

'됐어. 저기군.'

바위산을 떠난 지 얼마 되지 않은 까닭인지, 아니면 길을 여느라 바위산을 샅샅이 뒤진 덕분인지 백산 풍경이 낯설지 않았다. 표식도 금방 찾아냈지만 굳이 표식이 없어도 길을 찾을 수 있었다.

쉬익!

그림자조차 보이지 않고 달리는 비호처럼 비호무영보를 펼치는 종리추의 신형은 나는 화살보다도 빨랐다.

개천을 건너뛰고, 논둑길을 치닫고, 말을 타고, 말을 버리고 다시 비호무영보를 펼치고…….

종리추는 숨 돌릴 사이도 없이 온수산을 향해 치달았다.

드디어 온수산이 시야에 들어왔다.

'한 시진 반. 정상까지 올라가는 데 일 다경… 백 리를 두 시진 만에 주파한다 해도 내가 이긴다. 그보다 빠르면… 분운추월이야말로 당대

제일의 경공 대가다. 사람이라고 할 수 없지.'
　온수산 정상까지 오르는 등산로는 모두 네 군데다. 그중에 종리추가 도착한 곳은 가파르기 이를 데 없지만 직선 거리로는 제일 짧은 곳이다.
　봄을 맞아 파릇파릇한 새싹이 돋아나고 벌써 꽃망울을 터뜨려 노랗고 빨간 꽃도 보이고…….
　주변 풍경을 살필 겨를이 없었다.
　종리추의 눈에는 오직 정상밖에 보이지 않았다.

　온수산 정상은 미끄럽기 이를 데 없는 모래로 뒤덮여 있다.
　원래는 큰 바윗덩어리였으나 풍우(風雨)에 시달려 작은 모래로 삭아 버렸다.
　범인들은 너무 미끄러워 오를 엄두도 내지 못한다. 간혹 몇몇 사람이 정상에 올라서려고 하지만 미끄러운 돌모래에 미끌어져 주르륵 밀려나곤 한다.
　정상은 평평했지만 정복을 쉽게 허락하지 않는다.
　"휴우!"
　종리추는 정상에 올라서며 큰 숨을 토해냈다.
　서평에 가기 전 이미 올라와 봤던 정상이지만 숨 돌릴 사이도 없이 내처 달려온 끝에 올라선 정상은 새로운 감회를 불러왔다.
　상채 역시 서평에 못지 않은 큰 도읍이다.
　온수산 정상에서는 상채의 분주한 모습이 한눈에 들어온다. 서쪽으로 지는 저녁놀을 감상할 수 있는 명소이기도 하다.
　'이겼어!'

소리라도 지르고 싶었다. 그때,
"개뼈다귀, 이제야 도착한 게야?"
바로 옆, 움푹 파인 바위 속에서 분운추월이 징그럽게 웃으며 모습을 드러냈다.

'이, 이렇게 빠를 수가!'
종리추는 말이 나오지 않았다.
그는 최선을 다했다. 그리고도 졌으니 승복할 수밖에 없다. 하지만 도저히 믿어지지 않는다. 어떻게 인간이 이렇게 빠를 수 있단 말인가.
분운추월 역시 놀랐다.
'이렇게 빠르다니! 이놈은 혜미 선사나 추풍섬전보다도 빨라! 어떻게 이 나이에…… 이놈이 사오 년만 수련하면 나를 능가할지도 몰라. 중원에 이런 놈이 있었다니.'
분운추월은 자신이 이긴 것을 당연하게 받아들였다.
자신은 중원제일의 경공 대가이지 않은가. 무공이라면 몰라도 경신법에서는 '중원제일' 이라는 말을 양보할 생각이 없다. 어쩌면 그런 아집(我執) 때문에 무공 성취가 조금 떨어지는지도 모른다. 시간의 대부분을 경신법 수련에 쏟아 붓고 있으니.
그는 종리추가 잘 봐줘야 반 시진 정도 늦을 것으로 생각했다. 그것도 많이 봐줘서 그렇다. 소림의 혜미 선사와 점창파의 추풍섬전이 그 정도의 경신법을 지니고 있으니까.
그런데 간발의 차이로 정상에 올라서다니!
종리추는 털썩 주저앉아 산 아래를 굽어보았다.
'틀렸군. 이렇게 빨리 끝나게 될 줄이야. 역시 도박이었나? 후후! 도

박을 하지 말라던 어머님 말씀이 옳았군.'

종리추도 분운추월도 이 상황을 어떻게 해결해야 될지 난감하기만 했다. 두 사람은 어깨를 마주 대고 앉아 저녁놀에 물든 상채를 바라보기만 했다.

분운추월이 먼저 입을 열었다.

"내가 견도장에 있는 건 어찌 알았나?"

적의(敵意)가 한결 가신 음성이었다.

"중원에 파다하게 퍼진 소문인데 살문 문주가 모른대서야 말이 됩니까?"

종리추의 음성도 한결 부드러웠다.

이제 종리추의 목숨은 분운추월에게 넘어갔다. 하나 그 때문은 아니다. 분운추월은 세상에 무서울 것이 없던 종리추에게 또 다른 세계가 있다는 것을 알려준 은인이었다.

"세상에 견도장이 하나둘인가?"

"살문 상판식에 참석했고 북쪽으로 올라갔다면 서평밖에 더 있습니까?"

"뛰어난 판단이군."

"……"

"날 죽이러 오지 않았다는 것은 알고 있지. 죽이러 온 놈이면 눈빛부터가 달라. 아무리 배포가 큰 자라도 나 같은 자를 죽이려면 암습을 시도할 게야. 무엇 때문에 왔나?"

"……"

종리추는 대답하지 못했다.

그는 무림을 너무 가볍게 보았다. 주의를 게을리 하지 않은 것은 아니지만 무공에서 이렇게 꺾이리라고는 생각하지 않았다. 그가 무인과 겨뤄 죽는 날은 일 대 일의 결전이 아니라 합공에 의한 경우뿐이라고 생각했다.

자만이요, 오만이다.

분운추월을 계략으로 옭아매 숨통을 틀어쥘 계획이었으나 모든 게 끝나 버렸다.

그러고 보니 얼마나 하찮은 계략인가.

죽이지 않으면 죽어야 하는 세계에서 무공이 뒷받침되지 않은 채 잔재주 나부랭이나 펼쳤으니……

"비무에서 이겼으니 이제 네 목숨은 내 것. 살문주의 목숨이 내 것이니 살문은 개파하자마자 봉문(封門)하겠군. 무림 역사상 생명이 가장 짧은 문파가 되겠어."

"……"

"하나만 묻지. 올 겨울에 있었던 일련의 살인 사건들, 자네가 주도했나?"

종리추에 대한 호칭이 개뼈다귀에서 자네로 바뀌었다.

"……"

"살문을 일으킨 목적이 무엇인가?"

"……"

"내 생전에 살수 집단이 개파 선언을 하는 것은 처음 봤어. 들은 적도 없고. 어떤 미친놈인가 싶었지. 그래서 상판식 때 살짝 찾아가 본거고. 흠! 여느 장원이나 다름없더군. 기관도 없고, 무인도 없고, 하다못해 무림문파라면 당연히 있어야 할 연무장도 없었어. 그게 어디 문파인가? 장원이지. 겨울에 있었던 살인 사건만 아니라면 세상에 할 일 없는 놈도 많구나 하고 생각했겠지."

"……."

"개파 선언을 한 건 뭐 때문인가?"

"……."

"벙어리가 되기로 작정한 겐가? 아까는 잘도 나불대더만."

"말을 탔습니다. 구주(佉週)에서. 홍호(洪湖)에서는 배를 탔고, 백산을 넘었습니다. 성안(晟洝)에서 준마를 탄 다음 여지(黎坁)에서부터 경신술을 펼쳤습니다. 길이 험해서 시간이 오래 걸렸지만 거리는 절반으로 줄였다고 생각하는데…… 어디로 오셨습니까?"

분운추월은 새삼 종리추를 쳐다봤다.

그의 말대로라면 사전에 치밀한 준비를 했다. 부평초처럼 중원을 떠도는 사람인지라 개방도마저 쉽게 종적을 찾아내기 어려운 자신인데, 그는 서평 견도장에 있을 것을 확신하고 준비했다.

'실수라 다르긴 다르군. 암습을 했다면 성공했을지도 모르겠군.'

"비슷한 길로 왔지. 노선이 완전히 똑같지는 않지만 얼추 비슷해. 경신법의 바탕이 뭔지 아나? 길을 많이 아는 거야. 그 다음은 아는 길을 따라갈 수 있는 무공이지."

종리추는 많은 것을 배웠다.

"무엇 때문에 찾아왔나? 목숨을 맡았지만 죽이지는 않을 테니 말해 봐."

분운추월은 종리추를 죽이고 싶지 않았다.

그가 겨울에 있었던 살인 사건의 주범이고 살수라면 어쩌면 죽여야 할 때가 올지도 모른다. 하지만 지금은 죽이고 싶지 않았다.

"도와달라고 찾아왔습니다."

"……?"

"십망에 대해서 압니다. 전 십망에 걸려들고 싶지 않습니다."

"호오! 그래?"

"개방의 눈을 주십시오."

"……."

"짐작하신 대로 살문은 살수 집단입니다. 또 청간에 적힌 대로 무모한 살생은 피하고자 합니다. 죽여야 될 자, 죽이지 않아야 될 자를 구분해야겠습니다."

"네 이놈! 좋게 봐주려 했더니! 나보고 사람을 죽이는 일에 동조하라는 말이냐!"

분운추월은 격노하여 손을 치켜들었다.

진기가 가득 실린 일장(一掌)에서 묵중한 경기가 흘러나왔다.

"그래서 왔습니다. 개방 이장로의 목숨을 움켜쥐고 개방 방주와 담판을 짓기 위해서. 응한다면 다행이고 응하지 않아도 손해 볼 건 없으니까요. 정당하게 비무를 해서 움켜쥔 목숨인데 방주라 한들 어찌할 수 있겠습니까?"

"뭐, 뭣!"

"반년. 반년 동안만 정보를 달라고 할 생각이었습니다. 그 기간이면 충분하니까. 죽이지 않으신다 했으니 후의에 감사드리며 이만 물러갈까 합니다. 많은 것을 배웠습니다."

종리추는 일어섰다.

정중한 포권지례. 그리고 미련없이 등을 돌려 산정을 내려가기 시작했다.

'살수가 될 놈이 아냐. 저런 놈이 살수의 길을 걷다니…… 휴우!'
분운추월은 살수를 경멸했다.
사도인(邪道人), 마도인(魔道人), 색마(色魔), 도둑… 그들보다도 훨씬 더 미워했다.
살수는 사람을 죽이기 때문이다, 전문적으로.
종리추는 살수에 대한 편견을 어느 정도는 씻어주었다.
'저놈은 살수 중의 살수가 될 놈이야. 후환을 없애려면 더 크기 전에 정리해야 돼.'
그는 알고 있다. 종리추같이 치밀한 놈은 여간해서는 꼬리를 잡히지 않는다는 것을.
'보고 있어야 돼. 눈을 크게 뜨고.'
그는 할 일이 생겼다. 하지만 방주에게 보고할 사안은 아니다. 하찮은 살수 문파 하나 가지고.

*　　　*　　　*

"중문(衆茨)에서 포목점을 하는 이원지(李沅祗)라는 놈이 있는데 죽여주실 수 없는지……."
"명확히 말씀하세요. 살인 청부인가요?"
"예? 예, 살인 청부입니다요."
평생 땅만 갈았을 순박한 중년인이다.
'이런 사람이 어떻게 사람을 죽일 생각을 했지? 혹시 살천문에서? 아님 다른 문파에서? 안 돼, 이래서는. 어떻게든 방도를 찾아야 돼.'
중년인이 청부금이라고 가져온 물건도 곤혹스럽다.

"절대로 망실해서는 안 된다는 유언이 있었습죠. 조상 대대로 물려 온 유물입니다. 돈이 없으니 이거라도……."

그런 말을 하며 내놓은 물건은 검으튀튀한 불상(佛像)이었다.

황동으로 만든 듯한데 오랜 세월 동안 닦지를 않아 색이 완전히 죽어버렸다. 시중에 내다 팔면 얼마나 받을 수 있으려나. 많이 받지는 못하리라.

"살인 청부라니 좀 당황스럽군요. 장주님도 살인 청부는 안 된다고 하실 텐데. 어쨌든 지금 출타 중이시니 객방(客房)에서 쉬고 계세요. 늦어도 내일은 답을 주실 수 있을 거예요."

"가, 감사합니다."

중년인은 잔뜩 주눅 들어 왔다가 부드러운 응대에 기운이 난 듯했다.

'어떻게 하지? 중문 이원지라……. 그가 누구인지 어떻게 알아, 하루만에. 휴우!'

종리추는 장원에 있지만 상의할 계제가 되지 못했다. 그리고 이런 일을 해결할 방도가 있겠는가.

다음날 아침, 집무실로 들어선 벽리군은 탁자에 낯선 서신이 놓여 있는 것을 보았다.

'누가 말도 없이 서신을?'

무심코 펼쳐 보던 벽리군은 깜짝 놀랐다.

청부자 왕독곤(王㳄悃).
포목상 이원지에게 은자 석 냥을 받기로 하고 열네 살 먹은 딸을 첩으로 들여

삼목(三目) 129

보냄. 이원지는 동전 백 냥을 주고 차일피일 미루다가 다섯 달이 지난 후 딸을 돌려보냄. 나이가 너무 어려 입궁(入宮)이 어렵다는 게 이유.

얼굴을 화끈거리게 만드는 간단한 서신이었다.
'도대체 누가 이런…… 이 정도면 확실한데 청부금이 너무 형편없어.'
벽리군은 중년인이 준 불상과 서신을 들고 종리추를 찾았다.
"하하하하!"
종리추는 크게 대소했다.
"그분이 도와주시는군. 하하하! 총관, 총관 뒤에 그림자가 붙었으니 안심해도 좋아. 서신을 보고 청부를 판가름해. 완전히 믿어도 돼. 그리고 이것, 은 세공품이군. 왕독곤이라는 사람, 조상의 유물을 한 번이라도 닦았으면 딸을 은자 석 냥에 팔아먹지는 않았을 텐데."
종리추가 헝겊을 들어 불상을 닦아내자 얼마 안 있어 하얀색이 드러나기 시작했다.
정말 은 세공품이었다. 세월의 흔적이 너무 많이 묻어 닦아내기가 쉽진 않지만.
어쨌든 벽리군의 고민은 말끔히 해소됐다.

◆第三十八章◆
내객(來客)

살문에는 사람이 한 명 두 명 늘기 시작했다.

"하릴없이 빈둥거리는 놈입니다. 여기 오면 밥이나 얻어먹을 수 있지 않을까 해서 왔습니다."

"잘 왔어요. 바라는 거라도 있나요?"

"바라는 거는요 뭘. 그저 먹여주고 재워주시기만 하면……."

"그런 거야 충분히 해드릴 수 있죠."

벽리군은 역팔자 눈썹을 지녀 순해 보이는 장한을 받아들였다.

그의 이름은 등천조(藤奝遭)다. 하오문 배수들 중에서는 종리추에게 죽은 전대 배문 향주 다음으로 손이 빠르다고 알려진 자다.

망주 천은탁의 배려는 알게 모르게 조용히 진척되었다.

난쟁이가 찾아왔다. 그는 너무 키가 작아 열두어 살짜리 계집아이와

내객(來客) 133

마주 서서 이야기하면 딱 알맞아 보였다.

"몸이 이렇다 보니 사람 취급도 못 받는 놈입니다."

"아무리 그럴려구요."

"허드렛일은 할 수 있는데 시켜만 주시면 열심히 해보겠습니다."

'진무동(陳茂同)까지! 너무 이러면 드러나는데⋯⋯.'

진무동은 훔치지 못하는 것이 없는 사내다.

도둑질을 하는 데도 수만 가지의 방법이 있다. 날쌘 몸으로 은밀히 숨어 들어가 신속하게 훔쳐 가지고 나오는 방법, 주도면밀한 계획을 세워 한 치 오차 없는 행동으로 도둑질하는 방법.

진무동은 간자(間者)를 이용한다. 그는 직접 나서서 도둑질을 하는 법이 없다. 도둑질하고자 하는 물건이 있으면 그 물건과 가장 가까이 근접할 수 있는 사람을 포섭하고, 그 사람으로 하여금 물건을 훔쳐 오게 한다.

진무동은 물건이 자신의 손에 들어오기까지 치밀하게 연계 계획을 짜고 훔친 사람이 발각되지 않도록 흔적을 지우는 일에 초점을 맞추면 된다.

진무동은 투문에서 가장 많은 물건을 훔쳤다.

'오늘 찾아온 사람은 열두 명. 진무동까지 세 명을 받아야겠네. 진무동만 받으면⋯⋯.'

벽리군은 종리추가 말한 그림자를 생각했다.

그는 지금도 자신을 지켜보고 있으리라. 살문에 들어오는 사람이 있으면 신분 내력이 어떻게 되는가 철저히 조사하리라.

"지금은 도와주지만 언젠가는 칼을 들이댈지도 모를 사람이지. 그가 죽이려 한다면 도망갈 수 있는 사람은 없어. 나까지도."

"도대체 누군데 그래요?"

"호의는 받아들이되 숨길 수 있는 것은 최대한 숨겨. 아! 그리고 찾을 생각은 하지 마. 세상에서 가장 찾기 힘든 사람이니까."

망주는 철저하게 숨은 사람을 보내왔다.

일류에는 두 부류가 있다. 첫째 부류는 솜씨가 너무 좋아서 얼굴은 알려지지 않았다 해도 이름은 널리 알려진 자다. 둘째 부류는 얼굴도 이름도 알려지지 않았으면서 솜씨는 기가 막힌 자다.

전자는 공명을 탐낸다. 지고는 못 사는 성격이다. 자신이 한 일은 설사 일신상에 화가 닥치더라도 널리 알려지기를 바란다.

후자는 극단적으로 재물을 탐내는 자다.

도둑의 경우, 취미든 수집벽이 있든 훔친 물건으로 갑부처럼 살든 훔치는 자체로 만족한다. 누가 알아주든 알아주지 않든 상관이 없다.

등천조, 진무동… 다 후자에 속하는 자들이다.

실제로 벽리군조차 진무동의 얼굴을 본 것은 이번이 처음이다.

"편히 쉬고 계세요. 곧 할 일이 생기겠죠."

'이제 됐어. 청부의 진위 여부는 두더지가 전해주고 청부 대상자는 이 사람들이 파악하면 돼.'

된 것이 아니었다.

"운중삼룡(雲中三龍)을 죽여주시오."

얼굴을 드러내기 싫은지 얼굴까지 깊숙이 덮는 방갓을 쓴 자는 다짜고짜 명성이 자자한 무인 세 명을 거론했다.

"운중삼룡이라고 했나요?"

"할 수 있소?"

'두더지가 듣고 있는데…….'

벽리군도 운중삼룡에 대해서는 들은 기억이 있다.

구파일방 출신이 아니면서도 무서운 속도로 두각을 나타내 주목받는 무인들이다.

성격은 광명정대하고 호협하다.

하나 아무리 광명정대하다 할지라도 무인의 길을 걷는 이상 원한이 없을 수 없다. 무인에게는 싸움이 그림자처럼 붙어 다니고 싸움은 지든 이기든 원한을 불러오기 때문이다.

"……"

벽리군은 대답을 못했다. 두더지는 운중삼룡의 청부를 어떻게 받아들일 것인가.

방갓을 쓴 자는 침묵을 거절로 받아들인 듯 몸을 일으켰다.

깨끗한 성격이다. 어쩌면 살천문이 있기에 이런 행동이 나오는지도 모른다.

"장주님에게 여쭤봐야겠군요."

벽리군은 마지못해 한마디 했다.

운중삼룡이 맑은 성품이라고 하나 지금 이 청부를 받아들이지 않으면 무림인에 대한 청부는 끊길지도 모른다. 받아들여야 한다.

하나 무작정 받아들일 수도 없다. 처음에 했던 고민, 방갓을 쓴 자가 살문문도인지 아니면 무림인이 파놓은 함정인지 알 수가 없다.

'문주에게 보고해야 돼.'

벽리군은 즉시 몸을 일으켜 종리추의 거처로 갔다.

종리추는 가부좌를 틀고 앉아 깊은 묵상에 잠겨 있었다.
"흠!"
벽리군은 기침을 해 주의를 끌었다.
굳이 기침을 하지 않아도 자신이 와 있다는 것쯤은 알고 있을 터이지만 묵상에서 깨어나기를 기다릴 수가 없었다. 방갓을 쓴 자가 집무실에게 기다리고 있지 않은가.
"무슨 일이야?"
종리추가 눈을 뜨며 물었다. 깊게 가라앉은 눈빛. 쌍꺼풀이 없으면서도 아름다운 눈이다.
"운중삼룡을 죽여달라는 사람이 있어요."
"안 돼."
종리추는 간단하게 대답했다.
"하지만 무인으로서는 첫 청부예요."
"조금 나중에."
"⋯⋯?"
"지금은 납작 엎드려야 할 때야. 이름을 얻을 때가 아니라 기반을 다질 때. 무인은 안 돼. 살인 청부도 가급적이면 받지 마."
"그럼 도대체 뭘⋯⋯?"
"급하게 먹는 떡이 체하는 법이지."
"망주께서⋯⋯."
"쉿! 벌써 잊었나?"
'그림자!'
"청부는 무인이 아닌 범인(凡人)들의 사적인 원한에만 국한시켜. 이건 도저히 눈 뜨고 보지 못하겠다 하는 것만."

"일 년에 한두 건 맡기도 힘들겠군요."

"청간에 그렇게 적지 않았나? 힘없는 자의 한을 풀어주는 문파가 되겠다고."

'도대체 무슨 속셈이에요?'

벽리군은 목구멍까지 치미는 질문을 도로 삼켰다.

종리추는 천화기루에 있을 때보다 더욱 조심하고 있지 않은가. 그림자 때문인가? 그림자가 도대체 누구이기에.

"말씀대로 하죠. 이럴 바에는 차라리 표국(驃局)을 운영하는 편이 나을 걸 그랬어요."

"참! 말이 나왔으니까 말인데, 표국에서 표사(驃師) 몇 명이 올 거야. 오거든 일실(一室)로 보내."

'일실!'

이번에도 말이 되어 입 밖으로 새어 나올 뻔했다.

일실이라면 유회, 유구, 역석이 머무는 곳이다.

장원 구조로 말한다면 내원(內院)이며 전각마다 연못과 수림이 딸린 독립 가옥 형태로 되어 있다.

대우(待遇)는 최상급이다.

전각 하나에 시녀 다섯 명, 하인 다섯 명이 배정되어 있으며 음식 솜씨가 뛰어나기로 소문난 일류 요리사도 한 명씩 배치되어 있었다. 일실에 머무는 사람이 먹고 싶은 음식을 먹게 만들자는 의도였다.

남만 세 사내는 함께 모여 식사를 하지만 비어 있는 전각에 드는 사람은 자기가 먹고 싶을 때 먹고 싶은 음식을 먹게 되리라.

살문과는 전혀 동떨어진 개인만의 공간이었다.

종리추는 일실을 열네 개나 만들었다.

희한한 일은 종리추도 일실에 머물지 않는다는 것이다.

열네 개의 가옥 중 열한 개가 비어 있지만 벽리군은 물론이고 자신도 외장(外莊)에서 기거했다.

표사 몇 명. 그들이 일실의 주인이다.

'살수야. 일실은 살수들의 거처야. 도대체 언제 어떻게 표사를 끌어들였을까? 오른손이 하는 일을 왼손이 모르게 하라? 아무리 그래도 나한테까지 말하지 않고……'

벽리군은 음식이 걸린 듯 답답하던 체증이 싹 내려갔다. 또 그 자리에 섭섭함이 밀려들기도 했다.

"그럼 말씀대로 운중삼룡의 청부는 거절하겠어요."

종리추는 다시 눈을 감고 있었다.

*   *   *

종리추가 말한 표사는 하루 이틀 간격을 두고 한 명씩 찾아왔다.

키가 작고 수염이 많으며 체격이 뚱뚱하다는 표현보다는 통통하다는 표현이 어울릴 만큼 보통보다 조금 더 살찐 사내가 제일 먼저 찾아왔다.

"열두 냥짜리 일거리를 맡기러 왔소."

집사 남오는 긴장했다.

사전에 벽리군에게 무슨 말을 듣지 않았다면 '별 미친놈 다 보겠다'며 내쳤을 위인이다.

"열두 냥짜리 일거리라고 했소?"

"……"

제 나이보다 훨씬 늙어 보여 나이를 종잡을 수 없는 사내는 할 말이 없다는 듯 살문 요기조기를 살펴보았다.

'가만! 이자는 황가표국(黃家鏢局)의 광부(狂斧) 같은데…… 아닌가? 맞나?'

체격이나 인상으로 보아서는 황가표국의 광부가 틀림없어 보인다.

평소에는 순하기 이를 데 없지만 싸움을 시작하면 미친놈처럼 날뛴다고 해서 광부라는 별호를 얻었다. 손도끼 두 자루를 들고 날뛰는 모습이 양 떼 무리 속에 뛰어든 호랑이와 같다고 해서 양중호(羊中虎)라고도 불린다.

'면접할 필요도 없이 바로 안내하라고 했지? 은밀하게.'

"따라오슈."

남오는 사내를 객방으로 안내했다. 그리고 나직이 속삭였다.

"밤이 될 때까지 여기서 나올 생각일랑 마슈. 그럼 이따 밤늦게 오겠수."

자정이 넘어 모두 깊은 잠에 빠진 시각 남오는 사내를 찾아갔다.

"조용히 따라오슈. 가는 동안 말은 단 한 마디도 해서는 안 되우. 알았수?"

사내는 짐작하고 있다는 듯 군소리 한마디 없었다.

남오는 사내를 내원 십삼 전각으로 안내했다.

십삼 전각 역시 살문 어느 곳이나 마찬가지로 불이 꺼져 있었다.

"자, 여기서 푹 주무슈. 시킬 일이 있으면 이 줄을 당기면 되고."

남오는 침상 옆에 길게 늘어진 홍색 줄을 가리켰다.

"오면서 보니까 다른 전각에 불이 켜져 있던데, 나보다 먼저 온 사람이 있나?"
 사내는 이상하다는 듯 고개를 갸웃거리며 물었다.
 '있나? 이 자식이 어디서 반말지거리야! 휴우! 어른이 참아야지. 앞으로 눈꼴실 일 많겠네.'
 "아니우. 빈 전각이오. 여기는 비어 있어도 사람이 있는 것과 똑같이 불도 켜고 시녀들도 바쁘고 그런다우."
 사내는 무슨 영문인지 알았다는 듯 고개를 끄덕였다.
 남오의 할 일이 끝났다.

 "여섯 냥짜리 일거리를 맡기러 왔소."
 짙은 눈썹과 두터운 입술이 인상적인 사내다. 다른 부분은 특이할 곳이 없다. 무리 속에 섞여 있으면 특별히 눈길을 집아끌지는 못하리라.
 남오는 사내의 머리끝부터 발끝까지 한눈에 쓸어봤다.
 아무리 봐도 특이한 부분이 보이지 않는다.
 그는 의혹이 생겨 다시 물어보았다.
 "방금 여섯 냥짜리 일거리라고 했소?"
 사내는 먼저 사내와 마찬가지로 건방진 태도를 취했다. 남오의 말은 들은 척도 하지 않고 살문을 살펴보기 시작한 것이다.
 '이런! 빌어먹을 작자들!'
 "따라오슈."
 남오는 퉁명스럽게 말했다.
 먼저 사내처럼 객방으로 밀어 넣은 뒤 같은 당부를 하고 돌아서려는 찰나, 그는 사내의 등을 보았다. 정확히는 뒷요대에 찔려 있는 소도(小

刀) 한 자루.

도집도 없이 찔려 있는 작은 도에서는 시퍼런 예광이 줄기줄기 뻗쳐 나왔다.

'등 뒤에 도(刀)? 후사도(後斜刀)! 그럼 이자가 진성표국(眞誠鏢局)에서 가장 날래다는 후사도? 어째 심상치 않네. 각 표국에서 난다 긴다 하는 놈들이 슬슬 모여들고 있으니. 하기는 여긴 살문이지. 이상할 게 없어. 흠! 나도 배에 힘을 주고.'

"이따 자정 넘어서 거처하실 곳으로 안내해 드리리다. 오늘 저녁은 비단금침을 덮고 주무실 수 있을 게요. 히히!"

남오는 하지 않아도 될 말을 했다. 괜히 기분이 우쭐했다.

아홉 냥짜리 일거리를 가져온 사내는 한눈에 알아봤다.

오른팔이 없는 외팔이에 검을 등에 비껴 메고 다니는 사람은 흔하지 않다. 더군다나 그 검이 칠흑같이 시꺼먼 묵검(墨劍)이라면 오직 단 한 명만 꼽을 수 있다.

'오량표국(五梁鏢局) 좌리살검(左理殺劍)! 아홉 냥짜리라…… 흠! 좋지. 좌리살검이라면 충분히 전각에 머물 자격이 있지.'

남오는 자신이 살문주라도 된 듯 찾아오는 사내들의 기량을 평가하기 시작했다.

2

 사월이 가고 오월이 다시 지나갈 때까지 살문에서 받아들인 청부는 단 두 건이었다.
 천화기루에 있을 적에 많은 돈을 벌어두지 않았다면 호구지책(糊口之策)까지 걱정해야 할 판이었다.
 종리추는 전혀 걱정하지 않았다.
 "어딜 그렇게 다니십니까?"
 유구가 궁금해서 물었다.
 "벽녀(壁女)는 좀 어때?"
 종리추가 외출 준비를 하며 되물었다.
 그는 하루가 멀다 하고 밖으로 돌아다녔다.
 어디를 돌아다니는 것일까? 어떤 때는 이틀도 좋고 나흘도 좋고, 소식 한 장 전하지 않고 행방불명되기가 일쑤였다.

이제는 살문도 어느 정도 정보를 접할 수 있게 되었지만 종리추의 행방만은 잡아낼 수 없었다.

한 가지만은 분명하다.

종리추가 외출했다가 돌아오면 며칠 지나지 않아 일실 주인이 찾아온다. 벽리군조차도 '이 사람이면 안심할 수 있다' 고 믿을 수 있는 사람들이.

"이제 곧 여름이 오지 않습니까? 많이 풀렸습니다. 요즘은 한두 마디씩 말을 해요."

"후후! 그만큼 정성을 쏟았으니 돌부처라도 감동했을 거야."

"그런데 어디를 그렇게……."

"이번에는 좀 오래 걸릴지도 몰라. 혹 청부가 들어오면 조심해서 처리해. 하지 않는 것은 괜찮지만 실수해서는 안 돼. 조금이라도 위험하다 싶으면 바로 물러서."

"그건 걱정 마시고……."

종리추는 기어이 어디 간단 말 한마디 주지 않고 밖으로 나섰다.

이틀 동안 내처 달려 도착한 곳은 남양부(南陽府) 칠정산(七頂山)이다.

그는 칠정산을 잘 알고 있는 듯 산에 도착하기 무섭게 산길을 오르기 시작했다. 그리고 얼마 지나지 않아서,

쉬이익……!

갑자기 하늘에 먹장구름이 덮였다.

'역시!'

종리추는 예상했다는 듯 한달음에 십여 보를 뛰었다. 잔뜩 당겨진 화살이 쏘아진 듯 탄력적이면서도 너무 빠른 신법이었다.

촤아악……!

먹장구름이 땅을 후려치는 소리가 뒤이어 들렸다.

먹장구름은 그물이었다. 나무 위에서 던진 투망(投網)이 종리추를 놓치고 땅바닥을 긁어냈다.

"흐흐흐! 제법 한가락 하는 놈이군. 검을 찬 것을 보니 무인인가? 흐흐! 그래도 상관없어. 이봐, 꼬마! 좋게 말할 때 발가벗고 뒤로 물러서. 순순히 말 들으면 목숨만은 보존시켜 주지."

산적들이었다.

하지만 그들은 여느 산적과 달랐다. 산적들은 일반적으로 칼이나 도끼같이 위협적인 무기를 들고 나타나는데, 이들 네 명은 모두 투망을 들었다.

무인도 무서워하지 않는 산적.

녹림(綠林)에서는 흔치 않은 배포다.

스르릉……!

검을 뽑았다. 순간 노을빛 자광이 푸른색의 풀과 나무에 부딪치며 묘한 아름다운 조화를 이뤄냈다.

네 사내의 눈에 탐욕이 이글거렸다.

검이 무엇인지조차 모르는 사람일지라도 종리추가 꺼낸 보검을 보면 진귀한 물건임을 느끼게 될 게다.

'후후! 검이 필요없다 싶었는데 쓸모가 있긴 있군.'

산적 중 한 명이 말했다.

"좋다. 그 검만 내려놓고 물러서면 목숨은 살려주지. 어때? 꼭 벌주(罰酒)를 마실 필요는… 헉!"

말을 하던 사내는 너무 놀라 헛바람을 토해내며 뒤로 물러섰다. 종리추가 번개같이 다가와 일검을 후려친 것이다.

산적의 앞가슴이 길게 찢어지고 붉은 혈흔(血痕)이 비쳤다.

"이런! 때려죽일!"

산적은 순식간에 가슴살을 베이고도 기죽지 않았다. 오히려 더욱 분기탱천해서 길길이 날뛰었다.

"보검을 가져온 성의를 봐서 목숨은 살려주려 했다만 이젠 틀렸다. 너 이 새끼, 넌 죽었어!"

종리추는 빙긋 웃었다.

"웃어? 웃지. 다들 웃지. 어디 죽을 때도 웃어봐라."

산적의 말이 신호라도 되는 듯 말이 끝나자마자 네 사내는 일사불란하게 움직였다. 종리추를 가운데 두고 빙글빙글 돌면서 마치 올가미를 던지듯이 투망을 머리 위로 빙빙 돌렸다. 그러던 어느 한순간,

쉬익! 촤라락……!

공기를 찢어발기는 소리가 터지며 투망 네 개가 활짝 펼쳐졌다.

종리추가 빠져나갈 공간은 없어 보였다.

위로 던져져 아래로 떨어지는 투망이 한 개, 나머지 세 개는 활짝 펼쳐진 채 일직선으로 쏘아져 오고…

'흠! 필살이군.'

종리추는 보검을 집어넣다.

보검이야 산적들의 구미를 당기기 위해서 미끼로 사용한 것이고 보검의 이점을 빌어 싸울 생각은 추호도 없었다.

투망이 몸 가까이 이를 때까지 기다렸다가 양손을 활짝 펼쳤다. 두 손으로 하늘을 떠받들듯이. 그것도 찰나에 불과하다. 종리추의 양손이 빨래를 짜듯이 엮인다 싶었는데 어느새 다시 풀어졌다.

휘리릭!

거센 기세로 떨어져 내리던 투망이 양손에 잡히며 종이 찢기듯 쫘악 찢겼다.

쉬익!

종리추는 벌어진 틈 사이로 빠져나와 허공에서 빙글 신형을 돌린 다음 사뿐히 내려섰다.

"흐흐흐! 놀라운 무공이군. 좋은 무공을 지녔어. 흐흐흐! 하지만 이놈아, 좋은 말 했을 때 들어야지. 그렇게 죽으면 억울해서 어떡하냐? 하지만 걱정 마라. 보검을 가져온 성의를 봐서 땅에 곱게 묻어줄 테니."

산적들은 종리추가 빠져나왔는데도 득의로운 웃음을 지었다.

투망 네 개는 쓸모가 없어졌다. 투망 끝에 달린 납덩이들이 서로를 엉키게 만들었고 두망을 풀어내려면 손깨나 써야 할 게다.

한 치도 숨 돌릴 틈이 없는 격전에서는 무용지물이다.

"악독하군."

"흐흐! 그러게 좋게 말했을 때 들었어야지. 이놈아, 네놈이 자초한 일이니 원망이랑 말고 곱게 죽어."

"천갈분(千蠍粉)이 사지를 마비시키는 데 얼마나 걸리나, 시간이?"

"……!"

종리추의 태연한 말에 산적들은 비로소 무엇인가 잘못되었다는 것을 깨달았다. 천갈분에 중독되면 말을 할 시간도 없다. 어찌어찌 투망을 빠져나와도 바로 핏덩이를 쏟아낸다.

종리추처럼 태연하게 말을 한 사람은 없었다.

"너, 너……!"

"악독한 수법이야. 일류고수라 해도 방심했다가는 그대로 당하겠어.

투망 솜씨 하나만 해도 뛰어난데 거기에 독이라… 대부분 투망에 갇혀 바동거리다 죽었겠군. 안 그런가?"

산적들은 또 깨달은 것이 있다.

종리추가 양손으로 질기디질긴 천잠사(天蠶絲)로 짠 투망을 찢어버렸다는 사실.

무인들 대부분은 병장기를 사용한다. 창을 쓰는 자는 창끝으로 돌돌 말려 하고 검을 쓰는 자는 그물을 찢어내려고 한다. 종리추처럼 양손으로 찢어낸 자는 없었다.

그들이 종리추가 금종수를 익혔고 천하기물인 수투를 끼고 있다는 사실을 어찌 알 것인가.

"제길! 재수없게 걸렸군. 너무 강한 놈을 건드렸어."

산적이 포기한 듯 자조 섞인 음성으로 말했다.

"형님, 그럼 죽는 겁니까?"

"그래야 될 것 같다."

이들에게는 투망 던지는 솜씨 하나뿐인 듯했다.

"형님, 도망가슈. 우리가 죽자 사자 매달리면 조금 시간은 벌어줄 수 있을 거유."

"너 이 새끼, 방금 뭐라고 했어!"

"농담이유. 거참, 죽는 마당에 농담도 못하우? 그러나저러나 더럽게 아깝네."

"……"

"이럴 줄 알았으면 술이나 담가놓지 말 것을. 아! 저놈 주면 되겠네. 야, 이놈아! 오십 장 정도 올라가면 우리 움막이 있다. 움막 앞에 감나무가 있는데, 그 밑을 파보면 사주(蛇酒)가 나올 거야. 천금을 주고도 못 구한다는 백사(白蛇)로 담근 술이니까 잘 처먹어라."

종리추는 빙긋 웃었다.

'재미있는 자들이야.'

"투망을 정리해라."

"……?"

"어디, 백사를 담갔다니 맛이나 봐야지. 내 손에 흙을 묻힐 수는 없지. 네놈이 직접 파."

"……?"

산적들은 서로를 쳐다보았다. 그러다 백사를 담갔다는 산적이 입을 열었다.

"형님. 저 자식, 우릴 죽일 생각이 없나 보네요?"

엉킨 투망을 푸는 데는 세심한 손길이 필요했다.

노루 가죽으로 만든 두터운 장갑을 끼고, 역시 노루 가죽으로 만든 복면을 뒤집어쓰고 투망을 걷어냈다.

겉에 나와 있는 피부는 모두 가린 상태였고 눈마저 복면 속에 묻혀 버렸기 때문에 순전히 감각으로 풀어내는 작업이었다.

지시는 대형(大兄)인 듯한 산적이 내렸다.

그는 복명을 쓰지 않고 멀찍이 물러서서 투망이 엮인 것을 말로 풀었다.

"삼제(三弟), 이제(二弟), 삼제(三弟), 일제(一弟)……."

그의 지시를 들은 산적들은 전신을 가리고 손의 감각마저 없는 상태에서 정확히 매듭을 풀어냈다. 숨을 멈추고 하는 작업이라 작업 시간이 길지는 않았다.

"호흡!"
산적이 명령을 내리자 작업을 하던 자들이 일제히 뒤로 물러서서 복면을 벗어내고 크게 숨을 골랐다.
그들은 숨을 고르면서도 투망이 엮인 모습에서 눈을 떼지 않았다. 투망을 관찰하는 표정이 진지했다. 다음에 자기가 앉을 자리며 누구부터 어떻게 풀어가야 하는지…….
산적들은 무려 한 시진에 걸쳐 투망을 풀어낸 후 조심스럽게 둘둘 말았다.
"다 됐습니다. 가시죠."
산적이 나무 그늘에 앉아 재미있다는 듯 바라보고 있는 종리추에게 말했다.
'천갈분은 시전자조차도 조심해야 되는 독. 어차피 한 번밖에 사용하지 못하는 투망이라면 굳이 천갈분을 고집할 필요가 없지. 투망을 치는 순간 독이 터져 나온다. 음! 호흡을 통해 스며들고… 연구하면 다른 독이 있을 거야.'
이들은 매서운 공격에 비해 뒤처리가 너무 복잡했다.

"살수!"
"살수."
"음… 살수."
사람 목숨을 파리 목숨처럼 여기던 산적도 살수라는 말에는 신음부터 토해냈다.
"너희는 독만 다른 것으로 바꾸면 뛰어난 살수가 될 수 있다. 생각이 있으면 살문으로 와."

산적들의 눈빛이 흔들렸다.

그들이라고 천갈분을 대체할 독을 생각하지 않았겠는가. 하지만 임의대로 독을 터뜨릴 수 있고, 터뜨리는 즉시 중독시키며, 중독되자마자 즉사하는 여러 조건을 모두 갖춘 독은 흔하지 않았다.

그러한 조건은 까다롭지만 반드시 갖춰야 한다.

행인 중에는 산적 그림자만 봐도 벌벌 떠는 사람들이 있지만 종리추처럼 뛰어난 무공을 지닌 무인도 상당수가 있기 때문이다.

조금이라도 시간을 주면 되려 당할 수 있는 무인.

천갈분을 선택한 것은 불가피했다.

"정말 천갈분을 대체할 독이 있습니까?"

말투까지 공손해졌다.

"살문에 목숨을 주면 독을 주지."

"……."

"신중하게 생각해. 살문에 발을 디디면 살아서는 나오지 못할 테니까. 속 편하기로 따지면 이대로 산적질이나 해먹는 게 훨씬 편하다는 것도 알아두고."

"살문에는 공자님 같은 고수가 많습니까?"

"많지."

"공자님은 살문과 어떤 관계인지?"

질문이 쉴 새 없이 쏟아졌다.

"문주."

"……."

종리추는 일어섰다.

이들에게 강요해서는 안 된다. 실수의 길은 죽음의 길이기에 스스로 선택하는 자가 아니면 오히려 화근이 될 수도 있다.
"살문에 오거든 집사를 찾아. 집사에게 열네 냥짜리 일거리를 맡기러 왔다고 해. 그럼 안내해 줄 거야."
"열네 냥요?"
"서열이다."
"그, 그럼 저희가 겨우 열네 번째……?"
"무공으로 정한 서열이 아니다. 사람을 죽일 수 있는 능력으로 정한 서열이다. 너희는 열네 번째야."
"모두 몇 번까지 있습니까?"
"너희가 마지막이야."
산적들은 인상을 찡그리며 서로를 마주 보았다.
'됐어. 이들은 온다.'
종리추는 마음이 가벼워졌다.
이들이 오면 드디어 열네 개의 전각에 사람이 가득 차게 된다.

서열 일부터 삼까지는 유구, 유회, 역석이다.
그들의 능력은 다른 사람들보다 낫다고 할 수 없지만, 대신 목숨을 맡기는 충성심이 있다.
네 번째, 다섯 번째는 낭인(浪人)이다.
네 번째는 검과 도의 장점을 융합시킨 쌍구(雙鉤)의 달인으로 이름난 자만 찾아다니며 비무행을 하는 자였다.
"비겁한 놈들이 꼭꼭 숨어서 싸울 생각을 안 해."
"싸우기 싫어도 싸우게 해주지."
그의 공격은 종리추도 두어 번이나 위기를 넘길 만큼 매서웠다. 암습이 아닌 정정당당한 비무에서.

다섯 번째는 채찍을 몸의 일부분처럼 사용한다.

채찍이라면 종리추도 일가견이 있다. 그가 허리에 두르고 다니는 요대는 녹색 뱀의 껍질로 만든 것으로 끌러내면 길이가 이 장에 이른다.

채찍 대 채찍의 싸움.

십팔반병기에 능통하다고 자부하던 종리추도 많은 것을 배웠다.

여섯 번째는 표사 후사도.

후사도는 무척 빠르다. 도광(刀光)을 보았다 싶은 순간 위기가 닥쳐온다. 하오문주의 한성천류비결이 아니었다면 오히려 종리추가 당했을 게다.

일곱 번째, 여덟 번째 역시 낭인이다.

일곱 번째는 무림에 음양철극(陰陽鐵戟)으로 알려져 있으며 철극 한 쌍을 성명병기로 사용한다.

그의 철극은 극히 정제되어 군더더기가 없다. 그는 사람을 죽일 수 있는 가장 빠른 거리를 알고 있으며 그 길을 쫓는다. 빠른 자, 느린 자, 내공이 강한 자, 병기를 잘 쓰는 자… 어떤 자와 부딪치더라도 적당한 해법을 찾아내는 귀재다.

여덟 번째는 자칭 천왕검제(天王劍帝)라고 소개했다.

별호를 들으면 웃어넘기기 십상이다. 하지만 그의 검법을 겪어보면 웃음이 싹 달아난다.

"아직까지 내 천왕구식(天王九式)을 받아낸 사람은 아무도 없지. 받아내지 못하면 어떻게 되는지 알아? 크크! 죽는 거지."

"받아내면?"

"크크! 꿈꾸지 마."

"해보지. 받아내면 난 널 살수로 쓸 거야. 왜냐고? 내가 살문주니까. 최선을 다해, 평생 매이기 싫으면."

"네가 바로 무림에 살수 문파 개파 선언을 했다는 천둥벌거숭이군. 어디 얼마나 실력이 있는지 보지."

그의 천왕구식은 말 그대로 천왕이 강림하는 위세를 보였다. 숨 쉴 틈도 없이 몰아치는 검식은 광풍노도와 같았다.

아홉 번째는 표사 좌리살검.

그는 사검(邪劍)을 익혔다. 그의 묵검에는 묵린(墨燐)이 묻어 있어 병기를 맞대는 순간 검이 화룡(火龍)으로 변한 듯 불길이 활활 타오른다. 또한 묵린이 살을 태우려고 달려든다.

그와는 병기를 부딪치기 않고 싸워야 한다.

열 번째는 엽사(獵師)다.

엽사라면 대부분 활을 사용하는데 그는 단창(短槍)을 사용해 맹수를 잡는다.

"목숨을 걸면 살아 있다는 느낌이 들어서 좋아."

맹수와 싸우며 단련된 단창 솜씨는 어느 명문 문파에서 정통으로 수련한 무공에 뒤지지 않았다.

열한 번째는 화산파의 매화검수(梅花劍手)다.

종리추는 처음으로 구파일방의 무공을 접해보았다.

이십사수(二十四手) 매화검법(梅花劍法).

매화검법의 진수는 검로(劍路)에서 나온다. 기묘하게 떨리는 검로를 대하면 다섯 개의 검이 쏟아지는 착각이 든다.

검로(劍路)를 예측할 수 없는 검법이 매화검법이다.

그가 기꺼이 살수가 된 것은 화산파로부터 추적을 받기 때문이다.

화산파가 추적을 중지하더라도 사매(師妹)를 강간한 과거는 무림에 발을 디딜 수 없게 만들 것이다.

"정복하면 될 줄 알았는데……."

한심한 인간이다.

"이대로 끌려가면 사부님 손에 죽어. 그렇지 않다 해도 장문인께서 중벌을 내리실 거야."

겁쟁이에 치졸한 인간이다.

"난 사매에게 죽고 싶어. 사매가 용서하지 않고 죽인다면, 사매의 사랑을 얻지 못한다면 죽는 게 낫지. 다른 사람에게는 벌받고 싶지 않아. 나를 어떻게 할 수 있는 사람은 사매뿐이야."

사매와 그가 만나는 날 그는 사랑을 얻든지 죽게 되리라.

"그때까지 숨을 장소를 제공하지. 실수는 세상에서 잊혀진 자니까."

열두 번째는 황가표국의 광부다.

그는 정말 미친 듯이 날뛰었지만 다듬을 곳이 많다. 무인에게 그런 식으로 덤벼들었다가는 단숨에 목이 달아나고 말 게다.

하나 그에게도 장점이 있다.

근접전을 좋아하는 사람들이 으레 그렇듯 광부 역시 죽음을 두려워하지 않는다. 무엇보다 광부는 살문에 모인 자들 중에서 실전 경험이 가장 많다. 하루 걸러 한 번은 꼭 손도끼를 휘둘러야 직성이 풀린다니까.

종리추는 그에게 올바른 부(斧)의 사용법을 가르쳐 주었다.

그는 지금도 싸움 대신 소부를 휘두르고 있으리라. 좀 더 강한 상대와 싸울 때를 그리며.

열세 번째는 정말 우연히 발견했다.

거의 대부분 이름난 자 중에서 성격이 괴팍한 자를 수소문하여 찾아다녔지만 열한 번째만은 우연히 찾았다.
그는 지게에 쌀 네 가마를 짊어지고도 태연히 걸었다.
그를 데려오는 데는 살인이 있었다.
"호(狐) 대감의 둘째 아들놈만 죽여주면 따라가지."
"네 완력이면 죽일 수 있을 텐데?"
"그러려고 했지. 그랬다가 이 모양이 됐어."
그는 다리를 절룩거린다. 왼쪽 눈은 불쑥 튀어나왔고… 실명(失明)했다.
종리추는 그에게 철근 서른 근을 녹여 단병쌍추(單柄雙錘)를 만들어 줄 생각이다. 그가 단병쌍추를 휘두른다면 검이나 도와 같은 병기로는 감히 맞받을 엄두가 나지 않을 게다.
그를 열세 번째에 놓은 것은 세상을 저주하는 짙은 살의 때문이다.
그가 단병쌍추를 자유자재로 구사하는 날, 세상은 진정한 살수를 만나게 되리라.

'딱 맞아.'
종리추는 산적 네 명을 보며 머리 속에 그린 그림이 완성되었음을 알았다.
살수 중에는 강한 자만 있다고 능사가 아니다. 강한 자도 있어야 하고 약한 자도 있어야 한다. 아니다. 그런 식으로 말해서는 안 된다. 활용도. 무공보다는 활용도가 각기 다른 살수들이 모여 있어야 한층 강한 살수 문파가 될 수 있다.
종리추는 머리 속에 그린 그림을 완성시키기 위해 무려 이백여 명을 만났다.

그중 스무 명 가까이는 어쩔 수 없이 죽여야 했다. 죽이지 않으면 죽을 위기였기 때문에, 입이 가벼워 살문의 비밀을 누설할 우려가 엿보였기 때문에.

아무도 모르는 살인은 그렇게 일어났다.

칠정산도 무작정 찾아온 것이 아니다.

싸움을 할 만한 자를 찾았고, 칠정산 산적이 꽤나 골치를 썩인다는 소문을 듣고 찾아 나선 길이다.

이들이 열네 번째에 적합하지 않다면 그는 미련없이 돌아섰으리라. 괜히 죽치고 앉아 사주를 홀짝거리는 일은 없었으리라. 마음이 바쁜데 편히 앉아 술 마실 시간이 어디 있는가.

이들은 제일 선봉에 선다.

일납고수 청부가 들어오면 제일 앞장서서 공격을 한다. 살문 살수들 중 한 명이라도 이들 뒤를 받쳐 준다면 성공 가능성이 꽤 커진다.

'됐어. 올 거야.'

종리추는 뒤 한 번 돌아보지 않고 칠정산을 내려갔다.

보지 않아도 알 수 있다, 그들이 긴 침묵에 휘감겨 있다는 것을. 평생이 걸린 문제를 두고 구구하게 의논을 주고받을 것을.

사흘 뒤, 집사 오삼은 마지막 전각의 주인을 맞이했다.

"열네 냥짜리 일거리를 맡기러 왔소."

그들은 어부처럼 투망을 어깨에 짊어진 우락부락한 사내 네 명이었다.

◆第三十九章◆
회풍(回風)

"경신법의 바탕이 뭔지 아나? 길을 많이 아는 거야. 그 다음은 아는 길을 따라갈 수 있는 무공이지."

종리추는 분운추월의 충고를 한시도 잊지 않았다.

분운추월은 적이 될지도 모를 사람에게 너무 큰 것을 가르쳐 주었다. 그는 지나가는 말로 한마디 했을지 모르지만 비무에서 진 종리추는 그 말이 천명(天命)처럼 들렸다.

'아는 길을 따라갈 수 있는 무공.'

잠시라도 짬이 생기면 경신법에 온 신경을 몰두했다.

당금 무림에서 경신법으로는 분운추월이 최고지만 무공의 최고수라고는 하지 않는다.

천하제일인이란 있을 수 없지만 그래도 추려본다면, 열 손가락이 모자랄 정도로 많은 이들이 거론되지만 그 사람들 중에서도 분운추월은 끼지 못한다. 그가 아니라도 천하제일인으로 거론되는 사람은 많이 있다.

하나 그들 중 누구도 경신법으로는 분운추월을 당할 수 없다.

그런 면에서 볼 때 현재 익히고 있는 비호무영보만으로도 무림에서 활동하는 데는 지장이 없을지도 모른다.

대부분의 무인들이 그렇게 생각한다.

하나 종리추는 다르게 생각했다. 입장이 다르기 때문에 어쩔 수 없다. 무공으로 분운추월을 제압할 수 있다 해도 분운추월이 싸우려고 들지 않으면 잡을 수 없다. 그가 싸우지 않고 뒤만 밟는다면 걸려들 수밖에 없다.

그는 살수다. 대가를 받고 사람을 죽이는 살수다. 언제 어디서 누구에게 쫓길지 모른다. 항상 경계해야 한다. 하물며 확실하게 잡을 수 있는 사람이 있는데도 대책을 세우지 않는 것처럼 미련한 짓은 없을 게다.

'빨리 나갈 수 있는 방법에는 두 가지가 있다. 발을 빨리 놀리는 것, 몸을 가볍게 하는 것. 비호무영보는 진기를 끌어내 용천혈에 집중시킨다. 진기가 용천혈을 통해 빠져나가는 것과 같아. 그러지 말고 족지소양담경(足之小陽膽經)으로 진기를 돌린다면? 용천혈로 진기를 뿜어내지 않고 스치듯 지나가는 거야. 진기의 흐름은 끊어지지 않는다. 진기가 현종혈(懸鍾穴:하퇴부의 발목에서 1/3쯤 되는 곳)에 이르렀을 때 평소보다 빠르게 휘돌리는 거야. 발등, 발바닥, 발 전체에 자극을 가하는 거지.'

생각이 미치자 즉시 시험해 보았다.

진기는 예정된 힘, 예정된 순서로만 돌려고 했다.

현종혈에 이르렀을 때 갑자기 빠르게 휘돌린다는 생각은 적합한 듯 싶었지만 실제로 해보니 여간 어렵지 않았다.
 실망스러울 것은 없다. 원래 어느 내공이든 기초가 닦인 사람이 배우는 것은 초심자가 배우는 것보다 훨씬 어려우니까. 권각을 놀리는 수법은 배우면 배울수록 빨리 배우게 되지만 내공은 정반대인 것을.
 종리추는 계속 수련했다.

 '뭔가가 부족해, 이것으로는.'
 그 무엇인가를 찾아냈을 때 새로운 경신법을 창안했다고 말할 수 있지만 지금은 아니었다.
 '휴우! 그럼 바탕이 어떻게 되어가는지 가볼까?'
 송리추는 수련을 중단하고 집무실을 한 바퀴 돌았다.
 집무실을 나가기 전에 늘 하는, 이미 버릇으로 굳어져 버린 행동이었다.
 전신의 모든 감각을 최고조로 열어 주위를 살핀다. 분운추월이 벽리군 곁에 항상 붙어 있다는 것을 알기에 조심을 거듭한다.
 이윽고 아무도 없다는 확신이 들자 병기를 세워놓은 병가(兵架)로 가서 뒤쪽을 어루만졌다.
 그르릉……!
 병가가 옆으로 이동하며 시커먼 암동을 드러냈다.

 암동은 지하로 이어졌다.
 지하는 살문의 중심이다. 외장이 살문의 다리요, 살수들이 손이라면 지하는 머리다. 살문의 모든 행동은 지하에서부터 시작되어야 한다.

지하에는 이백여 명에 이르는 사람들이 바쁘게 움직이고 있었다.

그들은 무공과는 전혀 상관없는 사람들이다.

전에는 약초꾼이기도 했고, 땅꾼이기도 했으며 봇짐장수를 한 사람도 있다. 이들 중 대부분은 일이 끝나면 집으로 돌아간다. 살문과의 인연을 완전히 끊는 것은 아니다. 집으로 돌아가더라도 차후 계속 연락을 보내오게 되리라.

과거 살혼부가 그랬듯이 이들은 종리추의 눈과 귀가 되어준다.

벌써 많은 혜택을 받았다.

중원은 넓고 크다. 어디서 사람이 죽어도 흔적조차 찾을 수 없는 곳이 중원이다.

낭인, 엽사, 포사. 그들의 이름이 아무리 높아도 조그만 지역을 벗어나면 무명인사가 되어버리는 곳이 중원이기도 하다. 무인들이 가문에 뛰어난 절기가 있어도 명문정파를 찾게 되는 것은 중원 곳곳에 이름을 날릴 수 있는 힘이 있기 때문이다.

구파일방에 입문하여 자파(自派)에서 이름이 난다면 곧바로 중원무림 전체에 이름이 나는 것과 같다.

종리추는 지하에 있는 이들 덕분에 이름난 엽사, 포사들을 쉽게 찾았다. 가장 마지막에 들어온 산적들도 이들이 가르쳐 주었다.

원래 이들이 가르쳐 준 산적은 모두 네 군데에 있었다.

종리추는 제일 먼저 들른 곳에서 마음에 드는 사람들을 만났고 살수로 영입했다.

다른 곳은 들를 필요도 없었다.

이들이 가르쳐 주었으니 다른 곳에도 분명 뛰어난, 살수로 영입하고 싶을 만한 산적이 있을 터이지만 종리추는 현재까지가 능력의 한계임을 알고 있었다.

혹여 그들을 받아들이는 날이 있다면 좀 더 성숙한, 좀 더 문파가 커진 먼 훗날의 이야기가 될 것이다.

무인은 무공이 최선인 줄 안다. 유생(儒生)은 학문이 최선인 줄 안다. 상인은 장사가 최선이다.

하지만 가장 최선은 역시 그들이 짓밟고 선 민초들의 마음에 있다. 그들의 머리 속에, 미천하다고 얕보는 그들의 지식 속에 있다.

종리추가 들어서자 하얀 수염이 가슴까지 멋들어지게 늘어진 노인이 다가왔다.

"어디까지 진행되었습니까?"

"휴우! 이제 하남성이 완성되었네."

종리추의 눈빛이 반짝 빛났다.

"어디 좀 볼까요?"

"이리 오시게."

노인은 종리추를 이끌고 커다란 서가로 갔다.

제일 윗부분에 '하남성(河南省)'이라는 글자가 적혀 있는 서가다.

"모두 이천사백구십팔 장이네. 휴우! 하남성이 이렇게 넓은 줄은 처음 알았지 뭔가."

노인은 큰일을 끝낸 사람처럼 홀가분한 표정을 지었다.

길을 많이 아는 게 경신법의 바탕이다.

종리추는 분운추월이 충고를 잊지 않았다. 잊지 않았을 뿐 아니라 당장 실천에 옮겼다.

인간이 중원 전역을 돌아다니며 길을 익힌다는 것은 어불성설이다.

분운추월에게는 개미 떼처럼 바글거리는 개방도가 있고 그들을 통해 길을 익힌다. 그는 자신이 직접 가보지 않았어도 직접 눈으로 본 것보다 세세하게 알고 있다. 개방도의 정리된 보고가 그에게 큰 힘을 실어주고 있으리라.
　종리추는 그만한 인력이 없다.
　그는 다른 방도를 강구했다.
　지도(地圖).
　골목 하나까지 빠짐없이 그려진 정밀 지도다.
　지도를 보고 지형을 머리 속에 기억시킬 생각은 추호도 없다. 그런 짓은 너무 많은 시간을 소모시킨다. 필요할 때 필요한 부분만 들여다보면 되리라.
　"이건 정말 큰 역사네. 비록 지금은 하남성 하나뿐이지만 이렇게 정밀한 지도를 이렇게 빠른 시간에 만든 사람은 아무도 없었네."
　노인은 감회 서린 눈으로 서가를 바라보았다.
　눈으로 보아서는 알 수 없다. 하남성 전역을 그린 지도는 각 부(府)별로, 또 각 성(城)별로 분류되어 차곡차곡 쌓여 있다.
　단지 종이뿐인 서가.
　이 종이를 어떻게 사용하느냐에 따라 살문의 생사가 점쳐진다.
　'이제 본격적으로 나설 때가 됐어.'
　종리추는 꾹 눌러 참으며 이걸 기다렸다. 이것만 완성되었다면 진작 살수행을 시작했으리라.
　살수행을 하는 데는 많은 사람이 필요하지 않다. 유구, 유회, 역석, 그리고 자신만 있어도 살수행은 꾸준히 할 수 있다. 과거 살혼부가 단 여섯 명으로 살수행을 했던 것도, 그러면서도 살천문과 버금가는 문파를 이룩한 것도 모래알처럼 흩어진 많은 민초들의 도움이 있었기에 가능했다.

"자네 약속을 믿어도 좋은가?"

노인이 무표정한 얼굴로 물었다.

노인의 이름은 용금화(龍吟燁), 직업은 없다. 그는 평생 동안 중원 곳곳을 떠돌며 지도 제작에 몰두해 온 명인(名人)이다.

사람들은 돈도 되지 않는 일에 평생을 소모한 그에게 '미친놈'이라는 이름을 주었다. 용금화라는 이름은 사라지고 미친놈이라는 이름이 그를 따라다녔다.

"지도를 만들 생각입니다."

"하게."

"중원 전역에 대해서는 노인장만큼 많이 아는 사람은 없지만 동네를 가장 잘 아는 사람은 역시 동네 개구쟁이들입니다."

"……."

"산을 가장 잘 아는 사람은 역시 산을 타는 사람이겠죠. 약초꾼, 땅꾼, 엽사, 산에서 나물을 캐는 아낙네도 노인장보다는 산을 더 잘 알 겁니다, 자기가 즐겨 찾는 산에 대해서는."

"그렇겠지."

"저는 가장 영향력있는 사람을 찾을 겁니다. 그로 하여금 지리를 아는 사람을 찾게 하고, 그가 또 다른 사람을 찾고…… 제가 찾는 사람은 몇 명에 불과하지만 뿌리를 캐어 들어가면 수천 수만 명이 이 일에 연관되어질 겁니다."

"……."

회풍(回風) 167

"동네 하나를 그려도 좋고, 산 하나를 그려도 좋고, 개울 하나만 그려도 됩니다. 중원 구석구석 빠짐없이 그려진 종이를 이어 붙이기만 하면 되는 거죠."

"허허허! 듣고 보니 참 쉬운 일이군. 정말 내가 미친놈인 모양일세. 그렇게 쉬운 일을 평생토록 찾아다녔으니."

노인이 웃으며 말했다. 비웃음이다.

"문제는 지도란 자로 잰 듯 정확해야 하지만 그림을 그리는 대부분의 사람들이 대충 그린다는 거죠. 그래서 정확히 척도(尺度)를 알고 있는 사람이 필요합니다. 노인장이죠."

"……."

"이가 빠진 부분은 없는지, 잘못 그려진 곳은 없는지. 붓끝 하나만 살짝 스쳐도 몇십 리 차이가 나는 일입니다. 한 군데만 빠져도 병신이 되는 게 지도입니다."

"무엇 때문에 지도를 만들려고 하는가?"

"살수이기 때문이죠."

"뭣!"

"저는 지도를 이용해 사람을 죽일 겁니다."

"꺼져!"

"대신 노인장께 지도를 드리겠습니다. 저와 같이 만드는 지도 모두 노인장 것입니다. 저는 지도를 보기만 하면 됩니다. 필요할 때는 언제나."

종리추의 말은 진심이었다.

노인은 종리추의 말에서 그가 정말 살수라는 것을 느꼈다. 그가 말한 대로 그는 정말 지도를 이용해 사람을 죽이려 하고 있다.

"왜… 왜 사실을 말하는가?"

"지도는 변합니다. 하루가 다르게 변하죠. 십 년이면 강산도 변한다는 게 우리가 사는 세상입니다. 지도는 계속 보완되어야 합니다. 노인장이 죽을 때까지, 아니, 노인장이 죽은 다음에도 지도에 생명을 불어넣기 위해서는 계속 보완되어야 합니다. 사실을 알고 저를 이해해 주는 사람이 필요합니다."

"자네가 세세연년 보완해 나가겠다는 말인가?"

종리추는 고개를 가로저었다.

"그건 노인장 몫입니다. 어떤 방법으로든 전수자의 맥을 끊지 말아야겠죠. 저는 제가 살아 있는 동안 정확한 지도가 필요할 뿐입니다. 제가 살아 있는 동안. 그동안은 보장하죠."

"……"

긴 침묵 끝에 노인이 입을 열었다.

"습기가 없는 곳이 필요해."

"만들죠."

"돈이 많이 들 거야. 천석지기는 하루아침에 폭삭 주저앉힐 만큼 많이."

"살수는 돈을 많이 법니다."

노인은 이상한 눈빛으로 종리추를 쳐다보며 물었다.

"사람이 살수가 되는 것은 돈을 쉽게 많이 벌기 때문이지. 자네는 돈에 욕심이 없는 듯한데 왜 사람을 죽이는가?"

"모시는 분이 살수이기 때문이죠."

"모, 모시는 분!"

"……"

"자네에게 모시는 분이 있나?"
"그 이상은 곤란합니다."
"……."

두 달 전이다.
노인은 분운추월이 벽리군의 그림자 역할을 해주고 얼마 있지 않아 살문에 들어왔다.
종리추는 그에게 지하 연무장을 내주었다.

"공기도 그렇고 습기도 알맞고 아주 적당해."

"아직도 저를 모르십니까?"
"알지. 휴우, 이제부터 자네는 이걸 이용해 사람을 죽이겠군."
"생각하지 마십시오. 괜히 괴롭기만 할 겁니다."
"그러지. 그런 거 생각할 틈도 없네. 이제 겨우 일 할이 완성된 것뿐이야. 죽기 전에 중원 전역을 그려놓으려면 잡다한 일에 신경 쓸 틈도 없어."
"사본(寫本)을 준비해 놓으세요."
"……?"
"이곳은 살문입니다. 언제 불탈지 모르는 곳이죠. 사본을 보관해 놓을 적당한 장소를 알고 있습니다."
종리추는 살혼부의 마지막 비처, 오채산 암동을 떠올렸다.
'이건 노인장의 목숨이지. 살수들에게는 천하제일의 보물이 될 게고. 그래, 이건 천하제일의 보물이야.'

첫 살인.

종리추는 열 살 나이에 살인을 했다.

지형을 알았기 때문에 가능했다. 지형을 이용하지 않았다면 도저히 죽일 수 없는 사람이었다.

분운추월은 그때의 기억을 일깨워 줬던 것이다.

종리추는 쌍구일살(雙鉤一殺)의 전각을 찾았다.

살수 열네 명은 스스로 별호를 지었다.

이전에 쓰던 별호를 쓰고 싶으면 그대로 쓰고 그럴 생각이 없는 사람은 본인 스스로 적당한 별호를 생각해 냈다.

어차피 무림에 알려질 별호는 아니다.

살수는 존재가 없는 자들이니 그들의 모든 것은 어둠 속에 묻혔다고 봐야 한다.

종리추가, 살수들 스스로 서로를 부르기 위해 지은 별호다.

"지내기는 어때?"

"……."

"왜? 못마땅한 거라도 있나?"

"난 싸우기 위해서 살수가 됐소."

"그랬지."

"싸움을 시켜주시오."

"그전에 복종하는 법부터 배워. 넌 네 영혼을 내게 맡겼어. 죽이든 살리든, 속았다고 생각되든 그렇지 않든 네 영혼은 내 것이야."

"……."

쌍구일살은 말없이 창밖만 쳐다보았다.

그의 하루 일과였다. 그는 아침에 일어나는 순간부터 저녁에 잠들 때까지 하루 종일 의자에 앉아 창밖만 멍하니 바라보았다.

"이걸 머리 속에 각인시켜 봐, 내일 아침까지. 싸움을 원한다면."

비로소 쌍구일살의 고개가 들렸다.

그는 삼십 초반이다.

싸움은 어렸을 때부터 좋아했지만 정작 쌍구를 들고 목숨을 건 싸움을 시작한 것은 스물두 살 때부터였다고 한다. 거의 십 년 동안 싸움판을 전전했고 살아남았다.

돈을 걸고 싸움 구경을 하는 투전(鬪戰)에서도 싸워봤고 전쟁에도 참가했다.

싸움이 있는 곳이면 어디든 찾아다녔지만 절대강자와 손속을 부딪치고 싶은 그의 갈증은 해소되지 않았다. 그가 원하는 절대강자들은 이름없는 자를 만나주지 않았으니까.

무작정 쳐들어갈 수도 없다. 그러면 개죽음밖에 돌아오는 게 없다.

그는 자신이 절대강자가 아니라는 사실을 잘 알고 있다. 무리 지어 덤비는 자들에게는 당할 수밖에 없다는 것도.

쌍구일살은 강한 자와 싸우고 싶은 것이지 개죽음을 당할 생각은 없었다. 그러면 싸울 날이 적어지니까.

"그게 뭐요?"

"복종하는 법을 배우라고 했어. 다음부터는 질문을 용납하지 않는다. 난 일을 할 능력이 되는 사람은 일을 시키고, 능력이 되지 않으면 제외한다. 싸우고 싶으면 내가 원하는 수준으로 올라와."

종리추가 나간 다음 쌍구일살은 탁자 위에 올려진 서신을 펼쳤다.

지도였다.

채찍의 달인은 스스로 별호를 혈살편복(血殺蝙蝠)이라고 지었다.

그는 채찍질을 동굴 속에서 배웠다. 어둠 속에 숨어 있는 편복, 날카로운 이빨을 곤두세우고 한꺼번에 달려들 때는 소름이 오싹 돋는 편복. 편복 중에서도 동물들의 피를 빨아먹는 혈편복을 죽이면서 배운 채찍질이다.

그도 혈편복에게는 하나의 동물에 불과했다.

혈편복은 피를 빨아먹고자 달려들었고, 그는 필사의 악전고투를 치러야만 했다. 자칫 한순간만 방심하면 날카로운 주둥이가 살 속을 파고들 것이고, 주둥이에서 흘러나온 타액(唾液)은 육신을 마비시키리라.

그러면 끝이다. 전신에 흐르는 피란 피는 모두 빨릴 때까지 죽지도 못하는 처지가 될 것이다. 혼몽한 상태에서 약탈자들의 모습만 지켜보게 될 테지.

그는 혈편복을 죽였다. 그래서 별호가 혈살편복이다.

"쳇! 아홉수는 안 좋다던데…… 스물아홉에 실수가 되다니 어쩐지 께름칙해. 정말 죽는 것 아닌가?"

"맞아, 죽을 거야."

"서른아홉까지만 살았으면 좋겠군. 올 일 년만 지나면 아홉수는 끝나니까."

그는 편안한 사내다.

"이게 뭡니까?"

"지도."

"이걸 왜?"

"외워."

"지도를 외워요?"

"내일 아침까지."

"일거립니까?"

종리추는 고개를 끄덕였다.

"후후! 기운이 나는군요. 상대는 누굽니까?"

"외우면 일러주지."

"……."

혈살편복은 지도를 뚫어지게 응시했다.

종리추는 조용히 전각을 빠져나왔다. 방해하고 싶지 않아서.

후사도는 무척 느리다. 게으르다는 편이 옳을 것 같다. 움직이기 싫어 씻지도 않는다면…….

그래서 그가 거주하는 육 전각 시녀들은 한층 더 바쁘다. 세면을 해주어야 하고, 머리를 감겨줘야 하고. 게으른 사람이 깨끗한 것은 좋아해서 사흘에 한·번은 목욕도 시켜줘야 한다.

"부족한 것은?"

"없습니다."

후사도가 눈을 빛내며 말했다.

종리추는 후사도에게 비수의 진수를 알려준 사내다.

비류혼이라고 불리는 무공은 후사도조차도 쩔쩔매게 만들었다. 진정 후사도가 접근전에서 그토록 곤욕을 당하기는 처음이었다. 진정한 무인과 싸운 적이 없었던 탓도 있지만.

"게으르다고 들었는데 뜻밖이군."

"천성이죠."

후사도는 사람 좋게 웃었다.

그는 전혀 특이하지 않다. 게으른 모습을 보면 그의 빠른 도공(刀功)을 생각할 수 없다. 그런 성품이 그를 강한 자로 만들었는지도 모른다.

"이걸 외워."

"외우는 것은 질색인데……."

"일을 나갈 거야. 나도 겁나는 사람이지."

"……!"

후사도의 눈에 광기가 어리기 시작했다.

쌍구일살, 혈살편복, 후사도는 지하 통로로 해서 종리추의 집무실에 모였다.

그들이 밝은 세상을 접할 수 있는 곳은 거주하는 전각뿐이다. 그 외 어디를 가든 살문 안에서는 모습을 보이지 말아야 한다.

종리추가 정한 규칙이다.

"다 외웠나?"

"……."

"좋아. 그럼 물어보지. 쌍구일살, 송가(宋家) 어물전(魚物廛)은 어디 있나?"

"관평대로(官枰大路)."

"좀 더 자세히."

"음사(陰祀)에서 관평대로로 접어들고 오른쪽으로 꺾여서 네 번째 가게."

"혈살편복, 수림지(樹林地)를 무인들이 에워싸고 있다면 어떻게 할 텐가?"

"……."

"……."

"수림지 동쪽 끝에 개구멍이 있죠. 밖으로 빠져나오면 일 장 못 미쳐서 개울이 있습니다. 오물들을 버리는 곳이니 그곳은 지키지 않을 겁니다."

"후사도, 사평원(獅平原)에 무인 천 명이 집결되어 있다. 들키지 않고 송림(松林)으로 숨어 들어가 봐."

"방향을 바꾸죠. 송림 뒤쪽은 절벽인데 소나무가 제법 뿌리를 내리고 있습니다. 조금만 신법에 능숙한 자라면 타고 올라갈 수 있을 겁니다. 한데 사평원을 지키고 있다면 그곳도 지키고 있을 텐데요?"

"목적지는 송림이 아니다. 지도를 얼마나 숙지했는지 보려고 한 것 뿐이야. 좋아."

종리추는 밀봉한 서신 세 통을 꺼내 한 통씩 나눠주었다.

"이 사람은!"

혈살편복의 눈에 놀람이 스쳐 갔다.

"……!"

쌍구일살은 가타부타 말을 꺼내지 않았다. 눈빛만 무섭게 활활 타올랐다.

후사도의 얼굴은 새하얗게 질렸다.
"이… 사람을……?"
"죽여, 흔적을 남기지 말고. 흔적이 드러나면 살문으로 돌아오지 마. 종적이 발각된 순간 살문과 그대들의 인연은 끊어진다. 이제 알겠나, 왜 전각에만 머물라고 했는지? 살문 사람은 너희들을 전혀 몰라. 아무도."
"흔적없이 죽여라……. 최선을 다해도 상대가 될까 말까 한 사람인데 흔적없이……."
혈살편복이 중얼거렸다.

*   *   *

쌍구일살은 태강성(太康城)으로 왔다.
그는 태강성에 도착해서야 왜 종리추가 지도를 외우라고 했는지 알게 되었다.
'정말 치밀한 사람이군. 나이도 어린데.'
솔직히 감탄이 터져 나왔다.
그는 태강성을 처음 들렀다. 분명히 머리털나고 처음 온 곳이다. 하지만 태어나서 자란 곳처럼 지리가 한눈에 들어왔다. 포목점이고, 어물전이고 오가는 사람들까지 전에 알던 사람처럼 친근하게 느껴졌다.
'여기서 백 보(百步)만 걸으면 비단전(緋緞廛). 어디 한번 세어볼까? 하나, 둘…….'
신기하게도 딱 백 보 만에 비단전 앞에서 걸음을 멈췄다.
'지도는 완벽히 믿을 수 있다. 그럼 승산이 있어.'

그는 밤이 될 때까지 기다렸다.

쉬익! 쉬이익……!

무쌍패검(無雙覇劍) 이종명(李鍾明)은 검법 수련에 몰두했다.

지난 이십 년 동안 해시(亥時)에서 축시(丑時)까지는 늘 검법 수련을 했다. 비가 오나 눈이 오나 하루도 거르지 않고.

사람들은 저녁에 술을 먹는다. 그러나 그는 술을 마시지 않았다. 입에 댄 적도 없다. 저녁 늦게는 검법을 수련해야 되기 때문에 술을 댈 수 없었다.

그는 늘 유혹과의 싸움에서 이겨왔다.

덕분에 무쌍패검이라는 분에 넘치는 별호를 얻었으니 노력이 헛되지만은 않은 것 같다.

그의 검법은 웅장하게 시작되어 정교하게 흘렀다.

요즘 들어 부쩍 회의(懷疑)가 찾아왔다.

패력(覇力)만이 최선이라던 생각에서 노인들이 늘 말하던 부드러움이 강함을 이긴다는 쪽으로 바뀌기 시작한 것이다.

'나도 늙었군.'

스스로 생각하지 않을 수 없었다.

그럴수록 더욱더 검법 수련에 정진했지만 옛날의 패력은 사라지고 부드러움이 깃드는 것은 어쩔 수 없었다. 그의 마음이 부드러움을 추구하기 때문이다.

'이렇게 되면 전혀 색다른 검이 되는데…… 무쌍패검이 아니라 무쌍검이 될지도 모르겠군. 무쌍검. 그것도 괜찮군.'

그는 중검(重劍)을 사용한다. 보통 청강장검보다 길이도 훨씬 길고

화풍(回風) 179

넓으며 묵직하다.
 그의 검을 맞받으면 도끼와 부딪친 느낌이 든다고 할 정도로 강한 힘으로 찍어누른다.
 쉬익! 쉭……!
 두어 번 더 검을 내뻗은 후 검을 거뒀다. 아직 해시도 지나지 않았다. 축시까지 지나려면 한참을 더 수련해야 한다.
 그런데 마음이 심란하다.
 '검의 성격이 바뀌기 때문일 거야. 이건 발전인데…… 미련인가? 패검을 놓기 싫은 미련? 후후! 정말 늙었나 보군.'
 또 유혹을 느꼈다. 오늘은 그만 검을 접고 들어가 쉬고 싶었다. 그러나 그는 다시 검을 휘두르기 시작했다.

 '무서운 검이군. 곁에 다가서지도 못하겠어.'
 쌍구일살은 나무 위에 걸터앉아 무쌍패검이 수련하는 모습을 지켜보았다.
 적의 무공을 보는 것처럼 득이 되는 일도 없다.
 종리추가 준 지도대로 골목으로 들어와 담장을 넘고, 또 담장을 넘고 지붕을 두어 개 건넌 다음 나무 위로 올라서니 바로 무쌍패검의 연무장이었다.
 무쌍패검은 자신의 집이 이토록 쉽게 뚫리리라고는 생각하지 못했을 게다. 아니면 그런 것쯤은 신경 쓰지도 않는 대범한 사내이거나.
 쌍구일살은 급히 서둘지 않았다. 서두는 것보다는 흔적을 없애는 것이 중요하다.
 사방을 관찰했다. 호법 같은 것을 보이지 않았다. 문파에 적을 두고 있는 사람도 아니고, 재산이 넉넉한 사람도 아니고, 무공에 자신을 가지고 있는 사람이니 호법 따위는 필요없을지도 모른다.

다음은 가족이다.

주변에 다른 사람은 없는가. 으레 이 시간이면 검법 수련한다는 것을 알아서인지 주변에서 얼씬거리는 사람은 아무도 없었다.

'그것참! 틀리는 게 하나도 없으니.'

마지막으로 퇴로를 점검했다. 오던 길을 되돌아가면 식솔들에게 발각된다고 적혀 있었다.

무쌍패검의 두 아들은 무쌍패검 못지 않게 검공이 뛰어나다며 각별히 조심하라는 당부와 함께.

퇴로는 왼쪽 담장을 넘어 내원(內院)으로 들어선 다음 쪽문을 지나야 한다. 무쌍패검의 식솔과 정면으로 부딪칠 공산이 큰, 일반적으로는 이해할 수 없는 도주로지만 빠져나갈 길이 그곳밖에 없다. 무쌍패검의 이름과 함께 적혀 있던 서신대로라면.

'좋아. 살문에서는 해줄 만큼 해줬어. 이제는 내 몫이군.'

모든 확인이 끝나자 쌍구일살은 서슴없이 신형을 날렸다.

"웬 놈이냐!"

"널 죽이러 온 저승사자."

"뭣이! 건방진……."

"차앗!"

쌍구일살은 서둘렀다. 접전이 시작되면 시간을 오래 끌어서는 안 된다. 그것은 굳이 살수라는 직업 때문이 아니라 그가 지금까지 싸워본 경험이다.

회풍(回風) 181

휘이잉……!

무쌍패검의 검에서는 폭풍우가 휘몰아치는 듯한 소리가 울려 나왔다. 보기만 해도 질리는 대검(大劍)에서 쏟아지는 경력이다.

쐐에엑!

쌍구일살은 양손에 쌍구를 나눠 잡고 저돌적으로 짓쳐들었다.

무쌍패검은 당황하지 않았다. 그 역시 적수공권(赤手空拳)으로 시작해 오늘날의 명성을 얻은 자다. 같은 낭인이었으되 그는 이름을 얻었고 쌍구일살은 살수가 되었다.

싸아악……!

대검은 무겁기만 한 것이 아니라 날카롭기까지 했다. 머리 위로 스치고 지나는 검풍에 머리칼이 잘려 나갔다.

가가각……!

쌍구일살은 쌍구의 구부러진 앞 끝으로 대검의 검격(劍格)을 낚아챘다.

무쌍패검은 양손으로 대검을 잡고 휘둘렀다.

일진일퇴(一進一退).

쌍구일살은 거리를 좁혀 대검의 행동 반경을 줄이려 하고 무쌍패검은 거리를 둔 채 전신을 짓이길 듯 몰아친다.

'넌 죽었어.'

쌍구는 손잡이 윗부분에 창처럼 반월형의 날이 박혀 있다. 격전에서는 방패가 되기도 하고 상대방의 병기를 낚아채는 데도 사용된다. 쌍구는 쌍검의 효용도 지닌다. 병기가 가벼워 쉽게 내치고 거둘 수 있다. 끝 부분이 부드럽게 구부려져 도의 역할도 한다.

무쌍패검과 쌍구일살은 전혀 상반된 병기로 싸우고 있는 것이다.

'시간을 너무 끌고 있어.'

쌍구일살은 쉽게 끝나지 않을 것이란 걸 깨달았다.

무쌍패검의 무공은 과연 듣던 대로 뛰어나다. 지금까지 싸워왔던 엉터리 무인과는 차원이 다르다.

'흐흐흐! 살맛나는군. 짜릿해. 그럼 어디 시작해 볼까!'

쐐에엑……!

쌍구일살은 대검을 무시하고 거칠게 파고들었다.

무쌍패검의 눈동자에 희색이 감돌았다. 승리의 느낌이 들 때는 누구나 손끝의 감촉이 달라지는 법인데 무쌍패검은 벌써 느끼고 있나 보다.

패에엥……!

대검이 무지막지하게 몸통을 잘라왔다.

쌍구일살은 대검이 몸을 잘라내려는 찰나 쌍구를 세워 팔과 몸통을 가렸다.

까앙……!

"크윽!"

비명은 쌍구일살이 질렀다. 쌍구와 부딪친 대검은 쌍구를 무시해 버리고 몸을 잘라왔다.

무쌍패검이 쳐낸 일검은 쌍구를 부숴 버리고 오른팔을 절반이나 파고들었다. 그러나 살이 베어졌다는 아픔보다도 대검 자체에서 밀려드는 힘이 더욱 큰 충격을 주었다.

쌍구일살은 자신도 모르게 비틀거리며 사오 보나 밀려났다.

'졌어. 상대가 안 되는군.'

쐐에엑……!

대검이 한 올의 인정도 두지 않고 짓쳐 왔다. 마지막 숨통을 갈라 버리려는 최후의 일격이다. 부지불식간 쌍구일살은 쌍구를 놓아버리고 품속에 손을 찔러 넣었다. 그의 손에 묵린탄(墨燐彈)이 들려 나왔다.

 퍼엉!

 묵린탄은 거센 폭발음을 내며 터졌다.

 일순간 짙은 어둠이 더욱 짙어졌다. 별빛도 달빛도 어둠 속에 모두 가려 버렸다.

 쌍구일살은 번개처럼 쌍구를 집은 다음 몸을 납작하게 수그리고 앞으로 쳐들어갔다.

 터억!

 쌍구일살의 몸과 무쌍패검의 몸이 부딪쳤다. 묵린탄은 눈앞에 손을 들어 올려도 알아볼 수 없을 만큼 어두웠다.

 손이 번개처럼 움직였다. 왼손에 들고 있던 쌍구가 무쌍패검의 미간을 파고든 것은 순식간이다.

 '역시 대단하군!'

 힘든 상대를 죽이고 나면 짜릿한 전율이 찾아오곤 했는데 이번에는 그렇지 않았다.

 희열보다는 비통함이 앞섰다.

 무쌍패검 같은 강자를 무공이 아닌 암습으로 죽일 수밖에 없었던 자신이 비열하고 못나 보여 견딜 수 없었다.

 '무쌍패검을 이렇게 죽이다니. 이렇게… 내가 암수를 써서 무쌍패검을 죽였어! 내가!'

 쌍구일살은 팔에 입은 상처쯤은 아무렇지도 않았다. 뼈까지 으스러질 정도로 심한 상처이지만 마음에서 일어나는 비통함에 비하면 아무것도 아니었다.

그때 서신의 마지막 구결이 생각난 것은 우연일까?

살수란 수단 방법을 가리지 않고 상대를 죽여야 한다.

'후후! 그래, 나는 살수야.'
쌍구일살은 억지로 자위했다. 살문에 몸을 담갔지만 살수라고 생각해 본 적은 없었다. 한데 이제는 정말 살수가 되었다, 수단 방법을 가리지 않고 상대를 죽이는.
쌍구일살은 미리 봐뒀던 퇴로로 몸을 날렸다.

◆第四十章◆
정적(靜寂)

벽리군은 한 시진째 꼼짝하지 않고 앉아 있었다.

운중삼룡 피살.

그녀의 앞에 놓인 서신에는 분명히 그렇게 적혀 있었다.
'살천문인가? 아냐, 살천문이 운중삼룡을 손댈 리 없어. 자칫하면 십망을 받게 되는데……'
생각을 억지로 살천문 쪽으로 이끌어갔지만 생각은 종리추에게 달려갔다.

무쌍패검을 죽인 자는 쌍구를 사용하는 자임. 미간을 찍은 자국은 쌍구에 의한 상처이며, 반 조각으로 부러진 쌍구도 있었음.

정적(靜寂) 189

지옥팔도(地獄八刀)를 죽인 자는 편(鞭)을 사용함. 현장에서 잘린 편 조각이 두 조각 발견됨.

도룡구검(屠龍九劍)은 소도에 의해 죽었음. 심장을 관통한 다음 폐까지 길게 자른 것으로 보아 심성이 악독한 자임.

사방에 뿌려진 혈흔으로 미루어 상당한 상처를 입고 도주 중인 것으로 판단됨.

망주 천은탁이 위험을 무릅쓰고 보내온 서신이다.

운중삼룡이 한날 감쪽같이 살해당했다.

'쌍구일살, 혈살편복, 후사도…… 그들이야. 도대체 언제 빠져나갔단 말인가.'

벽리군은 한달음에 전각으로 가보고 싶었다. 하지만 그녀에게는 그림자가 붙어 다닌다. 그림자는 소식에 정통하니 지금쯤 운중삼룡의 죽음을 알고 있을 게다.

도대체 어떻게 했기에 운중삼룡 같은 거목들을 한 번에 찍어 넘길 수 있단 말인가.

벽리군은 궁금함을 참지 못하고 일어섰다.

"운중삼룡이 죽었어요."

"그래?"

"피살당했는데… 우리가 한 일인가요?"

"우리에게 그만한 힘이 있다고 생각해?"

종리추는 태연히 그림을 그렸다.

그의 사군자(四君子)를 그리는 솜씨는 화경(化境)에 접어들어 형식에서 벗어난 그만의 독특한 사군자를 그려냈다.

대나무가 살아 있는 듯 힘차게 뻗어 올랐다.

벽리군의 가슴속에 싸한 아픔이 스쳐 갔다.

분명히 살문에서 저지른 일이다. 방갓을 쓴 사내는 살문을 물러갔지만 유구, 유회, 역석 셋 중 한 명이 다시 그와 접촉했다.

운중삼룡의 청부를 받아들이고 깨끗이 해결했다, 벽리군이 아무것도 모르는 사이에.

그것이 벽리군에게 아픔을 주었다.

자신마저 속인 종리추가 야속했다. 지금이라도 진실을 말해 줄 줄 알았는데 끝까지 속이다니. 그때,

'영(影)? 아! 그림자!'

벽리군의 안색이 환하게 밝아졌다.

대나무를 다 친 종리추가 오른쪽 윗부분에 시(詩) 한 수를 적어 넣으며 별도로 '영(影)'이라는 글자를 썼다.

'그래, 내게는 그림자가 있어서 숨길 수밖에 없었던 거야. 역시 우리 살문이 했어. 운중삼룡을 감쪽같이 죽여 없앨 정도라니. 그보다 상처가 심하다는데 괜찮은지 모르겠네. 도와주러 가야 되는 것 아닌가?'

하지만 벽리군은 아무 말도 하지 못했다.

벽리군의 생각은 틀렸다.

쌍구일살, 혈살편복, 후사도 그들은 전각에 있었다.

상처를 입은 것도 아니고 외출했던 흔적도 보이지 않았다.

쌍구일살은 언제나와 같이 멍한 눈으로 창밖을 쳐다보고 있다. 혈살편복은 시녀들과 즐겁게 농담을 주고받았으며, 후사도는 늘어지게 낮

잠을 자고 있다.

평소와 다름없는 모습이다.

'이 사람들이 아니었나? 쌍구, 편, 소도… 이들인데.'

혹시나 해서 다른 전각을 둘러보았지만 문밖을 나갔다 온 사람도 없었다.

'귀신이 곡할 노릇이군.'

분운추월은 벽리군보다 더 혼란스러웠다.

살문은 조용하다. 전혀 움직이지 않고 있다. 기껏해야 자신이 가져다 준 정보를 근거로 분운추월이 생각해도 '나쁜 놈'이라고 생각되는 자들만 요절내고 있다.

살문은 문파 이름처럼 살인에 치중하는 것이 아니라 남의 뒤를 캐주거나 미행을 하는 따위의 조잡한 일로 부산하다.

종리추를 너무 크게 봤다는 후회가 들던 참이었다.

그때 운중삼룡의 살인 사건이 터졌다.

'하오문과 연이 닿고 있는 것은 맞는데… 하오문에서는 어떤 정보도 캐내지 못해. 지금 연이 닿고 있는 것은 벽리군이 향주로 있었기 때문이지.'

모르면 죽이지도 못한다. 설사 죽인다 해도 감쪽같이 빠져나오기란 불가능하다.

운중삼룡은 많은 제자를 거느리고 있다. 무림에 이름이 난 만큼 문전을 들락거리는 사람도 많아서 객방에는 항상 무림인 서너 명이 하룻밤 신세를 진다.

살문은 정보에 관한 한 갓난아기와 같다.

전각에 살수들이 언제부터 있었는가.

그 점은 분운추월도 모른다. 살문을 개파할 때부터 있지 않았나 싶다. 그중에 후사도나 광부 같은 자들은 안면이 있지만 살수가 되었다고 해서 이상할 점은 없다.

살수? 움직이지 않고 전각에만 틀어박혀 있는 사람도 살수라고 할 수 있나?

'허점이 있어. 이건 분명 저 약은 놈의 짓이야. 내가 알지 못한 게 있어.'

물증은 없지만 심증은 확실했다.

분운추월은 즉시 서신을 썼다. 이제는 더 망설일 수 없다. 살문이 분운추월을 죽였다면 무림 어느 누구라도 죽일 준비가 되어 있다고 봐야 한다.

'아무리 그래도 저런 놈들로⋯⋯.'

분운추월은 전서구를 날리기 전에 다시 한 번 전각을 쳐다봤다.

날카롭고, 사납고, 인상적인 자들이기는 하지만 운중삼룡 같은 거목을 쓰러뜨리기에는 역부족인데.

전서구를 날렸다.

장문인은 지켜만 볼 것이다. 아직 살문은 피라미에 불과하다. 개방 장문인 같은 사람이 끼어들기에는 너무 미약한 존재다. 분운추월은 그렇게 보지 않았지만 장문인은 분명히 그렇게 생각하리라.

'장문인이 움직이는 것은 살천문과 싸우고 난 다음이 될 거야. 살문과 살천문은 부딪칠 수밖에 없어. 누가 이기든 이번 기회에 살수 집단을 쓸어버릴 계획을 세우실 거야.'

분운추월처럼 장문인을 잘 아는 사람이 또 있을까.

개방 장문인은 선이 굵으며 결단이 빠르다. 자잘한 일에는 신경을 안 쓰지만 손을 댔다 하면 확실히 뿌리 뽑는다. 십여 년 전 살혼부를 지워 버리듯이.

어쩌면 분운추월이 살문에 집착하는 것도 그때 일 때문인지도 모른다.

흑봉광괴에 이어 그마저도 적지인살을 잡지 못했다.

다른 문파도 마찬가지여서 살혼부 사대살수는 감쪽같이 십망을 벗어났다. 흑봉광괴도 그렇겠지만 분운추월도 생애 최대의 실패였다.

그래서 살문에 이렇게 매달리는지도…….

"쯧! 어지간히도 심하게 다쳤네."

용금화가 어깨 너머로 들여다보며 중얼거렸다.

쌍구일살, 혈살편복, 후사도는 한결같이 심한 중상을 입었다.

그들은 살해 현장을 빠져나왔지만 살문까지 달려오기에는 힘이 부쳤다.

종리추는 그들 뒤에 음양철극, 천왕검제, 좌리살검을 받쳤다.

"난 실수를 용납하지 않는다고 했다. 흔적을 남기면 버린다고도 했다. 하지만 사람 사는 세상에서 너무 비정하지 않은가. 상대가 안 될 사람에게 보내면서, 당할 것을 빤히 보고도 버린다면 너무 몰인정하다. 가서 데려와라."

"그럼 왜 보냈습니까? 상대가 되지 않을 줄 알면서."

"자신들의 실력을 냉정히 점검하라고. 그렇지 않으면 이번에는 넘어가도 다음에는 죽을 테니까."

종리추는 쌍구혈살, 혈살편복, 후사도에게 말하는 듯했지만 그의 말은 전각에 있는 살수 모두에게 들으라는 소리였다.

과연 세 명은 크게 다쳤다.

"상처가 완전히 나을 때까지 여기서 한 발짝도 움직이지 마라. 시간이 나거나 무료하다 싶으면 싸움 장면을 되새겨 봐. 어디서 어떤 실수를 했는지."

"쌍구를 놓고 왔습니다. 흔적이……."

"다음에나 실수하지 마."

종리추는 싸늘하게 대했지만 속정은 세 사내의 마음속 깊이 박혀들었다.

"반갑다, 살아 돌아와서."

그의 마지막 말을 듣고서야 비로소 살아왔다는 실감이 났다.

"분수님을 따르겠습니다, 살수가 되었으니."

쌍구일살이 새삼스럽게 말했다.

그는 이제야 진정으로 살수가 된 것이다.

혈살편복, 후사도 역시 같은 기분이었다. 말을 하지 않았을 뿐.

종리추는 유구의 전각을 찾아갔다.

"밀림에는 천폭이 있는데 굉장히 커. 아무리 찌는 듯이 더워도 천폭을 보며 앉아 있으면 더위가 싹 가셔. 고기를 구워 먹어도 좋고."

"저도 가보고 싶어요."

"……."

방 안에서 주고받는 소리는 거기서 그쳤다.

여자는 천폭을 보고 싶다고 했지만 유구는 대답하지 못했다.

"흠!"

종리추는 큰 기침을 한 다음 방문을 열었다.

유구와 벽녀는 탁자에 마주 앉아 사이좋게 담소(談笑)를 나누는 중이었다.

"오셨습니까? 부르시지 않고……."

유구가 화들짝 놀라 일어섰다.

그는 늘 종리추의 외장에 거주하는데 자신이 내원에 있는 것을 불편해했다.

"오랜만에 담소나 나누고자 왔지. 얼굴에 화색이 도는 것을 보니 다행입니다."

벽녀에게 깊이 고개를 숙였다.

벽녀는 가벼운 목례로 대신했다.

그녀는 유구 이외에 다른 사람에게는 말을 하지 않았다. 오직 한 사람 유구와만 말을 주고받았다. 화제가 그녀의 과거로 돌아갈 때는 어김없이 입을 다물었지만.

종리추는 대연신공을 얼마나 수련했는지, 하루에 몇 시진이나 수련을 하는지 등등 그야말로 잡담에 지나지 않는 말을 주고받은 후 물러나왔다.

'정말 아무 일도 없었단 말인가? 살문이 연관되지 않았나?'

분운추월은 연신 고개를 갸우뚱거렸다.

유회에게도 들르고 역석도 만났다.

그들도 유구처럼 전각에 눌러앉아 시녀들의 시중을 받는 게 불편한 듯했다.

세상에는 편히 지내는 것을 좋아하는 사람이 있는 반면, 수족을 움직이지 않으면 오히려 불편한 사람도 있다.
남만 세 사내가 후자였다.
역석의 전각을 나온 종리추는 쌍구일살의 전각을 찾았다.
쌍구일살은 여느 때처럼 창밖만 쳐다보고 있었다.
"아직도 싸움이 하고 싶은가?"
쌍구일살의 대답이 의외였다.
"편히 있는 것도 괜찮군요."

'쌍구일살의 음성이야. 어딘가 뚫렸는데… 여우 같은 놈. 이 사건을 네놈이 일으켰다면 정말 네놈은 말릴 수 없는 종자야. 하지만 이놈아, 실천문주는 만만한 사가 아냐. 소심해야 할 게다, 여우 같은 놈.'
분운추월은 감시는 감시대로 하면서도 종리추에게 정이 깊어졌다. 언젠가는 검을 맞댈지도 모르지만 지금은 재미있었다. 종리추와 머리싸움을 하는 게.

분운추월이 증거를 잡아내지 못하고 운중삼룡의 살인 사건 역시 미궁에 빠졌지만 소문은 그렇게 나지 않았다.
"살문이 운중삼룡을 죽였대."
"나도 그 말은 들었는데 모른다던데 뭘. 아직 누가 죽였는지 모른대. 흉수가 감쪽같이 사라졌다더군."
"살문이야. 살문에는 쟁쟁한 고수들이 모여 있대. 누군지는 말하지 않고 있지만 이름만 들으면 다 아는 고수들이라던데?"
"그런 사람들이 미쳤다고 살수 짓을 해?"

"또 아냐? 돈 앞에는 어미도 팔아먹는다는데."

"……"

"정말 살문이 운중삼룡을 죽였을까?"

"조만간 밝혀지겠지 뭐. 운중삼룡 제자들이 가만있겠어?"

사람들이 떠도는 소문처럼 운중삼룡의 제자들은 한데 모여 숙의를 거듭했다.

그들이 초점을 맞춘 곳은 살천문이었다.

그들도 살문이 개파를 한다는 청간은 본 적이 있지만 재미있는 놈들이라는 생각만 했지 운중삼룡을 죽일 만큼 강대한 문파라고는 생각하지 않았다.

살천문.

역시 살천문이다. 살천문만이 운중삼룡을 죽일 수 있다.

복수는 만만치 않다. 살수들의 특성상 어디 숨어 있는지 모르고, 숨어 있는 곳을 안다 해도 한두 명 죽이는 선에서 그치고 말 것이다. 그 다음은 필연적인 결과이겠지만 불의의 습격을 받게 될 테고.

살천문이라면 무림 대문파의 도움을 받아야 한다.

제자들이 소림사로 달려가 방장(方丈)을 만났을 때 방장 혜공 선사(慧空禪師)는 단호하게 말했다.

"아미타불! 살천문은 아니오."

"틀림없습니다. 살천문이 아니면……."

"나무관세음보살! 운중삼룡이 제자를 잘못 두었구려."

"……?"

"무림정세를 읽지 못하면 큰 나무가 될 수 없다오. 살천문은 움직일 수 없는 처지라오. 조금만 주의 깊게 보면 보이는 것을. 아미타불!"

운중삼룡의 제자들은 무안만 당한 채 물러섰다.
의혹은 더욱 깊어졌다.
살천문이 아니라면 소문처럼 정말 살문이란 말인가?

벽혈마궁(碧血魔弓), 사(死).
오월 보름, 수이산(璲裏山) 정상에서 전신에 스물두 개의 검상을 입은 채 죽어 있는 시신으로 발견. 부패 정도로 미루어 살해된 지 닷새 정도 경과한 것으로 보임.

단혼검마(斷魂劍魔), 사(死).
오월 그믐, 기방(妓房)에서 살해됨.
흉수는 화산파의 매화검법을 사용했다고 함.

벽리군은 정신이 없었다.
그녀가 들고 있는 서신에는 무려 십여 명이나 되는 거흉(巨兇)들의 사망 소식이 적혀 있었다.

'이 사람들은? 청부가 들어왔었어. 살천문으로 간다고 돌아갔는데… 풋! 역시 문주야.'

살인 청부 접수는 그녀가 모르는 다른 곳에서 이루어지고 있다.

그녀는 섭섭하지 않았다.

지금도 청부가 있는 날이면 어김없이 서신이 탁자에 놓여 있는 것으로 미루어 그림자가 떠나지 않고 있다. 그러니 조심할 수밖에.

"그림자에 대해서는 알아봤나요?"

"알아는 봤지. 하지만 우리 눈엔 잡히지 않아."

살문이 점점 번성해 가는 것은 의심할 여지가 없다. 죽어가는 무인들이 많아지고 있다는 것이 활기 차게 움직인다는 것을 말해 준다.

그러면 그럴수록 종리추가 약속한 전 하오문주의 복위도 빨리 이루어시리라.

망주 천은탁은 희망에 들떠 있다. 그런 망주 천은탁도 그림자 이야기를 할 때는 안색이 어두웠다.

"우리 눈에 보이지 않게 정보를 주고받는 곳은 몇 군데 되지 않아. 여기 개봉성에서는 개방이 아닐까 싶은데."

"개방이요?"

"추측일 뿐이야."

"그럴 리는 없어요. 개방이 살수 문파를 도와줄 리가 없잖아요?"

"그렇기는 하지만 따로 생각할 곳이 없어서… 참! 문주의 사문(師門)은 알아봤나?"

"그냥 웃기만 하던데요."

"웃기만 해?"

"만나면 알 거래요. 살아 계시다고 하니까, 빨리 뵈었으면 좋겠다고 하시던데요?"

"그것참, 문주님은 사제가 없다고 하시던데. 좌우지간 만나보면 알겠지."

"주의할 만한 것은 없어요?"

"있지. 요즘 살문에 대한 소문이 커지다 보니 살문을 노리는 사람들이 많아진 것 같아."

"그거야 짐작했던 거구요."

"내 말은 혈주를 마시고 싶어하는 작자들이 많아진다는 거야."

"혈주요?"

"살천문을 상대로 혈주를 마시자니 겁나고… 해서 만만해 보이는 살문을 건드리자는 거지."

"귀찮겠군요."

"조심해야 될 거야, 살수가 되려는 작자치고 쉬운 자들이 없으니."

"알았어요. 그럼 이만 가볼게요."

"조심해."

벽리군과 천은탁은 동시에 일어섰다.

벽리군과 천은탁은 벽리군에 대한 추적이 뜸해지고 살천문이 완전히 손을 뗐다고 생각될 즈음부터 한 달에 한 번씩 만나 정보를 주고받았다. 하오문이 운영하는 문경기루(聞慶妓樓)에서.

그 즈음 종리추는 남오에게 살문을 맡겨놓고 유구, 유회, 역석, 그리고 벽녀와 함께 삼도산 자락을 타고 있었다.

삼도산을 떠난 지 일 년도 되지 않았지만 십 년도 더 된 듯 발걸음이 빨라졌다.

"에구! 노인네를 만나면 또 술이나 퍼마시자고 할 텐데…… 끄응! 주공, 오늘은 마음 놓고 퍼마셔도 되는 겁니까?"

유회가 벌써부터 술 생각이 나는지 배를 슬슬 만지며 물었다.

"차로 대신하지. 앞으로 술은 끊어."

"술을 끊으라고요?"

"피투성이가 되어 죽어가는 꼴은 보기 싫어서 하는 말이야."

"하하! 감히 어떤 놈이 이 어르신을… 아니지, 주공이라면 할 수 있지. 에구! 아무리 그래도 술을 끊으라니 너무하십니다."

유구, 유회, 역석도 감회가 새로운 것은 마찬가지다.

삼도산의 풀뿌리 하나, 나무 한 그루도 고향에 온 듯 정겨웠다. 그때는 참으로 춥기만 했는데.

그들이 산 중턱쯤 올랐을 때,

"야, 너! 여기가 어디라고 올라오는 거야!"

갑자기 머리 위에서 앙칼진 소리가 터져 나왔다.

"이크!"

유회와 역석은 황급히 몸을 피했다. 유구는 그 와중에도 벽녀의 허리춤을 움켜잡고 뒤로 일 장이나 물러섰다.

쒜에엑……!

날카로운 경기가 울린다 싶은 순간 종리추 앞에 홍의(紅衣)를 입은 소녀가 나타났다. 그리고,

쫘악!

힘껏 올려친 손바닥이 종리추의 뺨을 후려갈겼다.

"잘 있었어?"

종리추는 뺨을 얹어 맞고도 빙긋 웃었다.

"이 새끼… 이 나쁜 자식! 소식도 전하지 않고…… 난 죽었는 줄 알고 얼마나 애간장을 졸였는데…… 흑!"

홍의소녀는 기세등등하게 나타날 때와는 달리 손으로 얼굴을 감싸고 울어댔다.

"어린."

종리추가 어린의 어깨를 감싸 안았다.

"놔!"

"정말?"

"미워 죽겠어!"

어린은 매서운 눈길을 던지고는 산 위로 솟구쳐 올라갔다.

"휴우! 이만하길 다행입니다. 아무리 그래도 그렇지, 겨우 뺨 한 대로 끝나냐? 나 같으면 개 패듯이……."

역석의 입이 뚝 닫혔다.

"더 말해 봐."

"왜, 왜 저한테 화풀이하시려고 그럽니까? 뺨을 때린 사람은 따로 있는데."

"옛말이 있어."

"……?"

"때리는 시어머니보다 말리는 시누이가 더 밉다고."

"저는 시누이가 아니라 역석인데요?"

"지금부터는 시누이야."

퍼억!

주먹이 명치에 틀어박혔다.

아버지, 어머니는 건강해 보였다. 모진아는 노예답게 땅에 엎드려 절부터 했고 구맥은 흐뭇한 미소로 반가움을 대신했다. 어린은 방에 들어가 나오지 않았다.

"쟤가 웬일일까? 찾으러 가자고 울고불고 떼를 쓰던 애가?"

배금향이 놀리는 듯한 표정을 지으며 말했다.

종리추는 얼굴을 붉혔다. 마치 떠나기 전에 어린과 있었던 일을 아는 듯해서 얼굴을 마주할 수 없었다.

"호호호! 얘 얼굴 빨개지는 거봐? 살문 문주 맞니?"

"어머니는 점점 짓궂어지시는군요."

"살수 문파를 세운 문주의 어미인데 이 정도는 약과지. 안 그래요?"

"그렇지. 아냐, 아직은 약한 것 같아. 좀 더 하지 그래? 예를 들면 손자는 언제 안겨줄 거냐는 등 이런 소리 말야."

"그럴까요?"

"정말 오랜만에 만나니 많이 변하셨군요. 어머니, 제 동생은 언제 볼 수 있어요?"

"동생?"

"아니! 그럼 아직도 안 만드셨어요? 지금 제 나이가 몇인데 아직도예요."

"응? 호호호! 애야, 이제는 그 정도로 안 돼. 염려하지 마라. 곧 보게 해줄게. 호호호!"

종리추는 이런 이야기를 나누는 게 즐거웠다. 한시라도 죽음, 죽임, 피… 이런 말을 잊어버리고 사는 게.

"언제 갈 거야?"

방에 들어서자마자 어린이 다그쳤다.

그녀는 얼마나 울었던지 눈두덩이가 퉁퉁 부어 올랐다.

"예쁜 얼굴을 기대했는데, 이건 영 보기 싫잖아."

"정말? 그렇게 보기 싫어?"

"아냐."

"금방 갈 거지?"

종리추는 마음이 흔들렸다.

살문에 있으면서 한시도 마음이 편하지 않았다. 언제 무슨 일이 벌어질지 모르는 것이 살수들의 세계이니, 비록 오늘은 편하다 해도 내일을 기약할 수 없다.

그래서 떼어놓고 갔는데…… 가족들의 안위가 늘 염려스럽고 걱정되었다.

이번에는 살문으로 데려가고자 왔다.

아버지, 어머니, 장모, 어린, 모진아 모두 다 함께 가자고.

하지만 어린의 모습을 보니 너무 여리지 않은가. 이래서야 만약 영원히 일어나지 않았으면 하고 바라던 일이 일어날 경우 어떻게 대처하겠는가.

'아직은 아냐. 너무 빨랐어.'

그때 어린이 말했다.

"모진아와 상의했어. 우리도 살수 문파를 세우자고."

"뭣!"

"옆에서 지켜보고 싶었단 말야!"

"바보야, 나 혼자 간 것은……."

"알아. 걱정스러워서 혼자 갔다는 것."

"알면서 왜……?"
"내가 맞춰볼까? 가장 염려스러워하는 게 뭔지?"
"맞춰봐."
"죽는 것."
"맞아."
"내가 아니고 상공이 죽는 것."
"……."
"이렇게 생각할 거야. 살아 있는 동안에는 지켜줄 수 있다. 하지만 죽으면 지켜줄 수 없다. 가장 큰 고민은 정작 죽었을 때 받을 심리적인 타격을 어떻게 이겨낼 수 있느냐 하는 것인데 이겨낼 수 없을 것 같다. 어때?"
"잘 아는구나."
어린이 품속으로 파고들었다.
종리추는 어린의 가녀린 어깨를 살며시 감싸 안았다.
"너무 걱정하지 마. 아버님, 어머님은 무림인이야. 한번쯤은 죽음의 고비를 넘겼고, 나도 걱정하지 마. 난 족장의 딸이야. 내 피는 강해. 세상에서 가장 강한 피가 어떤 피인지 알아?"
"……."
"가까운 사람을 죽음으로 몰아넣는 피야. 우리 홍리족은 암연족보다 강해. 암연족은 싸움이 좋아서 싸우지만 우리는 싸우기 싫어도 싸워야 해. 그래서 오빠, 동생, 남편을 전쟁터로 보내. 모두 우리가 선택해야 돼. 누구를 죽음터로 보낼 것인지. 그렇게 선택하면 거의 대부분 죽어서 돌아와."
종리추는 큰 충격을 받았다. 남만에서 살며 암연족과 홍리족을 알

만큼 알았다고 자부했는데 이런 내면까지는 이해하지 못했다. 아니, 이해하려고도 하지 않았다. 당연히 그러리라 생각했다.
"상공, 걱정하지 마. 죽을 때는 편히 죽으면 돼. 죽은 사람이 산 사람을 왜 걱정해? 걱정이나 하게 될 것 같아? 나머지는 모두 산 사람 몫이야. 여기 있다가 죽었다는 소리를 듣는 것이나 옆에 있다가 죽는 것을 보는 것이나 똑같아."
'그렇군. 어린은 나보다 더 큰 어른이었어.'
종리추는 어린을 힘껏 껴안았다.
어린이 가쁜 신음을 토하며 붉은 입술을 부딪쳐 왔다.

◆第四十一章◆
역살(易殺)

종리추는 술을 마시지 말라고 했지만 삼도산 산속까지 들어와서 마시지 않을 까닭이 없었다.

삼도산은 깊은 산이다. 산속에 틀어박혀 있으면 평생 가도 약초꾼 한 명 만나지 못할 수도 있다.

"주공도 너무하신단 말이야. 이런 곳에까지 와서 술을 마시지 말라니. 주공은 지금쯤 단잠에 빠져 있겠죠?"

"어린은 날이 갈수록 예뻐지는 것 같아. 지난번 볼 때와는 완전히 달라졌던걸. 이제 함부로 놀리지도 못하겠어."

"놀리다뇨! 주공이 어린을 얼마나 사랑하는데 놀려요. 자자, 목이 컬컬한데 한잔 쭉 들이켜요."

남만에서라면 서로 창을 겨누고 목숨을 노렸을 암연족과 홍리족이다. 평생 전쟁터에서나 만날까 얼굴 구경도 못했을 게다.

그런 그들이 다정한 벗이 되어 술독을 기울였다. 암연족 전사가 홍리족 용사를 형으로 떠받드는 일은 남만에서는 있을 수 없는 일이다.

예외는 깨지라고 존재하는 법인가. 역석은 유회보다 세 살이 많고, 유회는 그를 형으로 깍듯이 떠받들었다. 유구와 역석은 동년배이지만 유구가 이월생, 역석이 십이월생인지라 대형(大兄)은 유구 차지가 되었다.

부족은 다르지만 같은 남만인, 종리추를 주공을 모신다는 공통점이 그들을 섞이게 만들었다.

"크으! 역시 이 맛이야. 정말 오랜만에 맛보는 술맛이네."

"목이 탁 트이는 것 같지 않소? 주공은 다 좋은데 너무 세심한 게 탈이야. 돌다리를 두들겨 보며 건너더라도 어느 정도여야지. 으이구! 고생길이 훤히 보이지 않소?"

"대형도 오늘은 했을까?"

"그렇겠지. 같이 자면서 안 하겠소?"

"넌 생각 안 나?"

"안 나면 고자지, 사내요?"

"이휴! 우리도 이번에 내려가면 계집부터 고르자. 이거야 원 생홀아비 신세니……."

유회와 역석은 모진아가 담가놓은 매실주를 독째로 들고 이십여 장 떨어진 개울가에서 주거니 받거니 하며 흠뻑 취했다.

지난 세월, 긴장하기는 그들도 마찬가지다.

종리추가 외출할 때마다 가슴 졸여 잠도 이룰 수 없었다. 이제는 편한 곳에 왔다. 마음을 풀어놓고 흠뻑 취해도 된다. 날씨도 좋아서 아무 데나 쓰러져서 자도 된다.

"새로 들어온 놈들이 제법 야무져 보이죠?"

"하하! 그 뭐야… 혼세천왕(混洗天王)이라고 별호를 지은 놈. 그놈 힘이 장사인 것 같던데 한번 붙어볼 생각 없어?"

"치잇! 그런 어린놈하고."

"어리긴 하지만 여간 장사가 아니던데 뭘. 단병쌍추를 휘두르는 솜씨가 보통이 아냐. 맨손으로 황소도 쓰러뜨린 적이 있다던데?"

"나도 물소를 쓰러뜨린 적이 있소. 집에서 기르는 황소와 팔팔 뛰는 물소를 어딜 비교해."

"돌아가거든 한번 붙어봐. 난 자네에게 걸 테니까."

"머리를 그렇게 굴리면 안 되죠. 내가 바본가? 나한테 건다고 해놓고는 그놈에게 걸려고 하는 것 모를 줄 아우?"

"하하! 자신없나 보지?"

"괜히 사람 마음 흔들어놓지 마쇼. 얌전히 있는 사람 싸움 붙이고 그래."

"암연족은 원래 싸움을 좋아하지 않았나?"

싸움을 좋아했다. 그래서 싸울 일이 생겼다.

사사삭……!

풀잎을 스치는 소리에 유회와 역석은 잡담을 중지하고 귀를 쫑긋 곤두세웠다.

깊은 산속이니 먹이를 찾아 나온 짐승이려니 하면서도 신경이 곤두서는 것은 어쩔 수 없었다. 살문에 기거하면서 습관이 되어버린 것이다.

사사삭……!

소리는 또 들렸다.

'이건 옷이 스치는 소리야. 동물이 움직이는 소리가 아냐.'

유회는 역석을 보았다.

역석이 미미하게 고개를 끄덕였다.

유회와 역석의 무공은 남만을 떠나올 때와는 크게 달라져 있었다. 종리추는 틈이 생길 때마다 그들을 몰아쳤다. 그것만이 그들이 살 수 있는 길이라고 믿었으니 더욱 혹독할 수밖에 없다.

유구, 유회, 역석은 군소리없이 따랐다.

유구와 유회는 모진아로부터 오독마군의 구연진해를 수련한 틀이 있어 쉽게 따라왔지만, 역석이 익힌 권투는 무림인들을 상대하기에는 많이 부족했다.

종리추는 역석에게 하오문주의 비류혼과 혈염옹의 혈염도법을 전수했다. 비류혼은 권투와 어울려 빨리 익힐 수 있는 무공이고, 혈염도법은 장기적으로 크게 성장시켜 줄 무공이었다.

역석이 짧은 비수를 꺼내 움켜잡았다. 유회는 고개를 돌려 목 관절을 우드득 소리가 나게 풀었다.

술맛은 가신 지 오래였다. 신경을 팽팽히 긴장시킨 채 자그맣게 들리는 소리를 쫓았다.

사사삭……!

소리는 간헐적으로 새어 나왔다.

아주 조금씩… 조금씩… 조심에 조심을 거듭하며 천천히 접근하는 소리.

불행이라면 장소를 잘못 택했다는 것이다. 그들은 삼도산 지형을 능통하게 꿰뚫지 못하고 있다. 그래서 소리를 흘리고 있다. 자신들이었다면 소리를 흘리는 미숙한 짓은 하지 않았을 게다.

살문 살수들에게는 묘한 버릇이 생겼다. 표적이 배정되면 일차로 지도를 외운다. 이차는 답사를 하고 답사를 할 적에는 표적이 보여도 공격하지 않는다. 공격은 모든 준비가 끝난 다음에 한다. 완전히 지형을 꿰뚫고 상대의 약점을 파악하기 전에는 공격하지 않는 것.

살문 살수들은 감쪽같이 해치우되 흔적을 남기지 않는다.

'아직은 미숙한 놈들. 살수의 기본은 미약하나 무공은 수준에 오른 듯하니 이급살수야. 살천문인가?'

살천문과는 직접적인 원한은 없다. 다만 경쟁 관계가 존재하고, 경쟁이란 때때로 피를 부르기도 한다.

종리추는 무슨 연유에서인지 구파일방보다도 살천문의 급습을 가장 우려했다.

사사삭……!

'거의 다 왔어. 공격할 빌미를 줘야 해.'

"한 잔 더 드쇼. 달빛이 참 곱죠?"

"너무 취해서 못 마시겠어. 난 됐으니 한 잔 더 들어. 정말 달빛이 곱군. 노인네가 정정해서 다행이야."

유회와 역석은 열 살밖에 차이가 나지 않는 모진아를 노인네라고 불렀다. 다른 상황이었다면 대형으로 받들 수도 있지만 남만인에게 사부는 하늘이나 다름없었다. 쉰 살밖에 되지 않은 모진아를 노인네라고 부르는 것은 그만큼 모진아를 존경한다는 뜻이었다.

"내 장담하건대 두고 보쇼. 그 양반, 늙어 죽을 때까지 카랑카랑할 거요."

"그럴까?"

"백 냥 걸겠수."

'왔어!'

역석은 기지개를 켜는 척하고 양팔을 들어 올렸다. 유회는 술독을 드는 척 앞으로 몸을 숙였다. 순간,

쉭! 쉬익! 쉭……!

사방에서 인영이 번뜩이더니 득달같이 달려들었다.

"하하하! 쥐새끼 같은 놈들!"

유회가 벌떡 일어서며 제일 앞서 달려드는 자의 머리를 술독으로 내려쳤다.

퍼억!

술독은 앞선 자의 머리를 깨뜨리며 산산이 부서졌다.

그는 양호한 편이었다. 그 다음에 덤벼들던 자는 멱살이 잡혀 허공에 번쩍 들리더니 큰 바위에 머리를 찧고 말았다.

그들은 모두 검으로 공격했다. 하지만 둔한 것 같은 유회의 신법은 날래기 그지없어 그들의 필살 일격은 한결같이 허공을 베었다. 그러면 끝난다. 몸과 몸이 붙다시피 근접해 있는 상태에서는 두 번째 검공을 구사할 시간이 없었다.

역석은 더욱 빨랐다. 기지개를 켜던 상태 그대로 번쩍 일어서는가 싶더니 인영들 사이를 파고들면서 날카로운 비수를 번뜩였다.

하오문주의 비류혼이다. 권투를 익혀 눈썰미가 유난히 예리했던 역석인지라 틈을 발견하고 파고드는 데는 따를 자가 없었다.

"컥!"

"크윽!"

순식간에 세 명이 나뒹굴었다.

인영들이 뒤로 물러섰다. 기습에 실패한 것을 알았고, 잠깐의 접전

으로 자신들의 실력으로는 감당할 수 없는 고수라는 것도 알아냈다.

"제법 한가락 하는 놈들이군."

인영들 뒤에서 체격이 다부져 보이는 청년 두 명이 나섰다.

"살천문 조무래기들이냐!"

유회는 입가에 잔인한 미소를 매달았다.

"한가락 하기는 하지만 네놈들은 죽어줘야겠어."

"애새끼가 주둥이만 살아가지곤."

유회가 말을 잇는 사이 청년은 검을 뽑았고 달려들었다. 형식이고 예의고 일체 배제한 살검이었다. 청년은 틈을 잡았고 달려들었다. 살수들이기에 책할 수 없는 행동이다.

"그럴 줄 알았지!"

유회가 성명병기로 선택한 낭아봉(狼牙棒)을 휘둘렀다.

종리추가 혼세천왕에게 서른 근(=18kg)짜리 단병쌍추를 만들어주자 열 근을 더 보태 마흔 근으로 만든 병기다.

휘이잉……!

묵직한 낭아봉이 청년의 허리를 으깨 버릴 듯 밀려갔다.

"우리도 싸워볼까?"

다른 청년이 역석에게 덤벼들었다.

"얼마든지!"

역석도 청년에게 달려들었다.

창! 창창창……!

비수와 검의 싸움은 검이 일방적으로 우세하다. 비수를 들었다는 것은 병기를 들지 않은 것보다 아주 조금 나을 뿐이다. 권법가(拳法家)와 싸울 때나 쓸모있다고 할까?

역살(易殺) 217

역석은 짧은 비수로 검배(劍背)를 후려치며 틈을 파고들었다.
그때 물러서 있던 인영들이 유구와 역석의 등 뒤로 돌아갔다.
'합공을 할 생각이군, 이놈들!'
유회는 득달같이 달려들어 청년부터 박살 내려고 했지만 청년은 적당한 거리를 두고 싸움만 유지할 뿐 결판을 낼 생각은 없는 듯했다.
'제길! 걸려들었어!'
상대가 슬슬 피하면서 필요할 때만 간간이 반격을 해서는 장기전이 되고 만다. 청년 두 명은 유회와 역석의 정신을 분산시키고 손발을 묶어놓는 역할만 하는 것이다.
등 뒤로 돌아간 인영들이 조그만 묵통(墨筒)을 꺼내 입에 물었다.
'독침! 쳇!'
유회는 오히려 뒤로 한 걸음 물러서 전장에서 빠져나오려고 했다. 그러자 슬슬 물러서기만 하던 청년이 확 짓쳐들며 날카로운 공격을 펼쳤다.
'이럴 줄 알았지!'
유회는 묵통을 꺼낸 인영들을 향해 낭아봉을 휘두를 기세처럼 보였다. 청년은 검에 힘을 실었고 유회는 방향을 홱 틀어 청년의 일검을 받아냈다.
타앙! 퍼억!
낭아곤은 청년의 검을 허공에 날려 버렸다. 동시에 청년의 머리도 잘 익은 수박처럼 으깨져 버렸다. 순간,
"크윽!"
유회는 신음을 터뜨렸다.

인영들이 꺼낸 묵통은 시위용이 아니었다. 그 속에는 남만인들이 사용하는 죽통(竹筒)처럼 독침이 들어 있었고, 독침은 유회의 등에 깊이 묻혔다.
손과 발이 자르르 저려오는가 싶더니 몸이 휘청거렸다.
똑바로 서 있으려 했지만 다리는 자꾸 꺾이고 머리는 땅으로 처박히려고 했다.
'이래선 안 돼! 이래선……'
터엉!
낭아곤을 들고 있을 힘도 없었다. 마비된 손에서 빠져나간 낭아봉이 바위에 부딪치며 커다란 울림을 토해냈다.
슈욱!
검날이 짓쳐 왔다. 검이 오는 것은 보이는데 움직일 수가 없다.
푸욱!
검은 배를 뚫고 등 뒤로 삐죽 삐쳐 나왔다.
유회는 사력을 다해 인영의 머리를 움켜쥐었다. 그리고 양손을 엇갈려 비틀었다.
우드득……!
목뼈가 부러지며 인영의 눈이 팽그르르 돌더니 흰자위만 남았다.
"우아아아악……!"
유회는 고함을 질렀다. 목이 부러진 인영의 멱살을 잡아 묵통을 들고 있는 자들에게 힘껏 던졌다.
역석은 유회가 당하는 것을 보면서도 어떻게 할 수가 없었다. 그는 몸을 빼내는 것은 겨루고 있는 자의 숨통을 끊은 다음에야 가능하다는 사실을 알고 있었다. 상대를 최대한 빨리 죽일수록 유회에게 다가가는 시간이 빨라지리라.
쉬이익!
검날이 사선으로 번뜩였다.
상대로서는 맨손으로 덤벼드는 자와 싸우는 기분일 게다.
역석은 몸을 뒤로 젖히면서 검이 흘러가기를 기다렸다가 빙그르르 신형을 돌리며 가까이 붙어 섰다.
제일 먼저 상대의 팔꿈치를 붙잡았다.
"넌 이제 끝났어."
청년의 눈에 죽음의 공포가 밀려들었다.
푸욱!
비수는 명치에 틀어박히더니 천천히 위로 올라가기 시작했다.
"아악! 아아악! 아아아아악……!"
청년은 너무 고통스러워 있는 힘껏 비명을 내질렀다. 비수가 천천히 몸을 그어내는 고통은 말로 다 할 수 없었다.
'다수의 적과 싸울 때는 최대한 잔인하게. 그래야 다른 자들이 겁을 집어먹고 쉽게 덤벼들지 못한다.'
비수가 청년의 늑골을 하나씩 떼어낼 무렵에는 비명도 들리지 않았다. 청년은 이미 절명한 것이다.
시신을 내동댕이쳤다.
청년의 몸에서 흘러나온 피는 역석의 손을 붉게 물들였다. 비수를 들고 있는 게 아니라 심장을 꺼내 들고 있는 흉신악살처럼 비쳤다.
주춤주춤 물러서던 인영들이 퍼뜩 생각난 듯 묵통을 들어 입에 물었다. 그때,
"유구, 모두 죽여라."

빙굴에서 터져 나온 듯 소름을 오싹 돋게 하는 차디찬 음성이 인영들의 등 뒤에서 들렸다.

전의(戰意)를 잃으면 싸우지 못한다. 수가 아무리 많아도 싸울 생각이 없는 자들은 오합지졸에 불과하다.

일당백(一當百)이라는 말은 괜히 나온 것이 아니다. 너무 강한 사람이라서 그런 말을 듣는 것도 아니다. 전의에 충만한 사람들을 보고 일당백의 용사라도 부른다.

유구는 눈빛이 이글거렸고 인영들은 전의를 잃었다.

일방적인 도살에 불과했다. 자신들이 들고 있는 묵통을 최대한 활용하면 싸울 수도 있는 일이건만 새로운 사람들이 나타나자 도주하기에 급급했다.

"한 놈은 죽이지 마라. 물어볼 게 있어."

모진아는 유회에게 달려가 검을 뽑아내고 상처를 살피는 중이었다.

"살천문이냐?"

종리추도 똑같은 질문을 던졌다.

"네? 네네."

같이 온 일행이 모두 죽자 사로잡힌 인영은 사시나무 떨듯이 떨었다.

"한 번 더 묻겠다. 살천문이냐?"

"네네, 살천문주가 보내서……."

"이놈 귀를 잘라내."

옆에 서 있던 역석이 대뜸 달려들어 인영의 귀를 잘라냈다.

"아아악……!"

"잘 듣지도 못하는 귀는 달고 다닐 필요가 없지. 다시 한 번 묻겠다. 살천문이냐?"

"아, 아닙니다! 아닙니다!"

인영은 황급히 손을 내저으며 부인했다.

"이제 말귀를 알아듣는군. 어떤 놈이 보내서 왔느냐?"

"사, 사무령님이……."

"사무령?"

"예예, 틀림없습니다. 추호도 거짓이 없습니다!"

인영은 종리추가 또 화낼까 봐 전전긍긍했다.

"사무령이란 놈은 어디 있느냐?"

"낙양(洛陽) 청림방(靑林幇)……."

"청림방주와의 관계는?"

"……."

"이번에는 네 목이다."

"처, 청림방주님이 사무령이십니다! 방주님이 사무령이에요!"

"넌 누구냐?"

"처, 청림방 사, 삼대제자입죠."

"삼대제자라…… 잘 들어라."

"예예."

"제자는 어떤 일이 있어도 사부를 배신해서는 안 된다. 설사 목에 칼이 들어와도."

인영의 낯빛이 하얗게 질리기 시작했다.

"구배지례(九拜之禮)를 하였느냐?"

"예예."

"구배지례까지 올린 놈이 사부를 배신하다니. 쓸개 빠진 놈이군. 유구, 뒷정리해."

종리추는 등을 돌려 걸어갔다.

곧 이어 짤막한 비명이 터져 나왔다.

'내 실수야. 이런 일을 예상했어야 하는데…….'
지혈제(止血劑)를 뿌렸는데도 피는 멈출 생각을 하지 않았다.
"혈맥을 다친 것 같습니다."
모진아가 구슬땀을 흘리며 다급히 말했다.
"치료할 수 있는 방법이 있는가?"
"지금은 빨리 의원을 모셔오는 수밖에는……."
"유구! 다녀와! 일각 안에 데려오지 않으면 유회는 죽는다."
유구는 말을 끝까지 듣지도 않고 신형을 날렸다.
유회는 거센 기침을 토해내고 있었다. 상처도 상처지만 몸에 퍼지고 있는 독이 문제였다. 인영들의 몸을 샅샅이 뒤졌어도 해독제(解毒劑)는 나오지 않았다. 처음부터 준비를 하지 않았던 게다.
'마을까지 갔다 오는 데는 아무리 빨라도 한 시진은 걸린다. 늦어.'

방법이 없었다.

출혈이야 잡을 수 있겠지만 몸에 퍼지는 독은 어떻게 할 수 없지 않은가.

"내가 해보지."

종리추는 모진아를 밀치고 유회 앞에 앉았다.

가부좌를 틀고 앉아 오신기를 전신에 휘돌려 원활하게 유통시킨 다음 양손에 진기를 주입했다.

모진아는 종리추가 무엇을 하려는지 알았다.

그의 눈가에 놀람이 스쳐 갔다. 하지만 곧 이성을 되찾고 구절편을 뽑아 들었다.

호법이다.

"역석, 호법 서. 누구든 가까이 다가가게 해서는 안 돼."

모진아는 종리추에게 방해가 될까 봐 작은 소리로 속삭였다.

이것은 아직 미완성이다.

소고가 사용하고 분운추월이 사용하지만 종리추는 시도해 본 적이 없다.

기(氣)로 기(氣)를 치는 이기타기(以氣打氣).

분운추월은 강맹한 기로 상대의 기를 짓눌러 버린다. 소고는 음유로운 기로 상대의 기혈 흐름을 끊어버린다.

양손을 유회의 명문혈(命門穴)에 갖다 댔다.

"모진아, 움직이면 안 돼. 혼혈(昏穴)을 짚어."

호법을 서던 모진아가 다가와 유회의 혼혈을 짚었다.

격한 기침을 터뜨리던 유회가 죽은 시신처럼 축 늘어졌다.

종리추는 잠시 생각했다.

사람은 외기를 받아들여 단전에 밀집시킨다. 독기(毒氣)는 혈맥을 따라 돌며 혈맥을 손상시킨다. 심장에까지 침투한 독기는 심장을 멈추게 하여 기혈이 흐르지 못하게 한다.

'심장을 가격해야 해. 그리고 독기를 끌어내야 하는데…….'

일단 차근차근 처음부터 하기로 했다. 명문혈을 통해 쏟아져 들어간 진기가 유회의 전신을 휘돌아 심장으로 다가갔다.

퍼억!

종리추는 자신의 진기가 심장을 가격하는 소리를 들었다. 움찔 놀라는 심장의 모습도 비쳤다. 여기까지는 도인(導引)으로 가능하다. 정작 중요한 것은 지금부터다. 심장에 머문 독기를 끌어내 밖으로 뽑아내야 한다.

'족태음비경(足太陰脾經)을 활용하자. 족태음비경은 무지(拇指·엄지발가락) 안쪽에 있는 은백(隱白)에서 일어나 위로 올라오지. 인영(人迎), 인후(咽喉)를 거쳐 혀끝에서 흩어지니…….'

심장을 가격한 진기가 재차 휘돌기 시작할 때 족태음비경을 특히 신경 썼다. 진기가 점점 올라와 중극(中極), 관원(關元)에서 만날 때부터는 독기를 잡아냈다.

하완(下脘), 복애(腹哀)를 거치는 순간부터 힘이 들었다. 진기는 무의식 중에 흘러야 한다. 산들바람이 부는 것처럼 자연스럽게 흘러야 한다. 인위적인 힘이 가미되면 기혈이 손상된다. 자칫 중간에서 분산되기라도 하는 날에는 주화입마(走火入魔)에 걸리게 된다. 분산되는 부분에 영구히 치료할 수 없는 상처를 입기 때문에.

가해지는 힘이 강하면 강할수록 상처는 커지리라.

종리추는 토해낼 수 있는 진기란 진기는 모두 토해냈다.

유회 입장에서 보면 생명을 맡긴 것이나 진배없다.

족태음비경은 복애에서 심장에서 흘러나온 독기와 만난다. 단중에서 일어나 중완(中脘)을 거친 기운과 만나 일월(日月)로 올라간다.

종리추는 흘러 내려온 진기를 기다릴 수 없다. 직접 단축으로 찾아가 심장에서 독기를 끄집어내야 한다. 여기서부터는 도인으로 할 수 없다.

'이기타기. 성공하면 살고 실패하면 죽는다.'

종리추는 조심스럽게 상단전의 진기를 풀어냈다.

처음 해보는 방법이다. 오신기란 익히고 있는 다섯 무공이 하나로 귀일해서 그렇게 부르고 있다. 오신기 모두 상단전을 청소하고 중단전을 넓힌 다음 하단진으로 밀집된다.

몸 안에만 있는 진기다. 특정 부위에 운집한 경우는 있지만 밖으로 토해낸 적은 없다.

미간에서 빠져나온 진기가 유회의 전신을 휘감았다. 단지 상상에 불과하지만 종리추는 자신의 진기가 휘감아드는 모습을 확실히 느꼈다.

'단중으로······.'

진기가 살 속을 파고들어 단중으로 밀려갔다.

종리추도 깜짝 놀랄 만큼 순식간이었다.

모든 게 의식(意識)이다. 몸속에 흐르는 진기를 느끼는 것도 의식이고, 자신의 진기가 타인의 몸속에 흘러드는 것을 감지하는 것도 의식이고, 미간에서 빠져나간다고 느낀 것도 의식이다.

퍼억! 퍽퍽퍽······!

진기는 단중을 사정없이 두들겼다.

'주심중(注心中)을 타고 내려와…….'
 진기가 주심중으로 밀려오더니 중완(中脘)까지 다가왔다.
 '마지막… 복애까지.'
 명문혈을 통해 투입된 진기와 미간에서 빠져나온 진기가 복애에서 합쳐졌다.
 족태음비경의 행로를 따라 천천히 밀어냈다.
 '휴우!'
 종리추는 자신의 진기가 유회의 혀끝에서 산산이 부서지는 것을 느꼈다. 유회의 몸속에 들어 있던 독기도 진기와 함께 부서져 나갔다.
 종리추는 손을 뗐다.

 의원이 왔을 때 유회는 곤히 잠들어 있었다.
 '이기타기는 이심타심(以心打心)이나 마찬가지야. 이게 소고, 분운 추월의 비밀이었군.'
 종리추는 홀로 묵상에 잠겨 깨어나지 않았다.
 그의 모습이 너무 진중해 감히 말을 걸 엄두가 나지 않았다.
 종리추는 무학의 새로운 경지를 손대고 있었다.
 성공만 하면 그토록 고민했던, 진기는 원래대로 순환시키되 일정한 혈도에서 순간적으로 폭발시킨다는 난제를 해결할 수 있다.
 이것의 효과는 지대하다.
 용천혈에서 폭발시키면 비호무영보다 두 배는 빠른 신법을 얻을 수 있다. 타격을 받을 때 받는 부위에 폭발이 일면 가격하는 상대가 충격을 받을 수도 있다. 절정에 이르러 폭발이 자유롭게 되면 철신갑(鐵身鉀)을 수련한 효과도 얻는다. 폭발을 일으킨 진기는 다시 안정되어 원래의 경맥을 따라 흐르니 몸에도 무리가 없다.

　꿈에서나 그려볼 수 있는 무공이 현실로 다가왔다.

　'잡아주면 돼. 진기가 휘돌 때 상단전과 중단전을 공고하게 잡아주는 거야. 흔들리지 않도록. 상단전은 의식을 관장하고 중단전은 마음의 밭이니 폭발을 일으킨 진기는 마음을 따라 이어지는 거야.'

　종리추는 가상의 무리(武理)를 만들었다. 옳고 그르고는 직접 몸으로 시연해 봐야 안다.

　'분운추월과 소고는 하단전만 수련해. 나는 상단전을 이용했는데… 그럴 수도 있겠군. 어쩌면 내가 나은지도 모르지. 이기타기…… 아!'

　종리추는 불현듯 어떤 생각이 떠올랐다.

　소고가 이기타기를 시전할 때 종리추 자신은 저항했다. 한순간이라도 의식을 놓치면 요요로운 기운에 말려들 것 같은 기분이 들었다.

　그것 자체가 말려든 것이다.

　외기격인(外氣擊人), 격공격인(隔空擊人).

　무형의 힘으로 쳐오니 무형의 힘으로 맞선다.

　그렇게 생각하고 행동했다.

　분운추월과는 싸울 생각이 없었다. 어떻게든 그를 끌어들여 정보를 얻을 생각이었다. 비무만 하면 이길 수 있다는 생각에서.

　분운추월이 뿜어내는 진기는 몸으로 받아들였다.

　모두 생각이다. 맞받을 때는 상대가 생겼기에 힘을 쓸 수 있지만 맞받지 않을 때는 머물 공간이 없으니 스쳐 지나간다.

　소고나 분운추월이나 모두 진정한 외기격인은 아니다. 고도의 집중력이 그들을 크게 보이게끔 만들었다. 그들의 기도는 말을 걸지 않으면 일어나지 않는다.

분운추월을 있는 그대로, 소고를 있는 그대로 보면 아무 기도도 일어나지 않는다.

종리추는 진정한 의미의 외기격인에 대한 무리는 세우지 못했다.

육신의 힘을 빌리지 않고 진기만으로 상대를 살상시키는 방법은 실마리조차 잡을 수 없었다. 하지만 소고와 분운추월이 어떻게 진기를 뿜어냈는지 알았다는 것만도 큰 수확이다.

'세워놓은 무리부터 시전해 봐야겠군, 어떻게 되는지.'

종리추는 자신이 바람같이 표홀하다고 생각했다.

비호무영보를 펼칠 때는 달란다는 생각이 들었는데 지금은 아무 느낌도 들지 않았다.

심신이 평안하고 고요했다.

지나가는 풍경이 아름다웠다.

'유회를 혼내주려고 했는데 상을 줘야 하나?'

유회의 방심, 혈주의 대상으로 살문을 지목한 자들이 종리추에게 기연을 안겨주었다.

비호무영보는 끊임없이 진기를 일으켜 용천혈에 집중시켜야 한다. 한데 새로운 신법은 용천혈을 돌아온 진기가 하단전에 쌓이고 자연히 일어나 다시 들어가니 진기 소모가 거의 없었다.

빠르기도 배는 빨라졌다. 비호무영보가 억지로 진기를 일으킨다면 새로운 신법은 자연과 닮아 일어나고 지는 것을 순리에 맡겼다고 해야 할 것이다.

사람들은 가진 것만큼 살 수 있다. 천 냥을 가졌으면 천 냥만큼 누릴 수 있고 만 냥을 가졌으면 만 냥만큼 누린다. 천 냥을 가졌는데 만 냥을 가진 것처럼 살면 반드시 사단(事端)이 난다.

만 냥을 가진 사람은 천 냥을 가진 사람처럼 살 수 있다. 그렇게 사는 사람도 많다. 재물이라면 그렇게 살아서 모은 돈을 물려줄 수도 있다.

하지만 내공은 다르다. 있는 만큼 써야 하지만 있는 만큼도 쓰지 못한다면 무능력한 것이다.

종리추는 무능력했다. 그리고 지금에야 올바른 길을 찾았다.

벽리군은 심정이 착잡했다.

말은 많이 들었지만 어린이 이렇게 예쁘고 귀여운 여자인 줄은 몰랐다.

배금향을 대하기도 서먹서먹했다.

같은 기문 향주다. 비록 먼 옛날이야기지만 하오문주가 한 여인을 사모한 적도 있다. 바로 이 여인, 태어나서 처음으로 진정한 사내라고 생각했던 사람이 이 여인을 사모했다.

"말은 많이 들었어요. 뛰어난 분이라고 하더군요. 저희는 신경 쓰지 말아요. 그냥 옆에 있고 싶어서 왔을 뿐이니까."

배금향이 활짝 웃으며 반가워했다.

벽리군도 웃었다.

"저도… 말씀 많이 들었어요."

"그래요?"

"네."

"우리 좋은 자매가 될 것 같지 않아요?"

'자매……'

벽리군은 그 말이 싫었다.
"아뇨."
"……?"
"문주님께서 늘 그러시더군요, 언제 죽을지 모른다고. 정을 쌓고 싶지 않아요."
"아! 네……."
'전… 문주님께 누님 소리를 들었는걸요. 그 소리가 훨씬 좋아요. 나이로 보면 언니로 모셔야겠지만… 용서하세요.'
벽리군은 마음속에 있는 말을 쏟아내지 못했다.
그 순간 배금향의 눈빛이 기이하게 흔들렸다.
벽리군의 얼굴 표정이며, 말투며, 생각하는 것이며. 배금향은 전에 이런 모습을 본 적이 있다. 하오문주가 자신을 대할 때의 모습이 바로 이랬다.
'설마! 아닐 거야. 내가 노망이 들었나? 풋!'
배금향은 웃어넘겼다. 하지만 자꾸 신경이 쓰이는 것은 어쩔 수 없었다.

그 시간, 종리추는 상처를 입은 유회를 제외한 전각 살수 모두를 지하 집무실로 불렀다.
살수들은 일을 나갈 때면 항상 하듯이 자신과 똑같은 체격에 자신이 봐도 놀랄 만큼 정교한 인피를 쓴 자들과 교체하여 지하 통로로 들어섰다.
그들은 지하 통로를 걸으며 다른 살수를 만났다.
'표적이 두 명인가?'

조금 지나자 다른 살수를 또 만났다. 그리고 조금 지나서 또… 그들은 긴장하기 시작했다. 종리추가 전각 살수 모두를 부른 것은 처음 있는 일이었다.

열세 전각의 주인들, 인원으로는 열여섯 명.

종리추는 그들 얼굴에 일일이 초점을 맞춘 후 입을 열었다.

"인노(人奴)가 당한 사실은 모두 들어서 알고 있을 게다."

차디찬 음성이었다.

인노는 유회의 별호였다. 유구, 유회, 역석은 노예라는 사실을 당당히 밝히려는 듯 별호도 천노(天奴), 지노(地奴), 인노(人奴)로 지었다. 다른 것으로 바꾸라는 명령에도 별호만은 고집했다.

"당연한 수순이다. 인노가 표적이 되었을 뿐, 너희가 밖에 나갔다면 표적은 너희가 되었을 게다."

"……."

"너희 모두를 부른 것은 살문을 혈주 제물로 바치려는 자는 어떤 대가를 치러야 하는지 가르쳐 주기 위해서다."

"……."

"낙양 청림방으로 가라! 무공을 익힌 자는 모두 죽여라. 너희들이 알고 있는 가장 잔인한 수법으로 죽여라. 손속에 사정을 두지 마라. 살천문은 건드릴지언정 살문을 건드려서는 안 된다는 사실을 똑똑히 느끼게 만들어라."

종리추가 이렇게 말한 적은 없었다.

청부가 들어오면 지도를 주는 것으로 끝났다.

지도에는 참고 사항이 적혀 있었지만 그대로 따르고 안 따르고는 살수 자신들에게 맡겼다. 죽이는 시간, 방법, 모든 것을.

"유구!"

"넷!"

"네가 책임지고 이끌어라."

"넷!"

유구의 눈빛이 벌써부터 살기로 이글거렸다.

"일이 끝나면 청림방 정문에 이것을 붙여놓고 돌아와라."

종리추는 곱게 접은 서신을 건네주었다.

상당히 두툼했다.

◆第四十二章◆
양성(養成)

무림은 경악했다.

낙양 청림방이 하루아침에 잿더미로 변했다.

문파를 기습받고 멸문하는 일은 무림에서는 다반사로 행해지고 있다. 전에도 그랬고 앞으로도 그럴 것이다.

무림이 경악한 것은 청림방이 멸문했다는 사실이 아니라 그들이 어떻게 죽였느냐 하는 것이었다.

청림방주의 잘린 머리가 정문에 박혀 있었다.

큰 못으로 이마를 뚫고 들어가 나무 대문에 단단히 박혔다.

그 밑에는 대자보(大字報)가 붙어 있었는데, 청림방이 살문을 급습한 사실이 신빙성있게 적혔다.

살문은 당당히 자신들의 존재를 밝혔다.

청림방과 친분이 있거나 복수를 원하는 자는 언제든지 받아주겠다

양성(養成) 237

는 당당한 자신감의 표현이다.
 대자보가 사실이라면 살문을 욕할 수는 없다. 무림인은 당하고 앉아 있지 못한다. 명문 정파이든 사파이든 정당한 복수는 용인된다. 눈살이 찌푸려질 만큼 잔인하게 청림방을 몰살시켰지만 하자(瑕疵)가 있는 살인은 아니다.
 무림인들은 살문의 존재를 새삼 의식했다.
 '미친놈'이라며 쓰레기들과 함께 버렸던 청간도 떠올렸다.
 살천문의 존재는 모두 알고 있다. 그러나 겉으로 말할 문파는 아니다. 살문은 살천문과 성격이 같은 듯하면서도 겉에 나서고 있다.
 "살문 문주를 한번 들라고 하지."
 소림 방장 혜공 선사의 입에서 살문이 거론되기 시작했다.

 장소는 청와수(淸窪水) 강변.
 일 대 십칠의 싸움이 시작되었다.
 종리추는 갈대밭에 편히 누워 하늘을 올려다보았다.
 사삭……!
 소리가 들렸다.
 종리추의 청각은 하루가 다르게 발전해 지금에 이르러서는 불가(佛家)의 천이통(天耳通)에 버금가는 능력을 지녔다. 귀로 듣지 않고 느낌으로 듣기에 그가 듣지 못하는 소리는 없다.
 종리추는 등을 대고 누운 채 무릎만 굽혀서 위로 기어갔다.
 사사삭……!
 소리가 한결 정확히 들렸다.
 '일 장 안에 있어.'

종리추는 같은 방법으로 조금 더 기어갔다.

이러다 들키는 게 아닌가 싶었다. 자신이 기어가는 소리도 느낌으로 전해지는 소리 못지 않게 컸다.

사삭!

이제는 바로 지척이다.

종리추는 몸을 뒤집으며 소리가 나는 쪽으로 손을 뻗었다.

"컥!"

답답한 신음이 들려왔다.

상대는 느닷없이 목을 틀어 잡혀 상당히 놀란 듯했다.

"나가."

상대는 잠시 종리추를 쳐다보다가 메마른 웃음을 툴툴거리며 몸을 일으켰다.

눈이 역삼각이라 독사를 연상시키는 사내, 음양철극이었다.

일 대 십칠의 싸움은 꼬박 하루를 끌었다.

음양철극을 시작으로 천왕검제, 광부, 혼세천왕, 유구…… 줄줄이 기어나왔다.

"제길! 언제 옆에 왔는지 소리라도 들려야 알지."

외팔이 좌리살검이 중얼거렸다.

"살문에 들어온 걸 다행으로 알아."

머리를 뒤로 질끈 묶은 혈살편복이 말했다.

"왜?"

"살문에 들어오지 않았으면 넌 죽었어."

"……?"

"평소 네 행동을 보면 원한을 많이 샀을 것 같은데, 청부가 안 들어왔겠어? 들어왔다 하면 죽은 목숨이지."

"쳇! 그러는 너는."

"그래서 난 일찌감치 살문에 들어왔잖아."

가장 늦게 갈대밭을 나온 사람은 막내 산적들이었다.

그들의 별호는 살문사살(殺門四殺)이다.

별호라기보다는 상징 같지만 그들 머리 속에서 나온 별호다.

살문사살의 마지막 한 명까지 갈대밭에서 내쫓은 후 종리추도 몸을 일으켜 나왔다.

"겨우 하루를 못 버티다니."

"문주님이 너무 강해서……."

"……."

쌍구일살은 황급히 입을 다물었다.

처음에는 비등한 입장에서 시작했다.

만나서 무공을 겨뤘고, 살수가 되라는 권유를 받았고, 너 하나 주면 나도 하나 준다는 생각으로 살수가 되었다.

한데 날이 갈수록 달라진다.

혀를 내두를 만큼 치밀한 계산, 날이 갈수록 달라지는 무공. 달라지는 것이 하나둘이 아니었다. 그중에서도 점점 높아지는 기도(氣度)는 참으로 이해할 수 없다. 일대종사의 기도라니.

열네 전각의 주인들은 종리추에게 마음속으로부터 굴복했다.

문주가 추구하는 것이 무엇인가? 모른다. 알 필요도 없다. 누구를 죽이려는가? 모른다. 표적이 정해지면 죽일 뿐이다. 무엇 때문에 사는가? 사치스러운 질문. 살수에게는 단 하나의 삶만이 있을 뿐이다. 죽이는 것.

살문 살수들은 진정한 살수로 거듭났다.

"오늘은 누구 차례야?"

"쩝! 제 차례입니다."

왼쪽 눈에 검은 안대를 한 혼세천왕이 대답했다.

"알면서 뭘 해, 빨리 가지 않고?"

"휴우! 불공평합니다."

혼세천왕이 못내 불만스러운 듯 얼굴을 붉혔다.

"뭐가?"

"어제는 화주(火酒)였는데 오늘은 향설주(香雪酒)라니, 세상에 이런 법이 어디 있습니까?"

"그건 나한테 따질 게 못 되지. 술을 사 온 사람은 첫째이니 첫째에게 따져."

종리추가 말을 끝내기 무섭게 유구가 눈을 부라렸다.

"너, 내게 따질 거야?"

"아뇨."

혼세천왕은 두말 않고 갈대밭으로 걸어갔다. 잠시 후 혼세천왕의 모습은 갈대밭 어디에서도 찾을 수 없었다.

종리추는 유회의 습격 사건으로 좋은 교훈을 배웠다.

사람의 감정은 억누를 수 없다는 것.

긴장 속에서 살아온 사람이니 풀어줄 때는 풀어줘야 한다.

극한의 상황에서 사내들이 탐닉하는 것은 세 가지다.

술과 여자와 도박.

종리추는 셋 다 허락했다.

단서는 있다. 술을 마시되 한 명은 마시지 말아야 한다는 것. 여자를 탐닉하되 반드시 책임을 져야 한다는 것. 도박을 즐기되 싸움이 일어나면 얌전히 물러서야 한다는 것.

전각에만 갇혀 있던 자들을 풀어준 것이다.

이들은 자유분방한 자들이다. 몇몇을 제외하고는 세상천지를 발길 닿는 대로 떠돌던 자들이다. 그들에게 그들이 누리던 자유를 주었다. 물론 암습에는 그만큼 많은 부분이 노출되었다.

'강한 자로 키워야 해. 웬만한 암습에는 끄떡하지 않는 거대한 고목으로 만들어야 해.'

백일연공(百日練功)은 그래서 시작되었다.

향설주는 투명하고 담황색이며 향이 짙다.

일 년 이상 숙성시켜 먹어야 하며, 그렇게 독하지는 않아서 주량이 약한 사람도 서너 사발은 마실 수 있다. 하나 진정한 술꾼은 단맛 때문에 잘 찾지 않는 술이다.

"쳇! 형님은 꼭 형님 같은 술만 사 온다니까."

"좋은 술을 사다 주니까 왜 그래?"

"이걸 먹을 바에야 차라리 분주(汾酒)가 낫겠소."

"그래? 그럼 마시지 마."

"엥?"

"너 안 마셔도 마실 사람 많아."

묘하게도 일 전각부터 삼 전각을 차지한 유구, 유회, 역석은 나이가 가장 많았다. 그들은 모두 마흔을 넘어섰거나 가까이 되었는데 다른 살수들은 서른 초반이 대부분이었다.

그들끼리는 종리추가 정한 서열 이외의 서열이 있다.

나이순으로 서열을 정했고 돼지머리 앞에서 혈배(血杯)를 마셨다. 모두 손목에 붕대를 감고 있는 것은 혈배를 만들며 칼로 손목을 그었기 때문이다.

의형제.

과거 살혼부가 그렇듯 살문 살수들은 의형제가 되었다.

그것은 종리추가 의도한 바가 아니었다. 종리추는 살문에 정(情)이 없기를 바랬다. 살수들은 사람을 죽이는 도구에 불과할 뿐 끈끈한 정으로 이어지는 것을 바라지는 않았다.

정으로 이어지면 구속이 생긴다. 흔적을 남겨 버릴 사람이 되어도 버리지 못하고, 죽게 될 사람은 무리를 해서라도 구하게 된다. 냉정한 판단이 없어지게 된다.

그러나 종리추는 그것도 받아들였다.

삼도산에서 뜻밖의 기연을 만난 후 그의 생각은 많이 변했다. 모든 것은 순리대로 진행되어야 한다. 인간이 바꿀 수 있는 것은 아무것도 없다.

순간순간 부딪쳐 오는 것이 순리다. 곤란이 닥쳐온다면 그것도 순리다. 자신도 알지 못하는 사이 어떤 원인을 만들어놓았기에 곤란이 닥친 것이다.

헤쳐 나가야 한다. 그리고 앞날에는 곤란이 닥치지 않도록 주의해서 행동해야 한다.

사람에 대한 생각도 바꿨다.

세상에는 세 종류의 사람이 있다.

남자, 여자, 살수.

그전까지의 생각이다.

지금은 오직 한 종류의 사람만이 있다.

인간.

종리추는 술을 어느 정도 마셔 긴장을 풀었다고 생각하자 입을 열었다.

"오늘 싸운 것은 피전(避戰)이다."

"……."

순간 조용해졌다.

갈대밭에 숨은 혼세천왕까지 숨죽이며 종리추의 말을 들었다.

"산화단창(散花短槍), 갈대밭을 본 순간 무슨 생각을 했지?"

산화단창은 열 번째 전각의 주인이다.

엽사 출신으로 단창의 명수.

그가 말했다.

"오늘은 문주님을 잡을 수 있다고 생각했습니다."

"왜?"

"갈대밭이지 않습니까? 사방이 환히 트인 곳인데……."

"그랬지. 그래서 싸움을 피했어."

"……?"

종리추의 생각은 항상 허를 찌른다.

살수 열일곱 명은 그의 입에서 나올 말을 기다렸다.

"싸움을 피할 때는 피해야 돼. 적이 기세당당하면 싸워서는 안 돼. 그때는 이기더라도 상당한 대가를 치러야 돼. 싸움을 피하고 기다려. 사람은 항상 긴장만 하고 살 수는 없어. 풀어질 때가 있지. 그때 치는 거야, 쉬려고 할 때. 생각해 봐."

한 사람, 두 사람 고개를 끄덕였다.

처음 갈대밭에 숨어들 때는 무섭게 긴장했다. 바람이 갈댓잎을 스치는 소리에도 신경이 곤두섰다. 그러다 풀어지기 시작했고, 음양철극이 잡혀 나가는 순간 또 긴장했다.

긴장과 이완이 반복되었다. 그러다가 이완되는 순간 잡혔다.

"내일은 어디로 갈 겁니까?"

광부가 물었다.

"안 가. 내일도 여기서 해."

"피전입니까?"

"이전(易戰)."

"이… 전요?"

"이전은 공격하기 쉬운 곳부터 공격하는 싸움이지. 내일 제일 먼저 나오는 사람은 반성해야 될 거야. 제일 공격하기 쉬운 상대였으니까."

종리추는 싸움 방법을 하나하나 가르쳤다.

남만에서 숱한 동물들과 싸우기도 하고 달래기도 하면서 터득한 방법들이었다.

하루에 한 가지씩 백일 동안.

살문 살수들은 백 가지 전투를 치르게 될 것이고 싸움만 정확히 이해한다면 백일연공이 끝날 무렵에는 백전노장(百戰老將)이 되어 있을 게다.

살수들의 수련은 무인들과 달라야 한다.

그들은 무공도 높아야겠지만 싸움하는 방법을 알아야 한다.

"형님, 내일 또 향설주 사 올 거요?"

양성(養成) 245

"끄응!"

"좋게 말할 때 분주로 사 오쇼."

"좋게… 말할 때?"

"어? 눈을 치켜뜨네? 아마 형수님이 술을 싫어하지? 술 마시는 사람은 벌레 보듯 쳐다보시지, 아마?"

유구의 눈꼬리가 사르르 내려갔다.

벽녀는 지금도 술 냄새만 맡으면 그때 그 일이 생각나는 모양이다. 그래서 유구는 절대 술을 마시지 않는다. 그녀와 같이 있을 때는, 전각으로 돌아가야 하는 날은.

2

 소여은은 소고의 광대한 정보망에 놀람을 금치 못했다. 소고의 정보망이라기보다는 살혼부의 정보망이라고 해야겠지만. 그들은 중원 구석구석에서 일어나는 일을 빠짐없이 보고해 왔다.

 정보의 한가운데는 양성제일의 자린고비라는 천 노인이 있다.

 그는 중원 전역에서 전달되는 정보를 취합하고 가져온다.

 소여은은 버릴 정보와 간직해야 할 정보를 구분하는 데만도 골치가 지끈거렸다.

 그중에 단연 압권은 살문이다.

 살문은 평온한 무림에 풍파를 일으켰다.

 무림인, 특히 하남성 무림인은 긴장하기 시작했고 살문의 움직임에 촉각을 곤두세웠다.

 숱한 무인들이 의문사(疑問死)했다.

묵월광에 전달되는 보고에마저 의문사라고 기록될 만큼 흔적없는 죽음이었다.

소여은은 살문을 떠올렸다. 종리추를 떠올렸다.

그는 웃음을 지어 보인 적이 없다. 웃음없는 인간은 없겠지만 소여은은 그의 웃음을 본 적이 없다.

그런데 머리 속에서는 환하게 웃는 모습이 그려졌다.

그는 말하고 있다.

'이만하면 괜찮지?'

소여은은 의문사한 고수들의 죽음이 살문에 의한 것임을 의심하지 않았다. 하려야 할 수가 없었다.

'재미있는 사람이야.'

소여은은 종리추만 생각하면 웃음이 났다.

살수 문파가 청간을 보내다니. 그걸 받고 의아해했을 무림 거목들을 떠올리자 절로 웃음이 새어 나왔다.

그녀가 보기에도 살문은 제자리를 잡아가고 있다.

시작은 미비했으나 어느새 살천문과 비등한 위치를 점하고 있다.

청림방을 몰살시킨 것은 담력이다.

묵월광이 똑같은 일을 당했다면 방주를 죽이는 선에서 경고를 끝냈을 게다.

종리추는 철저하게 부숴 버렸다. 다시는 도전할 생각을 갖지 못하게 끔 따끔하게 본보기를 보였다.

대자보를 붙인 행위는 그가 결코 미련하지 않다는 것을 말해 준다. 명분이 중요한 무림이지만, 그 명분이란 것이 코에 걸면 코걸이요, 귀에 걸면 귀걸이다.

청림방에 안면있는 사람이 명망 높은 사람을 내세워 '대자보는 거짓이다' 고 말한다면 거짓이 된다.

청림방주도 아는 사람이 있었을 게다. 그러나 그들은 후환이 두려워 나서지 못한다.

살문은 그만큼 컸다.

청림방에 대해서 가타부타 하는 사람이 없으니 그가 붙인 대자보는 진실이 되었다.

소여은은 몸을 일으켰다.

무공 수련을 시킬 시간이다.

소여은은 소고에게 받은 일만 냥을 거의 쓰지 않았다.

그녀는 사내에게 버림받은 여자들을 찾아다녔고, 그런 여자는 도처에 있었다.

소여은은 그중에서도 버린 사내를 응징한 여자만 찾아냈다.

여자가 사람을 죽인다는 것은 보통 마음으로는 안 된다. 미움이 뼈 끝까지 사무쳤거나 목숨을 버릴 만큼 사랑해야만 가능하다. 그녀들은 자신이 죽을 것을 생각하고 사내를 죽인다.

소여은은 그런 여자들 중에서도 얼굴과 몸매가 예뻐 사내들이 한눈에 반할 여자들만 골랐다.

서른일곱 명.

소여은이 구한 살수다.

소여은은 일만 냥을 쓰기 시작했다.

여인들의 개성을 살려 독특한 분위기를 최대한 이끌어냈다. 화장도 여인에게 맞는 화장을 시키고, 옷도 여인과 어울리는 옷을 입혔다. 겉으로 꾸미는 모든 것이 익숙할 대로 익숙해져 자연스럽게 느낄 때까지 계속 반복시켰다.

여인들은 변하기 시작했다.

기품있는 여자, 명랑한 여자, 가무음곡에 뛰어난 여자, 청초한 여자, 열정적인 여자… 사부 미안공자가 가르쳐 준 미인계는 가장 뛰어난 무기다.

소여은이 밀실에 들어서자 여러 종류의 꽃들이 일제히 반겼다.

"어서 오세요."

"얼마나 기다렸구요."

그녀들의 말은 각기 달랐다.

여럿이 모여 있어도 자기 색깔대로 말하고 행동하는 습관이야말로 소여은이 가장 중점을 두었던 부분이다.

무리 속에 휩쓸려서는 제 색깔을 잃어버린다. 무림인이 아니면서 무림인을 죽이려면 한순간의 방심도 용납되지 않는다.

미안공자가 미인계를 가르치면서 일러주었던 말이다.

"설명은 한 번만 할 테니까 잘 들어야 돼. 잘 봐. 목 옆에 여기가 천창(天窓)이라는 곳이야. 충격을 받으면 귀에서 소리가 나고 경련을 일으키게 되어 있어. 물론 큰 충격을 받으면 즉사하고. 오늘은 여길 찌를 거야. 어디를 사용하면 좋을 것 같아?"

"손이 아닐까요?"

새침해 보이는 여자가 말했다.

"아니. 다른 사람?"

"입이요."

너무 순해 보여서 길에 내놓기도 불안할 것 같은 여자가 말했다.
"왜?"
"사내들이 입으로 애무해도 가만히 있는 곳 중에 한 군데거든요."
"어멋! 심해."
"어쩜! 정말 멋있네."
여인들의 반응은 각기 달랐다.
너무 부끄러워 두 손으로 얼굴을 가리는 여자도 보였다.
'잘 진행되고 있어. 지금 내보내도 뛰어난 살수가 될 거야. 하지만 안 되지. 배울 게 너무 많아.'
"그래, 입이야."
소여은은 말을 하면서 침상으로 갔다.
침상에는 나무로 만든 인형이 누워 있었다.
"으음……! 하악……!"
소여은은 나무 인형을 애무하며 달뜬 신음 소리를 냈다.
그녀는 나무 인형이 정말 사내라도 되는 듯 흥분했다. 꼭 껴안고 부르르 떠는가 하면 정신없이 입을 맞추기도 했다.
소여은은 너무 아름답다.
크지도 작지도 않은 눈에 긴 속눈썹이 우수에 젖은 여인으로 만든다. 오똑한 코는 이지적인 여인으로, 붉고 도톰한 입술은 앙증맞은 여인으로 만든다.
그녀는 탕부처럼 몸부림치고 있으나 그 모습조차도 아름답다.
그러던 어느 한순간, 그녀가 냉정한 표정으로 몸을 일으켰다.
목각 인형의 천창혈에는 작은 세침(細針)이 박혔다.
언제 그랬을까? 두 눈 부릅뜨고 지켜봤는데. 옆에서 지켜보던 여인들은 벌린 입을 다물지 못했다.
 소여은은 나무로 만든 세침을 나눠주었다.
 아주 작지만 날카로워 보인다.
 "이건 혀 밑에 감춰. 애무를 하면서 혀를 움직여 찔러 넣어야 해. 중요한 것은 입맞춤이야. 사내들은 입 안에 혀를 집어넣어서 혀를 애무하지. 그걸 피해야 돼. 애무로 입맞춤할 정신을 빼앗아야 해. 알았어? 입맞춤없이 바로 알몸이 되어야 해. 그렇게만 만들면 죽이는 건 간단해. 시간은 내일 모레까지야. 이틀 동안 완전히 습득해."
 "어머! 너무 짧아요. 너무해!"
 "부끄러워서 어떻게 해. 난 못할 것 같아."
 여인들의 말을 곧이곧대로 들으면 정신이 사나워진다.
 소여은은 여인들을 자기 방으로 몰아넣었다. 그리고 방마다 돌아다니며 여인들이 애무하는 모습을 지켜봤다. 알몸으로 연습하는 여인도 있었고, 옷을 입은 채 하는 여인도 있다. 그런 부분은 나무라지 않았다. 정작 나무랄 부분은 애무다. 애무가 신통치 않으면 즉시 질타했고 여인들은 바로 고쳤다.
 순진해 보이는 여인이나 퇴폐적인 여인이나······.

*　　　*　　　*

 차앙! 탕탕탕······!
 쇠로 만든 인형의 머리가 여지없이 날아갔다.
 적사는 인형의 머리를 날리고도 만족하지 못한 듯 날이 바짝 선 도를 내려다보았다.

'아직 멀었어. 생각할 틈도 주지 말아야 해. 도를 꺼내는 순간 목을 베어야 해.'

그는 쾌도(快刀)를 생각했다.

종리추가 무얼 하든 소고가 무얼 하든 그는 상관하지 않았다. 상관할 정신도 없었다.

처절한 좌절은 적사를 더욱 안으로 침잠시켰다.

천하제일은 못 되더라도 한 성은 지배할 수 있으리라던 무공이다. 그런 것이 눈에 들어오지도 않던 살천문에 철저히 짓밟혔다.

형제들이 무려 열아홉 명이나 중원에 뼈를 묻었다.

"차앗!"

우렁찬 고함이 터지고 다시 도광이 번쩍였다.

탕탕탕!

이번에도 일도에 잘라내지 못했다.

남들이 보면 순식간에 잘라낸 듯 보이지만 적사는 무려 삼도(三刀)나 쳐냈다.

쇠로 만든 인형의 목은 철봉이나 다름없다. 그런 것을 삼도에 쳐냈다는 것은 도에 깃든 힘이 얼마나 강한지 여실히 대변해 준다.

하나 적사는 일도를 원했다.

'단 한 번에 깨끗이 쳐내야 해.'

"타앗!"

이번에는 땅에서 위로 도광이 흘렀다.

철인형의 팔이 싹둑 잘려 나갔다. 무 베어지듯이.

'처음부터 다시 한다. 축혼팔도를 처음 배울 때의 기분으로.'

그는 자존심을 버렸다. 자만심도 버렸다. 중원을 오시하던 경망함도 버렸다. 호랑이는 토끼를 잡을 때도 최선을 다한다는 말을 형제를 죽음으로 몰아넣은 다음에야 깨달았다.

다시는 똑같은 일이 되풀이되어서는 안 된다.

적사는 축혼팔도를 처음부터 끝까지 백 번이나 풀어낸 후 몸을 돌렸다.

웃통을 벗어 던진 그의 앞가슴에서 굵은 땀방울이 흘러내렸다. 사방에는 온통 잘려 나간 철인형의 잔해로 가득했다. 잔해는 즉시 치워질 것이고 내일이면 다시 새로운 철인형이 세워져 있으리라.

적사는 만 냥을 거기에 썼다.

몽고인 서른한 명.

대초원에서 이름난 자들이다.

전에 데려왔던 형제들만큼 충성스럽지는 않지만 지닌 바 무공은 훨씬 강하다.

적사는 그들을 데려왔다.

"축혼팔도를 전수해 주마. 대신 내게 목숨을 맡겨라. 향후 십 년 동안. 십 년이 지나면 가고 싶을 대로 가라. 그때까지 살아 있다면."

전에 데려왔던 형제들은 조건없이 따라왔다.

하지만 이들은 축혼팔도라는 조건을 내걸어야 몸을 움직였다.

"타앗!"

한 명이 도광을 흘려냈다.

그들은 목각 인형으로 축혼팔도를 수련 중이었다. 철인형을 사용하기에는 아직 도에 깃드는 힘이 부족했다.

"이리 왓!"

적사의 고함이 터졌다.

"축혼발도를 전개할 때 가장 기본이 뭐야!"

"발도(拔刀)하는 순간 전신의 힘을 쏟아 붓는다."

"그런데 그게 뭐얏! 소꿉장난 하나!"

"……."

"정신 차려서 해봐!"

몽고인은 온 신경을 목각 인형에 쏟아 부었다.

눈빛에서 불길이 쏟아져 나온다면 목각 인형은 벌써 화염덩어리가 되었을 게다.

"차앗!"

고함과 함께 일도가 번쩍였다. 동시에 목각 인형의 머리가 싹둑 잘려 나갔다.

적사가 수련하던 그 도법이다. 다른 점이 있다면 철인형과 목각 인형의 차이일 뿐.

"한 번만 더 어설프게 수련하면 벤다."

몽고인이 움찔했다.

원래 적사가 데려온 몽고인은 마흔두 명이었다.

몽고에서는 하나같이 용맹하고 싸움 잘하기로 소문난 자들이었다.

그들이 적사의 말을 들을 리 없다.

처음 한 명은 본보기로 죽였다. 욱하고 달려드는 몽고인 여섯 명도 일도에 베어버렸다.

작정하고 죽였다.

"목숨을 맡긴 이상 너희들의 목숨은 내 것이다. 내가 죽이고 싶으면 죽인다. 죽을 놈들은 언제든지 목을 내밀어라."

적사에게서는 광기(狂氣)가 풍겨났다.

그제야 몽고인들은 알았다. 적사의 손에서 벗어나는 길은 축혼팔도를 고도로 익혀 적사를 죽일 때에야 가능하다는 것을.

"타앗!"

"차아앗!"

여기저기서 혼신을 다한 고함이 터져 나왔다.

축혼팔도는 중원의 무공과 많이 다르다.

중원의 무공은 발경을 중시한다. 무공을 펼치기 전에 사용하는 기수식(起手式)은 발경을 원활하게 흐르도록 도와준다. 처음에 내뻗은 것보다 나중에 내뻗은 것이 더 강하게, 좀 더 강하게, 강하게……

무공을 펼치면 펼칠수록 강해지는 것은 발경이 더욱 강해지기 때문이며 중원무공의 특성이기도 하다.

몽고인은 기마 민족(騎馬民族)이다.

어린아이도 말을 탈 줄 알며 말 위에서 곡예를 펼칠 수도 있다.

싸움도 말을 타고 한다. 발경이니 뭐니 생각할 틈이 없다. 순식간에 목숨이 결정지어지는데 뒤에 이어지는 무공을 생각할 겨를이 어디 있으랴.

몽고인의 무공은 거의 단타(單打)로 끝난다.

단타는 단타이되 결정적인 단타다. 단 한 번의 움직임으로 사지(死地)에 몰아넣어야 한다.

두 번, 세 번… 칼질을 하는 횟수가 늘어갈수록 그는 싸우지 못하는 자다.

축혼팔도는 도를 쳐내는 여덟 가지 방법을 말한다.

횡(橫)으로, 종(縱)으로, 사선(斜線)으로, 원으로, 찌르고, 빼고, 도신

(刀身)을 돌리고, 손잡이를 역으로 잡는다.

도를 사용하는 모든 방법은 여덟 가지 행동 속에 포함되어 있다.

축혼팔도는 중원에서 보면 가장 기본에 속한다. 그런데도 명성을 떨친 것은 단순한 초식 속에 상상할 수 없는 거력이 깃들어 있기 때문이다. 발도에서부터 가격까지 섬세한 손놀림과 더불어 강한 힘을 실어야 한다.

몽고에도 축혼팔도와 비슷한 무공이 많이 있지만 말의 목을 베어내고도 계속 달리게 만드는 무공은 축혼팔도밖에 없다.

"약지에 힘이 덜 들어갔어! 그러니까 도신이 비틀리는 거야!"

적사는 도광이 뻗어 나가는 것만 보고도 힘의 분배에서부터 정신까지 읽어냈다.

그의 질책은 계속 터져 나왔다.

"네가 그러고도 용사냐! 어린아이도 너보다는 낫겠다! 내력을 한번에 쏟아 부으란 말얏! 뭘 생각하는 거얏!"

* * *

야이간은 밀실에서 무공 수련에 매진했다.

소고에게 당한 멸시는 감당할 수 있다.

계집은 뒤웅박 팔자라고 한다. 어떤 사내를 물고 늘어지느냐에 따라 팔자가 변한다는 뜻이다.

'계집이 앙앙거리고 있어.'

소고의 모욕은 그녀를 정복하는 순간 깨끗이 씻어진다.

소여은이냐 소고냐.

그는 두 여인 다 놓치기 싫었다. 놓쳐서는 두고두고 후회할 여자들이었다.

그보다는 살천문이 떠올라 분기를 삭이지 못했다.

'그런 놈들에게 당하다니!'

곤륜 무공은 만만치 않다. 세외(世外)에 있어 구파일방에는 거론되지 못하지만, 구파일방이라는 명분 자체를 달가워하지 않는 문파지만 무공만은 뛰어나다고 인정해야 한다.

잠깐 반짝이는 무공은 무수히 많지만 오랜 세월 명맥을 이어오는 무공은 많지 않다.

태허도룡검(太虛屠龍劍), 태청검법(太淸劍法), 소청검법(小淸劍法), 분광검법(分光劍法), 분심검법(分心劍法).

중원에 이름이 알려진 검법만 다섯 가지다.

신법으로는 운룡대구식이, 수공(手功)으로는 육양수(六陽手), 종학금룡수(從鶴擒龍手)… 이루 헤아릴 수 없는 절기가 산재해 있다.

하나같이 뛰어난 무공이다. 그런 무공을 배우고도 겨우 살천문 나부랭이에게 당하다니.

'정심하지 못했어.'

결론은 하나였다. 곤륜파 후기지수라는 허명을 너무 믿었다는 것.

야이간은 태청진기(太淸眞氣)를 일으켜 전신을 감쌌다.

"오오오……!"

불음(佛音)과도 비슷한 소리가 터지며 검이 빛을 가르기 시작했다.

분광검법이다.

빛을 가를 수 있을 만큼 빠르다는 검법이다.

그때 투골환을 버리고 분광검법을 사용했다면 결과가 어땠을까? 하기는 분광검법을 사용할 만큼 몸이 좋지도 않았지만.
'몸을 망친 것도 내 탓이야. 그래, 몸을 망치는 순간부터 난 진 거야. 절대 몸을 망쳐서는 안 되지. 무인에게는 기본이 그것인데.'
분광검법이 빛을 잃고 흐느적거렸다.
태청진기는 마음이 명경지수(明鏡止水)와 같이 맑은 상태에서 펼쳐야 한다. 마음에 잡념이 깃들기 시작하면 태청진기는 안으로 숨어버린다.
'이거야. 난 잡념이 너무 많아. 소여은, 소고, 재물… 모두 나중이야. 우선은 강한 자가 되어야 해. 소고의 요사한 무공을 단숨에 때려잡을 무공을 익히고 있어야 해. 그래야 죽을 먹든 밥을 먹든 하지.'
야이간은 마음을 차분하게 가라앉혔다. 그리고 다시 검을 휘두르자 빗살처럼 빠른 섬광이 터져 나왔다.

야이간은 먼 길을 다녀왔다.
하남성에서는 살천문이 맹위를 떨치지만 그래 봤자 하남성 안이다. 우물 안 개구리라고나 할까?
그는 살천문 혈살오괴가 사천성을 무대로 활약했던 터줏대감이라는 사실에 주목했다.
'혈살오괴… 너희들은 반드시 죽어.'
야이간은 사천성으로 갔다.
과연 그곳에도 살수 문파는 있었다.
청살괴(淸殺怪).
혈살오괴가 사천성을 떠난 다음 그들의 빈 자리를 차지한 문파다.
야이간은 혈살오괴가 사천(四川) 당문(唐門)과 충돌을 일으킨 끝에 살천문에 몸을 의탁한 사실도 알아냈다.
 그들은 확실히 죽은 목숨이다.

 "사천에는 암기의 명문인 당문(唐門)이 있다는 걸 잊었나?"

 혈살오괴가 했던 말.
 당문에 혈살오괴가 있다고 말만 해줘도 혈살오괴는 죽을 수밖에 없다. 그들은 이미 당문과 손을 섞어봤고 쫓기는 입장이니.
 하나 야이간은 그렇게 하지 않았다.
 '투골환을 빼앗아가? 네놈들은 반드시 내 손으로…….'
 야이간은 청살괴에서 살수 서른 명을 샀다.
 "일급으로 서른 명. 기간은 오 년."
 "그 정도면 절반을 요구하는 건데…… 돈이 꽤 들어갈 텐데?"
 "일 년에 이천 냥으로 하지."
 청살괴에게는 큰돈이었다.
 당문은 살수 문파를 인정하지 않아 활동하기도 힘들던 터였다.
 청살괴수는 하남성으로의 진출을 생각했다.
 '여기서 당문 눈치를 살피느니 차라리……. 하남성에는 살천문이 있어. 어떻게 하는가 지켜보는 것도 괜찮겠지.'
 야이간은 청살괴수의 생각을 읽었다.
 "난 죽일 사람이 많지. 너무 많아. 청살괴도는 숨어 있기만 하면 돼. 난 필요할 때만 쓸 것이고 청살괴는 죽여주면 돼. 내가 누구냐 알려고도 하지 마. 서로 피곤해지니까. 어떤가, 이 기회에 하남성으로 진출하는 것이? 살천문만 없애 버리면 하남성을 휘어잡을 수 있을 텐데. 나도 편히 일을 맡길 수 있고."

청살괴수의 생각은 좌절되었다.

"일 년에 삼천 냥이라면 서른 명을 내주지."

"좋아. 대신 살수는 내가 직접 고르겠어."

야이간은 마음에 드는 일급살수만 골랐다.

그들은 아무도 모르는 곳에 숨어 있다.

숨는 데는 이골이 난 자들이니 염려할 게 없다. 그들이 어떻게 되든 신경 쓸 것도 없다. 소고가 죽이라는 자만 죽이면 된다.

'칠월 초하루라… 이제 며칠 안 남았군.'

야이간은 오로지 무공 수련에만 전념했다.

◆第四十三章◆
약속(約束)

종리추는 객잔에서 낯선 손님을 맞았다.
"아미타불! 소림의 계원(戒湲)이라 합니다."
"……."
종리추는 인상 좋은 스님을 빤히 쳐다보았다.
계원 대사는 이름난 승려다.
소림 방장에게는 각일 대사(覺一大師)라는 직제자가 있다. 현재 장경각(藏經閣)을 맡고 있는 각주(閣主)이며, 소림 무승(武僧)들 중 나한십팔장(羅漢十八掌)에 가장 능통하다는 고수다.
계원 대사는 각일 대사의 직제자다.
소림 방장의 맥을 잇고 있는 승려. 뛰어난 무승이 많은 소림에서도 가장 주목받고 있는 무승 중 한 명이다.
계원 대사는 무례한 종리추의 태도에도 안색 하나 변하지 않았다.

"방장님의 전갈을 뫼셔왔소이다."

"……."

"근간 소림사를 방문해 달라는 말씀이시오."

"얼마 주겠소?"

"……?"

"난 돈이 되지 않는 곳은 움직이지 않는 성격이라."

불심이 깊은 계원 대사의 표정이 미미하게 흔들렸다. 그러나 분노를 폭발시키지는 않았다. 대사는 금방 평온을 되찾았고 입가에 부드러운 미소까지 띠었다.

"세상에는 돈보다 귀중한 게 있는 법이라오."

"무식해서 모르겠는데, 고명 높으신 스님께서 일러주시겠소?"

"소협, 빈승의 무공이 보고 싶은 것이오?"

"……."

"보여드리리다."

계원 대사는 탁자에서 일어나 나한십팔장의 기수식을 취했다.

종리추는 손을 내저었다.

"그런 무공을 보느니 광대들의 줄타기를 보는 게 더 재미있지. 유구, 유회!"

"……."

대답이 없었다.

"역석, 쌍구, 혈살!"

"……."

역시 대답이 없었다.

"후사, 음양, 천왕, 좌리!"

"……."

침묵은 계속 이어졌다.

"산화, 구류, 광부, 혼세, 살문!"

계원 대사는 어리둥절한 표정으로 종리추를 쳐다보았다.

"하하! 미련하기는. 잘 들어라. 쌍구가 내리찍는다."

쉬익!

천장에서 인영이 뚝 떨어져 내렸다.

계원 대사는 짐작하고 있었다는 듯 양손을 위로 내밀었다.

파앙……!

공기가 응축되었다가 터져 나가는 듯한 소리가 울려 나왔다.

"음양 뒤! 혈살 앞!"

쒸이익……!

양장이 쌍구에 닿기도 전에 종리추의 일갈이 터져 나왔고, 계원 대사는 등 뒤에서 밀려오는 경기를 느꼈다. 뿐만 아니라 앞에서 나타난 자는 제법 날카로운 채찍질을 가해왔다.

빠르기는 하지만 아직은 미숙한 무공들이다.

"시주! 당장 멈추시오!"

계원 대사는 일갈을 내지르며 몸을 빙그르르 돌았다.

우장이 정확히 채찍 끝을 가격했고 좌장은 음양쌍극을 밀어냈다.

"역석, 후사! 좌우!"

역석과 후사는 같은 무공을 지니고 있다 봐도 좋다. 역석은 짧은 비수로 비류혼을 펼치고 후사도 역시 소도로 근접전을 즐긴다.

두 명이 좌우측 기둥에서 나타나 계원 대사에게 바짝 다가섰다.

"시주! 다칠 수도 있소!"

계원 대사가 고함을 지르면서 살수를 펼치지 않는 것은 그만큼 이들의 공격이 가소롭기 때문이다.

파파파……!

역석과 후사는 아주 근접한 거리에서 연신 손을 휘둘렀지만 번번이 나한십팔장에 막혔다.

나한십팔장은 천수여래(千手如來)의 불력(佛力)에서 창안된 무공이다. 휘두르는 손은 두 개뿐이되 너무 빨라 천수가 움직이는 것 같다. 거기에 백보신권(百步神拳)의 파괴력까지 가미된다면 맞받을 자가 몇 명 되지 않는 절공이다.

"좌리!"

차아악……!

계원 대사는 소리를 들었지만 어디서 무엇이 나타났는지 알아채지 못했다.

인정 때문이다. 손속에 사정을 두어 살상을 자제하는 바람에 역석과 후사도의 비수가 계속 육신으로 짓쳐들고 있다.

일순 공격이 뚝 멈췄다.

계원 대사는 안색이 새파랗게 질려 아래를 쳐다보았다.

새파랗게 빛나는 검이 가랑이 사이에서 사악한 웃음을 토해냈다.

외팔이 사내는 걸어서 온 것이 아니라 누워서 왔다. 등을 방바닥에 눕히고 두 발로 박차면서 기어왔다. 그리고 가랑이 사이로 검을 집어넣었다.

'그래, 모두 방위를 가르쳐 줬어. 그런데 이자만은… 위, 앞, 뒤… 좌우…… 방심했어.'

계원 대사는 수치스러웠다.

안중에도 두지 않던 자들에게 이런 수모를 당하다니.
"이것이 속전(速戰)이다. 방법이 나쁘더라도 빨리 끝낼 때가 유리할 수도 있다."
사방에 숨어 있던 자들이 나타나 깊이 읍을 취해 보인 후 물러갔다.
"앉으시오."
계원 대사는 처음처럼 여유롭지 못했다.
그에게는 종리추가 강한 인상으로 다가왔다.
"이곳을 어떻게 알았소?"
종리추는 부드럽게 말했지만 계원 대사는 부드럽게 들리지 않았다.
'구파일방의 눈을 가릴 수 있는 것은 없소.'
처음이라면 그렇게 말했을 게다.
"개방의 소식은 정통하지요."
계원 대사는 사실대로 말했다.
"방장님께서 무슨 일로 소생을?"
"빈승은 방장님의 전갈을 뫼실 뿐."
"알겠소. 조만간 방문하리다."
"약조를 받아오라는 말씀이 계셨소."
"약조라… 하하! 무림을 떠도는 사람에게 약조라. 살아 있다면 칠월 칠석에 방문하리다."
계원 대사는 몸을 일으켰다.
등줄기에서 식은땀이 주르륵 흘러내렸다.
'때가 된 거야.'
종리추는 깊은 생각에 잠겼다.
백전을 생각했는데 이제 겨우 십칠 전밖에 수련시키지 못했다.

'소림까지 가고 오면서 하면 되겠군. 천천히 가면서.'
소림 방장이 불렀다.
살문의 개파 진위를 캐려는 게다. 향후 일어날 살겁을 방지하려는 게다.
소림에는 그만한 힘이 있다.
소림 방장의 한마디는 곧 무림의 법이다.
구파일방이 확고하게 굳어지기 전에는 무공이 얼마나 강한지 선보이는 것이 무인의 도리였으나 지금은 조율을 받아야 한다.
계원 대사가 떠나기 전에 말했다.

"문도를 얼마나 받을 생각이신가?"
"문도는 무슨……."

그는 문도를 받지 못한다.
소림사와 약속을 한 것이다.

"오백 명 정도면……."
"허허! 그 정도면 소림사도 능가하겠소이다."

알아서 줄이라는 말이다, 제재를 가하기 전에.
'후후! 재미있는 담판이 되겠군.'
종리추는 웃었다.

벽리군은 종리추가 남겨놓고 간 서신을 펼쳤다.

"유월 말일에 펼쳐 봐. 그전에 펼쳐서는 안 돼."

그가 말한 유월 말일이다.
"헉!"
벽리군은 깜짝 놀랐다.

분운추월.

"세상에!"
벽리군은 할 말을 잃었다.
그림사가 분운추월이었다니!
'어떻게 분운추월을 움직였을까? 분운추월 같은 고수를……. 하여간 알다가도 모를 사람이야.'
"분운추월님, 계세요?"
벽리군은 허공에 외쳤다.
"분운추월님, 문주님의 전갈이 있는데요."
쉬익!
지붕이 들썩인다 싶었는데 꾀죄죄한 거지가 뚝 떨어져 내렸다.
본 적이 있다. 머리에 혹이 달린 노인. 상판식에 참석했고, 어떻게 죽일 거냐는 난제를 낸 적이 있다.
"낄낄! 방금 문주의 전갈이라고 했느냐?"
분운추월의 몸에서 알 수 없는 광채가 뻗어 나왔다.
사람이 부처가 아닌 다음에야 광채가 뻗칠 리 없지만 벽리군은 분명

약속(約束) 271

히 빛이 새어 나온다고 느꼈다. 동시에 몸이 바짝 오그라드는 것 같은 기분도.

'이 사람과는 싸울 수 없어. 너무 고수야.'

부지불식간에 든 생각이었다.

"예, 문주님이······."

"그놈이 떠날 때는 나도 있었지. 네게 전해지는 소식도 모두 알고 있고. 전갈이 오는 것은 보지 못했는데?"

벽리군은 손에 들고 있던 서신을 내밀었다.

거기에는 분운추월이라는 단 네 자만 적혀 있었다. 떠나기 전에 어떤 말이 오고 갔다는 뜻이다.

"또 내가 당한 것 같군. 그놈한테는 번번이 당하는 기분이란 말야. 그래, 어떤 전갈이냐?"

'그래요. 문주님을 당할 수는 없어요. 뛰어난 무공을 지니셨지만··· 안 되죠, 문주님께는.'

벽리군은 비로소 미소를 되찾았다.

"그동안 감사했다 전해달라셨어요. 나중에 다시 찾아뵙는다고."

"뭐야?"

"······."

"감사했다 전해달라고?"

"네."

"순전히 제멋대로군. 내가 떠나지 않는다면?"

벽리군은 다른 서신을 내밀었다.

살문 외장 식객(食客)들이 수집해 온 정보다.

거기에는 소림 방장이 살문 문주를 청했다는 글귀가 적혀 있었다.

"크크! 이놈의 짓거리를 또 하는군."

분운추월은 마음에 들지 않는지 서신을 휙 던져 버렸다. 그리고 곰곰이 생각에 잠겼다. 이윽고,

"좋아. 떠나달라는데 굳이 있을 내가 아니지. 그전에… 계집아, 하나만 묻자. 무림에서 일어난 의문사들, 살문에서 저지른 일 맞지?"

벽리군은 실수를 했다.

'풋! 그림자처럼 붙어 있으면서도 몰랐어요?'

그녀의 생각은 얼굴에 나타났다.

"그렇군. 역시 살문이었어. 계집아, 하나만 더 묻자. 전각에는 분명히 살수 놈들이 있었는데, 도대체 어디로 들락거린 거야?"

벽리군은 또 실수했다.

'생각을 읽었어! 능구렁이군. 조심해야지. 자칫하면 모두 들키겠어. 그렇다고 힘으로 물러가라고 할 수도 없고…….'

그녀는 반사적으로 분운추월의 등 뒤에 있는 서가를 쳐다보았다. 아주 잠깐, 슬쩍.

분운추월이 고개를 돌렸다.

"큭큭! 그래, 지하 통로였어. 역시. 어느 정도는 짐작하고 있었지. 기관의 대가가 아니면 찾을 수 없을 만큼 정교한 장치군."

벽리군은 분운추월과 마주 서 있기 싫었다.

그가 무서웠다.

"계집아, 너무 걱정하지 마라. 지금까지는 그놈이 마음에 드니까. 죽인 놈들도 하나같이 인간 말종들이고. 내 손에 걸렸으면 내가 죽일 놈들이야."

"……."

약속(約束) 273

"그놈이 오면 전해. 배고프면 찾아오라고. 다른 건 못 줘도 개고기 그 부분은 얼마든지 줄 수 있어."

벽리군은 눈살을 찌푸렸다.

"개방에는 절대 찾아가지 말라고 해. 노우(老友)의 충고라고 전해."

'진심이야.'

벽리군은 분운추월을 다시 봤다.

그는 진심으로 종리추를 좋아하고 있다.

'문주… 인복이 많은 건지 인복을 만드는 건지……'

분운추월이 신형을 날려 사라졌다.

그녀는 터벅터벅 걷기 시작했다.

향하는 곳은 외장 가장 안쪽에 새로 지은 전각, 어린이 있는 곳이다. 종리추는 잔인하게도 그녀에게 부모와 장모, 그리고 어린까지 부탁했다. 잔인하게도 그녀에게.

숭산 소림사는 무림인들의 성역이다.

소림사는 가장 많은 무공을 보유했고 계속 창안되고 있다.

무림인들은 소림 고승에게 한 수 지도받고 싶어한다. 또한 장경각에 들어가 수많은 무경(武經)을 보고 싶어한다.

무림인에게 소림사는 꿈이다.

소림사가 계율이 조금만 느슨하고 혼인을 할 수 있다고 하면 승려가 되고자 찾아오는 사람들로 문전성시를 이룰 것이다.

"나무아미타불! 어떻게 오셨는지요?"

"방장님의 초청을 받았소."

"존함이 어찌 되시는지?"

"이름보다는 살문 문주라고 전해주시오."

지객승(知客僧)의 눈에 이채가 떠올랐다.

항간에 소문이 자자한 살문 문주가 이토록 젊었을 줄은 몰랐다는 눈치다.

'살문에 대해서 아는 게 거의 없군.'

종리추는 귀중한 정보를 얻었다.

지객당주(知客堂主)는 각(覺) 자(字) 항렬의 고승이었다.

"각운(覺雲)이라 하오."

"살문 문주입니다."

"잘 오셨소. 몸에 혈기(血氣)가 깃든 듯한데 불심(佛心)으로 정화시키는 게 어떻소?"

지객당주는 호의적이지 않았다.

"각운 대사님, 소생은 방장님의 초청을 받았습니다. 예불을 드리러 온 사람이 아닙니다. 스님께서는 시간이 많으신 듯하나 소생은 그렇지 않습니다."

지객당주의 얼굴에 노기(怒氣)가 스쳐 갔다.

"부처님 집에 왔으면 부처님을 먼저 뵙는 게 순서지요."

종리추는 몸을 일으켰다. 그리고 걸었다. 그가 걷는 방향은 산문(山門) 쪽이었다.

"시주!"

불당이 쩌렁 울리는 고함이 터졌다.

지객당주의 고함 때문인가? 무승 이십여 명이 곤(棍)을 들고 앞을 가로막았다.

건장한 신체를 지녔다.

무공으로 단련된 몸에서는 강철 같은 기개가 느껴졌다. 심요하게 가라앉은 눈에서는 일정 수준을 넘어선 무공이 엿보였다.
'십팔나한.'
"시주, 살심(殺心)을 씻어내시오!"
"유인이었나!"
지객당주의 호통이 떨어지기 무섭게 종리추의 일갈이 새어 나왔다.
지객당주의 낯빛이 새파래졌다.
맡은 일이 지객당주라 숱한 무림인을 만났지만 이런 천둥벌거숭이를 대하기는 처음이었다. 여기가 어디라고 큰소리를 치는가. 자신이 누구라고 하대를 하는가.
"시주의 살심이 너무 깊구려."
"그 말은 나를 잡겠다는 소리로 들어도 좋소?"
"아미타불!"
십팔나한이 일제히 움직였다.
일정한 방위를 선점했고 각기 독특한 자세로 곤을 쳐들었다.
종리추는 순식간에 포위되었다.
"각운 대사, 한마디만 분명히 하시오. 이 싸움은 내가 일으킨 싸움이 아니며 위협을 느낀 이상 살검을 들지 않을 수 없소. 물론 내 목숨 또한 걸겠지만 이들의 목숨도 거시오."
"아미타불!"
지객당주는 종리추의 말을 무시했다.
십팔나한이 움직이기 시작했다.
'앞에선 자들은 사방(四方)을 점유했다. 뒤에 선 자들은 육방(六方), 그 뒤는 팔방(八方). 사상(四象), 육합(六合), 팔괘(八卦)가 어우러진 진(陣)이다. 숨 쉴 틈 없이 공격하겠군. 승부는 빨리 끝낼수록 좋

약속(約束) 277

겠지.'

"하하하! 불문(佛門)이라 공경한 마음으로 찾아왔거늘, 피를 원하다니! 소림사가 이토록 광오했던가!"

쉭! 쉭쉭쉭……!

곤이 날아오기 시작했다.

앞으로, 옆으로 신형을 틀어 피하면 다리를 치고, 다리를 들어 올리면 허리를 찍어왔다. 앞선 자의 공격이 무위로 끝나면 곧바로 뒤에 선 무승이 빈 공간을 찔러왔고, 그마저도 무위로 끝나면 가장 뒤에 있던 무승이 팔방에서 휘몰아쳤다.

'빨리 끝낼수록 좋아.'

종리추의 손이 전신을 더듬었다. 그와 동시에,

쉭쉭! 쉬익……!

비수 네 자루가 막 덮쳐들던 무승을 향해 날았다.

탕! 탕탕……!

비수는 곤에 퉁겨 맥없이 떨어졌다.

이번 일격은 비수를 사용한다는 경고다.

종리추는 지객당주의 안색을 살폈다.

지객당주는 십팔나한을 철저히 믿는 듯 눈을 감고 염주를 굴리고 있다.

'이제는 정면 승부!'

"허벅지!"

쉬리리릭……!

종리추의 손에서 긴 철사가 삐져 나왔다.

비수를 연이어 던지는 모습이 꼭 철사처럼 보였다.

"악!"

"큭!"

무승 두 명이 허벅지를 감싸며 풀썩 주저앉았다.

"어깨!"

쉬리리릭……!

연이어 삐져 나오는 비수는 끝을 보이지 않았다. 무승 두 명이 어깨를 감싸 쥐며 물러섰다. 그들의 상반신은 흘러나온 피로 붉게 물들었다.

종리추는 십팔나한진의 맥을 끊었다.

그는 아직 십팔나한진의 오묘한 이치를 깨닫지 못한 상태였다. 단지 본능적으로 앞과 중간, 뒤에서 가장 강해 보이는 자에게 비수를 던진 것뿐이다.

"다음은 머리다! 계속할 텐가!"

"아미타불!"

지객당주가 불호를 외우자 십팔나한이 뒤로 물러섰다.

"허허! 정중히 모시라고 일렀거늘."

"죄송합니다. 살심을 씻은 후에 데려오려 했습니다. 경내에 피 냄새가 진동해서."

소림 방장은 깡말라서 힘줄이 드러나 보였다.

눈매도 날카롭고 광대뼈도 툭 튀어나와 고승(高僧)과는 거리가 먼 얼굴이지만 이상하게도 편안한 인상을 주었다.

혜공 선사는 명성이 자자한 고승이었다. 무공의 고수로서가 아니라 불제자로서.

"소림과 척질 생각이었는가?"

"십망이 있는데 어찌 그러겠습니까?"

"허허! 십망만 없다면 그러겠다는 말로 들리는군."

"그렇습니다."

"그렇다?"

"인의(仁義)도 없고 자비(慈悲)도 없습니다. 싸울 때가 되면 싸울 문파입니다."

향기로운 찻잔을 앞에 놓고 마주 앉아 이야기하기는 껄끄러운 말이었다. 말하는 사람은 어떨지 몰라도 듣는 사람은 곤혹스러울 게다.

"말해 주겠는가? 왜 인의가 없고 자비가 없는지?"

"청간을 보냈으나 사미승조차 보내지 않았으니 인의가 없습니다. 편협된 생각으로 살심을 씻으라 했으니 자비가 없습니다."

"자네는 살수 아닌가. 살수가 인의와 자비를 말하는가?"

"살수라 인정해 주시니 고맙습니다. 그렇기에 더욱 그렇습니다. 방장님은 제게 말할 수 없어도 저는 방장님께 말할 수 있습니다."

"궤변이군."

"설명해 주시겠습니까? 왜 청간에 대답이 없었는지, 초청자에게 억지로 예불을 드리게 하는 목적이 무엇인지."

"면벽구년(面壁九年)을 아는가?"

"압니다."

"해보겠는가?"

위협이었다.

대소림사의 이름으로 살문 문주를 죽였다고 해서 책잡힐 것은 없다. 이유야 만들면 그만이다. 종리추는 호랑이 굴로 뛰어든 셈이다. 종리추가 아무리 뛰어난 무인이라 해도 소림사가 죽이고자 한다면 얼마든지 죽일 수 있다. 아마 일 대 일의 격전을 벌여도 맞상대할 자가 부지기수로 있으리라.

십팔나한들. 그들은 계(溪) 자(字) 항렬이었다. 객잔에서 보았던 계원 대사의 제자뻘 되고, 방장과는 다섯 항렬이나 차이가 난다.

소림사는 종리추의 성격과 무공을 시험해 본 것이다.

종리추는 일어나서 대례(大禮)를 했다. 그리고 말했다.

"후일 다시 찾아뵙겠습니다."

"……"

"살문은 개파를 했습니다. 명분이 없는 자는 손을 쓰지 않겠습니다. 십망이 선포될 때 받겠습니다."

"자신있나?"

"후일 뵙게 될 겁니다. 그때 다시 방장님과 이 차를 마시겠습니다."

종리추는 물러 나왔다.

혜공 선사는 붙잡지 않았다.

종리추가 물러간 뒤 방장이 나한전주(羅漢殿主)에게 말했다.

"개방의 분운추월이 붙어 있었다고 했나?"

"네. 아무 증거도 잡아내지 못한 모양입니다."

"쯧. 분운추월도 늙었구먼. 살수가 분명한데."

"저도 그렇게 보았습니다."

"속가제자(俗家弟子) 중에 삼십육방(三十六房)을 통과한 제자가 누구 있지?"

"개봉에는 정운(鄭澐)이 있습니다."

"아니, 아니, 정운은 너무 드러났어. 하남성에서 정운 모르는 사람이 있던가? 정운 말고 누구 없나? 백천의(白仟誼)는 지금 무얼 하지?"

"절강성(浙江省)으로 내려가 후학(後學)을 가르친다 들었습니다."

"그래, 백천의야. 어떤가?"

"아주 적합합니다."

"백천의에게 사람을 보내. 살문 문주가 약속한 대로 이행하면 도와주라고 하고."

"도와주기까지 합니까?"

"저놈은 물건이야. 무공이 어느 정도라고 생각하는가?"

"제자와 견주어도 하등 손색이 없습니다."

나한전주가 대답했다.

"그래, 나도 그렇게 봤어. 눈빛이 안으로 갈무리되기 시작했다는 것은 내공을 다스리기 시작했다는 말이야. 젊은 나이에 놀라운 성취지."

소림사 방장과 나한전주가 종리추의 무공을 인정했다.

방장은 내공이 무척 뛰어나다고 말했고 나한전주는 자신과 싸워도 승패를 점칠 수 없는 자라고 말했다.

놀랍지 않은가.

"비수를 날린 수법은 전임 하오문주의 십비십향 같은데… 무척 뛰어나. 하오문주보다 뛰어난 것 같아. 손에 사정을 두지 않았다면 십팔나한은 살아 있지 못할 게야."

"……."

"잘하면 하남성이 깨끗해지겠어. 요즘은 죄업을 무서워하지 않는 자들이 너무 많아서. 쯧! 부처님의 노여움을 어찌 감당하려고. 아미타불!"

처마 끝에 매달린 풍경이 잔잔하게 울렸다.
매서운 여름이 기승을 부리는 칠월 칠석이었다.

'고비를 넘겼어.'
종리추는 홀가분한 마음으로 산을 내려왔다.
'며칠이나 걸릴까?'
사람이 올 것이다. 우연을 가장하되 필연처럼 의심할 수 없는 사건으로 다가올 게다.
종리추는 지난 삼십 년 동안 하남무림에 어떤 일이 있었는지 세세하게 조사했다.
혜공 선사가 방장 직에 오른 후부터 오늘까지.
몇몇 문파는 개파한 지 일 년 지나지 않아 곧바로 봉문했다. 장문인이 실종되었으니 그럴 수밖에 없지 않은가. 아마도 그들은 정말 소림사에서 면벽을 하고 있을지도 모른다.
몇몇 문파는 멸문했다.
멸문한 문파의 공통점이라면 반드시 사람이 찾아왔다는 것이다. 그들은 혼신의 힘을 다해 문파를 도왔고, 결국은 그들의 손에 의해 멸문의 길을 걷는다.
종리추는 사람이 찾아올 것이란 걸 확신했다.
'후후! 보내주는 사람은 잘 써먹어야지. 나한전 승려는 보내지 않을 테니 아마도 속가제자를 보낼 테고… 삼십육방 정도는 통과해야 안심하겠지. 뛰어난 자를 보내주는군.'
살문 살수들은 걱정이 되는지 객잔에서 편히 쉬라고 해도 길가에서 서성거렸다.

종리추는 그들을 보자 다시 기운이 솟구쳤다.
'그래, 지금부터 시작이야. 해보자고. 멋있게!'

      *   *   *

소고는 잘못 판단했다는 느낌을 지우지 못했다.
종리추를 보내는 것이 아니었다. 옆에 두고 써야 할 사람이었다. 살수로 써도 괜찮고 책사(策士)로 써도 괜찮다.
소고는 소여은을 책사로 생각했다.
소여은이 수적들 사이에서 어떤 생활을 했는지는 이미 조사해 봤기에 잘 안다.
그녀의 두뇌는 미모만큼이나 뛰어나다. 공동파의 무공을 지니고 있지만 거친 사내들에게 휘둘리지 않고 중심을 잡을 수 있었던 것은 오로지 스스로의 지혜 덕분이다.
소고는 소여은의 무공보다 지혜를 더 높이 샀다.
한데 잘못 판단한 것이다.
소여은이야말로 진정한 살수다. 미안공자가 자신했듯이 어떤 사내라도 죽일 수 있는 여자다. 지략보다는 살수로서의 능력이 뛰어난 여자다.
산적들을 죽이지 않은 행위로 그녀를 잘못 판단했다.
그녀는 그런 여자다, 사람을 잘 안다는 소고마저 판단 착오를 일으키게 하는.
반면에 종리추는 지략과 추진력이 뛰어나다. 이렇게 했으면 좋겠다 싶은 순간 그는 이미 그 일을 완성해 놓고 있다.

살수로서의 능력은 미지수다.

종리추는 직접 살행을 한 적이 거의 없다. 그가 움직였다고 확신하는 것은 살천문 개봉 지부장을 죽였을 때뿐이다.

살문은 중원의 골칫덩이가 되었다.

적어도 살수들의 표적이 될 만한 문파와 살천문이 보기에는 그렇다.

소고는 그것을 바랬다.

살문이 나서면 묵월광이 살수를 규합하기가 쉬워진다. 설혹 어떤 꼬투리를 잡히더라도 살문으로 미뤄 버리면 된다.

살문이란 존재가 없었다면 현재의 묵월광이 존재하지 않는다. 아마도 구파일방이나 살천문에서 냄새를 맡았을 테고 묵월광의 존재를 파악해 냈을 게다.

특히 야이간이 문제다.

그는 사천 청살괴를 끌어들였다.

살수 문파가 살수 문파를 끌어들이는 것처럼 위험천만한 일은 없다. 늑대를 쫓으려고 호랑이를 끌어들이는 것과 무엇이 다른가.

살천문과 구파일방은 청살괴의 이동을 눈치 챘다.

야이간은 감쪽같이 숨겨놓았다고 자신하겠지만 이미 알 만한 사람들은 모두 알고 있다.

살문이 없었다면 묵월광의 존재가 드러날 절대적인 위기였다.

종리추의 놀라운 점은 또 있다.

소고는 살수 문파를 열면 다짜고짜 살행부터 저지를 줄 알았다. 종리추도 묵월광에 쏠리는 시선을 가로채려면 무림에 두각을 나타내야 한다는 것쯤은 알고 떠났다.

시선을 끌어들인다…….

무림인들이 한눈팔 수 없을 만큼 살행을 저지르는 방법 외에는 없다.
무림인들은 십망을 선포하든 다른 방법을 동원하든 살문을 제거하기 위해 나서야 한다.
그 기간이면 충분하다, 묵월광이 살수를 구하고 양성하는 데는.
살수가 양성된 다음에는 가짜 문파는 필요없어진다. 그때부터는 본격적으로 묵월광이 나설 것이고 살천문을 제거하고 나면 하남무림은 묵월광의 존재를 인정할 수밖에 없다. 그들도 살수가 필요할 때는 있으니까.
하남에는 필요할 때 써먹을 수 있는 살수 문파 하나만 있으면 된다.
종리추는 훌륭하게 제 역할을 다 했다.
그런데… 살문이 건재하다. 소림 방장과 면담을 하고 난 후에도 실종되지 않고 당당하게 돌아왔다.
그것은 무엇을 말하는가. 소림사가 살문을 인정했다는 소리이지 않은가.
'너무 컸어.'
종리추는 살문을 버릴 수 없을 만큼 키워 버렸다. 그가 옆에 있었다면 현재 묵월광은 살문처럼 당당하게 무림에 나서 있을 게다.
'잘못 생각했어. 종리추를 보내는 게 아니었어.'
소고는 두 사람을 잘못 봤다.
종리추와 소여은.
"일살(一煞)!"
"넷!"
어디선가 숨이 막히도록 답답한 대답이 들렸다.
목소리는 큰 편이었는데 듣는 사람의 마음을 답답하게 만드는 음성이었다. 살기가 너무 진해도 그런 음성이 나온다.
"살문으로 간다."
소고는 몸을 일으켰다.

◆第四十四章◆
전야(前夜)

'너무 아름다워. 그런데 차가워.'
벽리군은 한없이 작아지는 자신을 느꼈다.
종리추를 찾아온 미모의 여인은 너무 아름다웠다. 뭐랄까? 너무 깨끗해서 오히려 가까이 다가갈 수 없는 여인이라고 해야 할까? 여인은 그랬다.
여인은 소고라고 불린다.
종리추를 살수 세계에 발을 딛게 만들었고, 죽으라는 명령까지도 내릴 수 있는 권한을 가진 여자다.
"문주님은 닷새 후에나 오실 거예요."
"기다리지."
여인은 건방지기까지 했다.
"저……"

"……?"

"적지인살께서 여기 와 계신데 만나보시겠어요?"

"숙부님이?"

"예."

"안내해."

소고는 마치 제 집에 온 듯 당당했다. 그런데도 벽리군은 싫은 기색조차 내비치지 못했다. 그녀는 종리추의 주인, 마음속 연인의 주인이다.

"네, 네가 소고냐?"

적지인살은 소고를 쉽게 알아보지 못했다.

"몰라보시겠어요? 저는 기억나는데."

"너무 아름다워졌구나."

'네 할머니랑 어쩌면 이렇게 빼닮았니.'

적지인살은 하마터면 하지 말아야 할 말을 할 뻔했다.

대형 청면살수의 혼을 빼앗아가고, 십망을 받게 만들었으며, 살혼부 형제들을 쥐구멍에 숨게 만들었던 영영.

소고는 영영을 빼다 박았다.

아마도 대형은 소고의 어린 모습에서 영영의 그림자를 보았는지도 모른다. 소고만큼은 영영처럼 살게 하지 않겠다고 다짐했을지도 모르고, 그러기 위해서는 사무령이 되는 길밖에 없다고 극단적인 결정을 내렸을지도 모른다.

너무 아름다운 여자는 너무 추한 여자처럼 세상을 살기가 쉽지 않다. 힘이 없으면서 아름다운 여자는 한순간 방심으로 타락한 인생을 보내기 십상이다.

영영이 그러지 않았던가.

"다치셨다고 들었는데 상처는 어떠세요?"

"허허! 괜찮아. 이제 늙어가는 몸인데 사지만 자유롭게 놀려도 괜찮지. 살수가 되어서 제 수명을 다하는 것도 쉽지는 않은 일이야."

"그런데 이분들은?"

소고는 적지인살을 둘러싸고 있는 사람들이 궁금했다.

"아! 내가 소개를 잊었군. 이 사람이 내 안사람이야."

"아! 배금향 숙모님?"

"반갑구나."

배금향이 어색하게 말했다.

소고는 같은 여자마저도 질투가 날 만큼 아름답다.

아름다움에도 여러 종류가 있는 법인데, 소고에게서는 건드릴 수 없는 벽이 느껴진다. 돈으로 유혹하려면 천하제일의 갑부는 되어야 할 것 같고, 무공으로 유혹하려면 거대 문파를 이끄는 영수는 되어야 할 것 같은 그런 여자다.

말을 걸기가 쉽지 않다.

"말씀은 많이 들었어요. 반가워요."

소고는 고개만 까딱했다.

"이분은 모진아라고……."

"주공의 노예요."

모진아가 적지인살의 말을 가로챘다.

"주공? 노예?"

"종리추를 따르는 분이란다."

소고는 이채를 띠었다.

궁금함을 자아내던 인물이다.

안으로 침잠된 기운. 무공이 절정에 이르러야 가능한 기도다. 이 정도의 무공을 지녔다면 적어도 일파의 장문인 정도는 될 텐데… 누구란 말인가.

그런데 주공? 노예? 종리추를 따르는 분?

모진아가 스스로 노예라고 밝힐 수 있는 것은 떳떳하다는 뜻이다. 종리추를 주공으로 모셔도 부끄러움이 없다는. 무엇이 종리추를 그렇게 보이도록 만들었을까.

"이분은 홍리족 족장님이시네."

두맥은 고개를 숙여 보였고, 소고는 빤히 쳐다보기만 했다.

소고에게 두맥은 신경 쓸 대상이 아니었다. 아름답기는 하지만 나이가 들었다. 나이가 든 여인은 소용이 되지 않는다.

소고가 사람을 판단하는 기준은 소용이 되느냐 되지 않느냐였다.

"그리고 이 아이는……."

"아내예요."

"……?"

"종리추가 제 상공 된다고요."

소고는 옅은 웃음을 흘렸다.

그녀 역시 관심의 대상이었다. 소여은이 함초롬한 백합이라면 이 여인은 활짝 핀 장미다.

거침이 없고 밝으며 귀엽다.

'종리추에게 어울리는 여자군. 어쩐지 소여은에게 마음 뺏기지 않더라니…….'

소고는 소여은이라는 말 대신 자신을 집어넣고 싶었다.

그녀 역시 여자다. 사내가 보내는 선망의 시선이 귀찮을 리 없다. 적사도 그런 눈빛을 보내왔다. 잘 간 칼날 같은 사내라 크게 표시하지는 않았지만 소고는 적사의 마음을 읽었다.

야이간에게는 얼굴을 보이지 않았다.

그는 써먹을 수는 있되 가까이 할 존재는 아니다.

그런 자에게 얼굴을 보이고 싶지 않았다.

종리추는 예외다. 그는 소여은도 보았고 자신도 보았다. 그런데 눈빛이 흔들리지 않았다.

처음에는 벽리군 같은 천박한 여자에게나 자신감을 표시하는 그런 자인 줄 알았다. 그래서 멸시도 했다.

'이런 여인이 옆에 있으니 눈을 돌릴 리 없지.'

소고는 어쩐지 가슴 한쪽이 텅 비는 듯한 느낌이 들었다.

* * *

"검극진천(劍極震天)."

"……."

"가능하겠소?"

종리추는 대답하지 않았다. 한참 만에야 입을 열어 물었다.

"죄과는?"

"살수는 청부받은 일만 하면 되는 줄 알았는데?"

"후후후!"

"사연은 말해 줄 수 없소."

"그럼 돌아가."

"……?"

"……."

"은자 일만 냥을 내겠소."

큰 금액이다. 살수행을 하는 문파라면 어느 문파에서나 확 달려들 만큼 매력적인 금액이다.

종리추는 침묵을 풀지 않았다.

그는 대답을 기다렸다, 왜 검극진천을 죽이려고 하는지.

"살천문으로 갈 수도 있소."

"가."

"……!"

"난 이런 신경전은 딱 질색이야. 한마디만 하지. 말하기 싫으면 살천문으로 가. 살문에 맡기고 싶으면 이유를 말해."

"……."

이번에는 영웅건(英雄巾)을 두른 사내가 쉽게 입을 열지 못했다.

"휴우! 좋소. 검극진천은 비열한 인간이오."

"……."

"검극진천과 아버님은 동문(同門)이오. 사형제(師兄弟) 간이죠. 아버님이 사제셨소. 사문(師門)은 검안문(劍雁門)이라고 송정(松亭) 일대에서는 알아주는 문파였소."

청년은 목이 마른지 마른침을 꿀꺽 삼켰다.

유구가 차를 따라주자 그는 단숨에 들이켰다.

"검안문에는 두 가지 검공이 있는데 아버님이 익힌 검안검리(劍雁劍理)와 검극진천이 익힌 검안검극(劍雁劍極)이오. 두 검공은 우열을 가릴 수 없을 만큼 쌍벽을 이루었는데, 검극진천이 검안검리와 검안검극의 공통점을 찾아냈소. 두 검공은 원래 하나였는데 어떻게 해서인지 둘로 나뉜 것인데……."

검극진천의 무재(武才)는 뛰어나다. 아니, 굉장하다. 보통 뛰어나지 않고서는 사문의 무공이라도 연계를 찾아내기 힘들다.

"검극진천은 검안검리를 보고 싶어했는데 아버님이 거절하셨소. 그럴 리 없다시면서."

"죽였나?"

"아! 살수는 쓰지 않고 비급만……."

"그대 아버지라는 사람, 대단히 옹졸한 사람이군."

"……."

"그래서 검극진천을 숙이고 검안검리를 찾아달라?"

"검안검극까지요."

종리추는 한참을 생각했다.

정말 마음에 들지 않는 인간들이다. 하기는 살수를 고용하는 인간들치고 마음에 드는 인간이 있을 리 없다.

"증거는?"

"……?"

"검안검리가 그대 아버지 소유였다는 증거."

"그것까지는……."

"아버지가 생존해 계신가?"

"돌아가셨소."

사내는 거짓말을 하고 있다.

그가 말한 모든 말이 거짓일 게다. 사내는 검극진천의 무공이 탐났을 게고, 어떻게 비급만 손에 넣으면 뛰어난 무공이 저절로 익혀지는 줄 알고 있을 게다.

"돌아가."

"그럼 청부는?"

"살천문으로 가."

사내의 안색이 백지장처럼 하얗게 변했다.

사내는 살천문도 다녀왔을 게다. 살천문도 검극진천은 건드리지 않는다고 했겠지. 그는 정말 뛰어난 검수(劍手)니까.

"사, 사정 이야기를 다 듣고……."

"진실을 말할 준비가 될 때 찾아와. 또 하나! 한 번만 더 엉터리 말을 늘여놓으면 널 죽여."

사내는 황급히 물러갔다.

기다리고 있던 사내가 들어왔다.

"비성유검(飛星流劍)을 죽여주시오."

"……."

종리추는 역시 말이 없었다.

"청부금은 얼마나?"

사내가 초조한 듯 물었다.

"얼마나 낼 수 있소?"

"천 냥이라면 어떻게……."

"좋아. 천 냥으로 하지. 청부금은 비성유검이 죽었다는 소식을 듣자마자 살문으로 가져와."

"얼마나 기다려야……?"

"삼 일 뒤에 가져와."

사내가 가고 난 후 유구가 물었다.
"주공은 정말 이해할 수 없습니다. 일만 냥짜리는 거절하고 천 냥짜리를 받아들이고."
"먼저 놈은 거짓말을 했어."
"그건 저도 느꼈습니다만 실수가 아무나……."
"아무나 죽인다면 인간 백정이야."
"그럼 나중에 온 자는… 그자에게는 사연도 물어보지 않으셨잖습니까?"
"사연은 모르지만 억울한 일을 당한 것만은 알지."
"……."
"비성유검이란 자는 죽어야 할 자가 틀림없어."
"주공."
"왜?"
"주공의 판단이 틀렸다고 생각해 본 적은 없습니까?"
"없어. 난 내 느낌을 따라. 느낌은 항상 옳은 말만 하지. 왜인 줄 아는가? 정말 억울한 자는 하소연할 데가 없어. 하소연할 데라도 있으면 억울하다는 감정이 하늘에 닿지 않아. 난 그런 감정을 느낄 수 있어."
"……."
유구는 이해할 것 같으면서도 이해가 되지 않았다.
"사연은 필요없어, 억울함이 사무치는 자에게는. 비성유검에 대해서 조사해. 명분도 찾아내고. 없으면 만들어. 잊지 마, 명분이 없는 살상은 살문을 멸문시킨다는 것."

종리추의 가장 큰 좌우명은 일찍 탄생했다.

명분이 없는 살인은 하지 않는다.

비성유검은 이중인격자다.

그는 낮에는 인의대협(仁義大俠)이지만 밤이 되면 색한(色漢)으로 돌변했다.

몇 년째 계속되는 흉년에는 쌀을 아낌없이 풀었다. 제방이 무너질 때는 마을 사람들을 독려하여 제방을 쌓기도 했다. 길을 가다가도 무거운 짐을 지고 가는 사람이 있으면 얼른 받아 들었다.

그를 두고 욕하는 사람은 몰매를 맞는다.

비성유검은 살아 있는 성인(聖人)이다.

그러나 그는 성적인 면에서 유별나 강간을 즐긴다. 청루에 있는 여자나 정상적인 관계는 성적인 욕구를 만족시키지 못한다. 강제로 겁탈하는 여자에게서만 쾌락을 느낀다. 남녀 간의 관계보다는 여자를 강제로 갖는 과정을 즐기는 거다.

하지만 그에게 당한 여자들은 하소연할 곳이 없다. 세상 그 누구도 직접 당한 사람이 아니면 오히려 당한 여자를 욕하기 때문이다. 실제로 몇몇 여자는 사실을 폭로했다가 화냥년 취급을 받고 견디다 못해 마을을 떠나야만 했다.

"명분을 만들기가 쉽지 않습니다. 비성유검은 하남 무림에서는 알아주는 정인군자(正人君子)입니다."
"만들어."
종리추는 아주 쉽게 말했다.
"예?"
"비성유검의 무공이 뭔가?"
"본 사람이 없습니다. 비성유검의 무공을 본 사람은 모두 죽었다고 합니다."
"무공은 뛰어난가 보군."
"굉장히 뛰어납니다."
"비성유검에게 당한 여자들은 수소문할 수 있나?"
"모두 쉬쉬하는 바람에……."
"천만에! 그런 소문일수록 빨리 나는 법이지. 소문을 추적해 보면 몇 명쯤은 찾아낼 수 있을 거야. 찾아."
"찾아서?"
"언제 어디서 어떻게 당했는지 상세히 알아와. 족보(族譜)를 만들어. 강간 족보."

세상에 유래가 없던 강간 족보가 만들어졌다.

살문 외장 식객들을 총동원하여 만든 족보에는 단지 네 명만 기재되어 있었다.

"이걸로는 부족해."

"더 이상은 찾을 수 없습니다. 약속한 날짜도 내일로 다가왔고… 청부를 뒤로 미루던가 포기해야 합니다."

"그래서는 안 되지. 신용은 생명이야."

"그럼……?"

"여기다 한 서른 명쯤 집어넣어. 세상에서 찾을 수 없는 여인들로. 날짜를 잘 파악해야 해. 명절이 끼어 있거나 집안 식솔들 생일이나 제사가 있는 날은 그에 맞춰야겠지."

종리추는 백일연공을 계속했다.

실전도 중요한 부분이었다. 어쩌면 가상으로 싸우는 것보다 실전에서 수련하는 것이 더 나을 수도 있었다.

그는 살문에 연락해서 바뀌는 장소를 십 일 단위로 알렸다.

청부가 들어오면 사람을 보내라고.

살수행을 하면서 백일연공을 마무리 지을 생각이었다.

"이건 중원 사정에 밝은 후사, 네가 해."

종리추는 긴 별호 대신 앞에 두 자만 불렀다. 살수들은 못내 불만스러워했지만.

"가짜를 만들라는 말씀?"

종리추는 족보를 두들겼다.

"여기 적힌 네 명, 그들만으로도 비성유검은 죽어도 싸."

후사도가 만든 책자를 읽어보면 분노가 하늘까지 치밀었다.

세상에 이런 인간이 있을 수 있는가!

강간에, 살인에, 임신한 여인부터 동녀(童女)까지 건드리지 않은 여인이 없었다.

"후사, 이거 네 경험 아냐?"

"주공, 무슨 말씀을 그리 심하게 하십니까?"

살수들은 남만 세 사내를 따라 종리추를 문주 대신 주공이라고 불렀다.

"음양."

"주공, 제발 음양철극이라고 불러주십시오. 좋은 별호 놔두고 음양이 뭡니까, 음양이."

"좋아, 철극. 너는 이걸 비성유검 집무실에 갖다 놔. 아주 은밀한 곳에 잘 숨겨야 돼, 영원히 발각되지 않을 장소에."

"끄응! 철극이라니… 그래도 음양보다는 낫네요. 그런데 영원히 말입니까?"

"세상에 비밀이란 없지. 꼭꼭 숨겨놔도 반드시 찾게 될 거야."

"알겠습니다."

"실행은 오늘 저녁에 한다. 모두 생각나는 대로 말해 봐. 이번 싸움은 어떤 싸움이 될 것 같나?"

좌리살검이 즉시 대답했다.

"과전(寡戰)입니다."

"좋아. 또?"

"이전(利戰)입니다."

구류검수가 대답했다.

그는 열한 번째 전각의 주인인 화산파의 매화검수다. 별호는 바꾸었지만 화산파에서부터 들은 말이 있어 검수라는 말은 버리지 못했다.
"이전은 이익으로 적을 유인해 내는 거다. 과전은 시기와 지리를 얻은 다음 싸우는 거지. 어떤 방법이 좋을 것 같나?"
좌리살검이 대답했다.
"과전보다는 이전이 더 좋을 것 같은데요. 내가 왜 이전을 생각 못 했지?"
"그럼 결정됐다. 비성유검은 구류가 맡아."
"주공, 구류가 아니고 구류검수인데… 그렇다고 검수라고는 하지 마십쇼."

　　　　　　　＊　　　＊　　　＊

구류검수는 청루의 여인을 샀다.
"다른 데서 할 거예요?"
"아니, 산책만 하자."
"산책이요?"
"너는 옛 여자와 닮았어."
'사내들이란 그저……. 그럼 누가 좋아할 줄 알고? 까불지 마.'
"어멋! 정말요?"
"오늘 밤만 애인이 돼줄래?"
"그럼요. 셈도 벌써 치렀는데."
"화장 지우고 다른 옷으로 갈아입어야 되는데 괜찮겠어?"
"그럼요. 대신 산책이 끝난 다음에는 몇 냥 더 얹어줘야 해요? 밤 공기가 피부에 얼마나 안 좋다고요."

"걱정하지 마."
"미리 주면 좋은데……."
구류검수는 닷 냥을 쥐어주었다.
"산책이 끝나면 닷 냥 더 주지."
기녀는 뛸 듯이 기뻐했다.

'미친놈!'
아무리 생각해도 미친놈이지 않은가.
화장을 지우고 여염집 여자나 입는 냄새나는 옷을 입게 하더니 밤길을 혼자 거닐란다. 자신은 몰래 숨어서 지켜보겠다고. 전에도 그랬다면서.
'그래, 미쳤거나 말거나 밤길 한번 걷는 데 열 냥이면 그게 어디야?'
여인은 기쁜 마음으로 밤길을 걸었다.
아성촌(雅筬村)을 지나 대숲이 나왔다.
미친놈은 대숲을 지나 조그만 다리까지 갔다 돌아오면 된다고 했다. 밤길을 혼자 거니는 것이 좀 무섭기는 했지만 돈을 생각하니 기운이 났다.
'미친놈이 따라오기는 하는 거야?'
기녀는 고개를 돌리고 싶었지만 마지막 말이 생각나서 참았다.

"어떤 경우에도 두리번거리거나 찾으면 안 돼. 그랬다가는 닷 냥은 없을 줄 알아."

대숲을 막 지날 무렵, 앞에서 불쑥 튀어나오는 그림자를 보았다.

"어멋!"

기녀는 소스라치게 놀랐다.

어둠 속에서 괴물체가 불쑥 튀어나오는데 놀라지 않을 여자가 어디 있으랴.

"흐흐흐……!"

사내는 음침한 괴소를 터뜨렸다.

'미친놈, 별짓 다 하네.'

기녀는 짐짓 놀란 체했다.

"어멋! 누구세요?"

"네 서방."

'웃기고 자빠졌네.'

"서, 서방이라뇨? 누구세요?!"

사내가 천천히 다가왔다. 기녀는 슬금슬금 뒤로 물러섰다. 적당한 곳에서 쓰러질 준비를 하면서.

기녀는 사내가 얼굴을 알아볼 수 있을 만큼 가까이 다가왔을 때에서야 낯선 사내임을 알아보았다.

'응? 이 새끼는 또 누구야? 별 볼일 없는 놈팡이잖아? 어떻게 밤길 가는 여자나 지분거려 보려는 치사한 짓거리를 해대서야.'

기녀는 도망가려고 했다. 돈을 받고 몸을 파는 창기일망정 쓰레기 같은 인간에게 몸을 주기는 싫었다.

"흐흐흐! 어딜 도망가려고!"

사내는 귀신처럼 움직였다.

분명히 앞에 있었는데 어느새 뒤로 돌아가 어깨를 꽉 움켜잡았다. 살점이 떨어져 나갈 만큼 아프게.

"아얏!"

비명이 절로 새어 나왔다.

'뭐, 뭐야! 무공? 무인이야? 오늘 재수 옴 붙은 것 아냐?'

기녀는 몸이 붕 뜨는 것을 느꼈다.

그녀는 사내에게 들려 대숲으로 끌려 들어갔다.

"이, 이러지 마요! 제발… 절 따라오는 사람이 있단 말예요. 그 사람은 무공도 익혔어요."

"그래? 흐흐흐! 괜찮아. 앙탈 그만 부려."

"놓으란 말야, 새끼야!"

"흐흐흐! 재미있는 계집이네. 좋아, 그렇게 반항해야 재미가 있지."

사내는 귀싸대기부터 후려갈겼다.

쫘악!

기녀는 반항할 생각을 포기했다. 이놈은 정말 미친놈이다. 이런 놈에게는 반항하면 할수록 두들겨 맞는다.

치마가 끌러지고 가슴이 출렁 튀어나왔다.

그때 기녀의 눈이 부릅떠졌다.

사내의 양물이 하복부를 파고드는 찰나 사내의 등 뒤에 또 한 놈, 미친놈이 어른거렸다.

"헉!"

기녀는 습관적으로 헛바람을 토해냈다.

사내들은 그럴 때를 가장 좋아한다. 순간,

쉬익!

검풍이 일었다.

　　　　　＊　　　＊　　　＊

　종리추는 잠을 이루지 못하고 달빛을 쳐다봤다.
　살문 살수들은 모르지만 그는 지금 큰 도박을 시작했다.
　비성유검이 있는 곳은 개봉부가 아니라 남양부다.
　개봉부라면 살천문이 눈감아줄 수도 있고, 그래 왔지만 남양부까지 손댄다면 정말 가만히 있지 못한다.
　비성유검의 살수를 청부한 자는 살천문도 찾아갔을 게다.
　살천문은 당연히 거절한다.
　돈 천 냥은 큰 위험을 무릅쓰고 비성유검 같은 고수를 살해하는 대가치고는 너무 적다.
　비성유검이 죽었다는 소문이 퍼지면 다른 사람들은 몰라도 살천문은 당장 살문을 의심하리라.
　'전면전이 될 수도 있어. 이제 겨우 오십 전밖에 수련하지 못했는데… 이것이 순리라면 싸우면서 커야겠지.'
　살천문과의 싸움은 예정된 수순이다.
　한 산에 호랑이 두 마리가 상존할 수는 없으니까.
　그는 살천문주의 말을 떠올렸다.
　'목숨을 구해달라고 했어. 그때가 언제일까? 왜 그런 소리를 했지? 그리고 보니 소림 방장도 살천문에 대해서는 한마디도 하지 않았어. 같은 살수 문파이니 한마디쯤 꺼냈음 직한데…… 음! 무언가 있군. 내가 감지하지 못하는 무엇인가가…….'
　고민이 하나 더 늘었다.

정말 살천문은 너무 조용했다.

살문이 마음껏 휘젓고 다니도록 안방을 내주고 있다. 이런 살천문이 아닌데. 아무리 살천문주와 밀약이 되어 있다고는 하지만 살천 문주조차도 어쩔 수 없는 처지라는 것이 있는데.

'알아야 돼.'

종리추는 마음이 조급해졌다.

생각을 안 했을 때는 모르지만 생각이 미친 이상 궁금한 것은 풀어야 한다.

'날이 밝는 대로 살문으로 돌아가야겠군. 지금은 백전이 중요한 게 아냐.'

백전을 치르면서 가장 큰 효과는 살문 살수들이 하나가 되었다는 것이다. 그들은 자신을 위해서가 아니라 살문을 위해서 싸우고 죽일 준비가 되어 있다.

달빛은 너무 밝았다.

이 밤, 또 한 생명이 검빛에 스러지고 있을 게다.

『사신』 제5권으로…

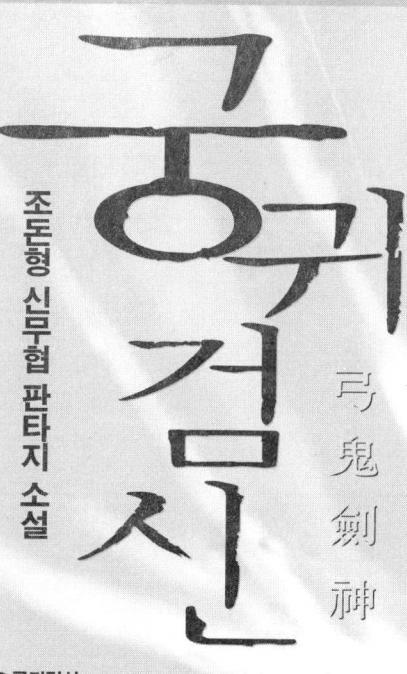

조돈형 신무협 판타지 소설

궁귀검신
弓鬼劍神

막강(莫强) 강호초출(江湖初出)!

모험과 재미의 보고(寶庫) 궁/귀/검/신!

이기어검(以氣馭劍)과 이기어도(以氣馭刀)를
능가하는 이기어시(以氣馭矢)의 신선한 등장!

참신함과 재미로 잔뜩 무장한 신예 조돈형의
신나는 신무협 세계로의 출사표!

악덕 조부와의 고난에 찬 수련행.
정혼녀를 찾아 떠난 즐거운 중원행.
어지러운 무림을 바로잡는 영웅행.

●궁귀검신 / 조돈형 著 / ①~⑦권 발매 / 7,500원

모두가 고대하던 모험이 바로 여기에!

류진 新무협 판타지 소설

무한투
無限鬪

**신무협의
무한 자유(無限自由)
선언!**

기괴한 사건, 끝모를 긴장감,
예측불가능한 진행과 파격적인 시도,
연이은 결전! 결전! 결전!
본격 스릴러 무협에의 과감한 도전이 빛난다!

신무협의 새 장을 열어줄 기대주! 무/한/투!
이제 어둠의 안개를 걷고 여러분을 기다립니다.

●무한투 / 류진 著 / ①~⑥권 발매 / 7,500원

도서출판 청어람 www.chungeoram.net 우 420-011 부천시 원미구 심곡1동 350-1 남성빌딩 3F TEL. 032-656-4452/54 FAX. 032-656-4453 E-mail : eoram99@chol.com

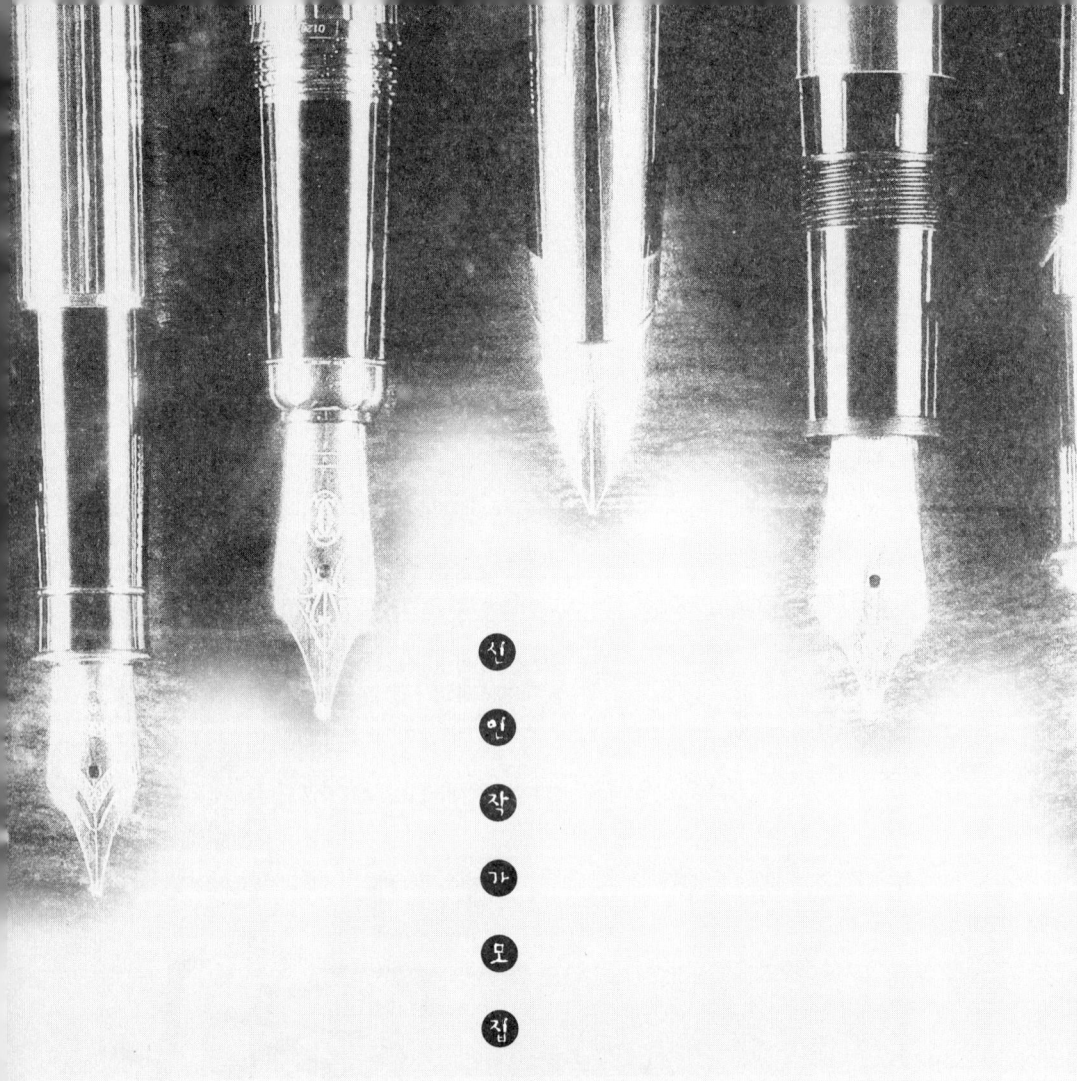

신인작가모집

**시작이 반이라고 했습니다.
작가의 길에 대한 보이지 않는 벽을 과감히 깨뜨리십시오!
청어람은 작가 지망생 여러분들의
멋진 방향타가 되어드리겠습니다.**

저희 도서출판 청어람에서는
소설 신인 작가분들을 모집합니다.
판타지와 무협을 사랑하시는 분들의 많은 참여를 바랍니다.
소정의 원고(A4용지 150매)를 메일이나 우편으로 보내주시면
검토 후 출판 여부를 알려드리겠습니다.

주소:경기도 부천시 원미구 심곡1동 350-1 남성B/D 3F 우편번호420-011
TEL:032-656-4452 · **FAX**:032-656-4453
http://www.chungeoram.com
e-mail:chungeoram@chungeoram.com